"나에게는 무척 맛있게 느껴졌다.
그러니 내가 옳다고
믿는 길을 나아갈 생각이다.
……그걸 모두가 찬성해주었으면
좋겠다."

제사당 안에 고요한 정적이 흘렀다.
슨가도, 그 친족도, 루가도, 그 친족도——
아궁이 당번을 맡은 여자들도,
작은 씨족의 가장들도,
모두가 기묘한 느낌으로 숨을 죽였다——.
그런데 갑자기 정적이 깨졌다.

……포우가는 파가의 가장의
의견에 찬성한다."

이세계요리의길
Cooking with wild game.

VOLUME
6

슨가에서 열리는
족장 회의를 향해

자, 출전!!

피투성이 발이 시야에 들어왔다.

피투성이 허리.

피투성이 배.

피투성이 팔.

피투성이 가슴.

피투성이 목.

피투성이 얼굴.

실 한 오라기 걸치지 않은
알몸에 피 칠갑을 한
야밀 슨이 그곳에 서 있었다.

"……나와 혼인해서
슨가를 구하든가……?
……그게 싫으면 같이
멸망하든가……?"

이세계요리의길

Cooking with wild game.

VOLUME **6**

EDA 지음
코치모 일러스트
이정민 옮김

SNOVEL

커버 그림, 본문 일러스트 | **코치모**

MENU

프롤로그 // ~ 다망한 휴업일 ~

1

역참 마을에서 열흘간의 영업을 마친 이튿날 아침이었다.

루의 촌락의 임시 거처에서 나는 어제 구입한 조리 기구 두 개를 넢 놓고 바라보고 있었다.

시무산(産) 조리칼과 자갈산 철판이다.

조리칼은 이른바 채소칼로, 칼몸의 길이는 20센티미터고 폭은 8센티미터 정도였다. 칼날은 얇고 외날인데 산토쿠 식도나 고기 자르는 칼처럼 휘지 않고 직사각형 모양이었다. 내가 아는 채소용 칼인 카마가타우스바(鎌型薄刃) 같은 디자인이다.

칼날이 직선이면 수직으로 내렸을 때 도마와 칼날이 딱 맞닿기 때문에 채소를 다지는 데 매우 적합하다. 그리고 외날은 칼을 가는 요령이 달라서 지금껏 해왔던 것 이상으로 주의가 필요하다. 칼날이 얇은 탓에 이가 잘 빠진다. 그런데 잘리는 맛은 기가 막혀서 괜히 백동화 18닢이나 하는 게 아니었다.

그리고 철판.

철판은 철의 명산지라는 자갈의 상품이다. 제노스에서 파는 철기의 대부분은 자갈산이라고 한다.

가로는 70센티미터, 세로는 50센티미터, 두께는 6밀리미터 정도. 높이는 3센티미터쯤 되는데 철판 바닥과 만나는 부분이 직각이 아니라 곡선 처리가 되어 있다. 그리고 양쪽에 손잡이가 달려 있을 뿐 장식은 아무것도 없다. 심플하기 그지없는 디자인이지만 그 투박함이 못 견디게 좋았다.

길들이기—— 이른바 새 프라이팬을 구입했을 때처럼 아무것도 넣지 않은 상태에서 불에 달구고 기름을 둘러 닦아주는 작업은 어제 미리 해놓았기 때문에 철판 표면은 새까맣고 반들반들 광택이 났다.

숲가에서 살기 시작한 지 벌써 한 달 반. 어떤 구이 요리든 쇠 냄비 하나로 해결해왔지만 역시 철판은 매우 편리하다. 이제 패티나 포이탄을 굽는 작업도 효율이 무척 높아질 것이다.

게다가 평소 사용하는 쇠 냄비는 두께가 1센티미터나 되는 바람에 무게가 30킬로그램은 족히 나가는 것 같지만, 이 철판이라면 기껏해야 12, 13킬로그램 정도일 것이다. 그런 의미에서도 사용하기 훨씬 편리하다.

또 두께가 얇다는 것은 축열성이 낮아 금방 식는다는 의미이기도 하지만, 지금까지 사용한 쇠 냄비가 너무 두꺼웠을 뿐 6밀리미터라는 두께는 철판으로써 충분한 두께라고 생각한다. 현 시점에서도 쓰임새가 다양한 아이템이며 향후 요리의 폭도 훨씬 넓어질 것이다. 그런 식으로 생각하니 입가에서 미소가 떠날 줄을 몰랐다.

장식품처럼 아름다운 시무의 조리칼과 실용성이 뛰어난 자갈의 철판. 아침 해에 빛나는 두 조리 기구의 모습을 나는 한없이 질리지도 않고 바라보았다.

"……아스타, 대체 뭘 하는 거지?"

아침 일찍 물가에 갔을 터인 아이 파가 돌아와서 나는 그쪽으로 시선을 돌렸다.

"오, 빨리 왔네. 왼팔은 좀 어때?"

"음. 통증은 완전히 사라졌지만 힘은 많이 약해진 것 같다. 사람 상대라면 또 모를까 기바를 상대하기에는 역시 불안하군."

그렇게 대답하면서 아이 파는 엿새 만에 해방된 왼팔을 천천히 접었다가 폈다. 아이 파는 사냥하던 중에 왼팔이 탈골되어 며칠째 휴식을 취하고 있다.

"힘이 회복되지 않은 상태에서 무리를 하면 다시 뼈가 빠질 수도 있어. 며칠 더 상태를 지켜봐야겠지. ……그런데 아스타, 넌 뭘 하고 있는 거지?"

"아니, 딱히 뭐. 어제 산 이것들을 멍하니 감상하고 있었어."

"……흠?"

아이 파는 고개를 갸웃거리며 걸어오더니 내 옆에 앉았다.

촉촉한 금갈색 머리가 예전처럼 복잡한 모양으로 땋여 있었다. 어깨에서 하나로 묶었을 뿐인 간략 버전도 제법 매력적이었지만, 역시 아이 파에게는 이 활동적인 머리 모양이 가장 잘 어울린다고 생각한다.

"내가 목욕을 하고 설거지를 돕는 동안 계속 이렇게 앉아 있었다는 건가?"

"그래. 내가 번 돈으로 처음 구입한 조리 기구라서 그런지 애착이 막 솟아나더라고."

어쩌면 나는 첫 손주를 본 호호 할아버지 같은 표정을 짓고 있었는지도 모른다.

아이 파는 조금 안타깝다는 듯 눈살을 찌푸리기 시작했다.

"아스타, 너는……."

"응?"

"아니. 아무것도 아니야."

"왜 그래? 아이 파가 말을 하다 말다니 별일이네."

"음. 아무것도 아니다."

나는 아이 파 쪽으로 몸을 틀었다.

"아무것도 아니긴. 궁금하잖아. 뭐 생각하는 바가 있으면 기탄없이 말해줘."

"아무리 가족이라도 예의는 지켜야지. 그러니 아무것도 아니다."

"아니, 아니, 그러니까 더 알고 싶잖아! 얼마 전까지만 해도 서로의 마음을 숨기지 말자고 하지 않았나? 나하고 아이 파는 사고방식이나 느끼는 방식도 그렇고 여러모로 다른 게 당연하니까 그런 건 툭 터놓고 정면으로 서로를 이해하도록 노력해야 한다고 생각하는데?"

내가 열변을 토하자 아이 파는 갈수록 안타깝다는 표정을 지었다.

"그렇게 까다로운 이야기는 아니다. 나는 단지…… 널 불쾌하게 만들고 싶지 않았을 뿐이야."

"뭐 어때? 네가 그랬잖아, 불쾌한 소리를 하면 때려눕힐 거지만 마음만은 숨기지 말라고 말이야."

"……날 때려눕힐 건가?"

"감히 널? 듣기만 해도 무섭다."

"……화도 내지 않을 건가?"

"그렇게 심한 내용이면 납득이 갈 때까지 대화하면 되지."

"그렇군. 알겠다. 아무래도 지금은 네가 옳은 것 같군."

아이 파는 책상다리로 앉은 채 등줄기만 곧게 펴고 짐짓 엄숙한 표정으로 나를 쳐다보았다.

"나는 단지 아주 조금, 네가 징그럽다고 생각했을 뿐이다."

"…………."

"화났나?"

"아니, 전혀."

그저 눈물이 찔끔 나올 것 같았다.

"다시 말해 철이나 나무로 만들어진 도구 나부랭이에 대해 사람에게 기울일 법한 자애로운 눈길을 보내는 네가 아주 조금 징그럽게 느껴졌다는 뜻인데……."

"그래, 무슨 뜻인지 잘 알아들었으니까 굳이 확인 사살까지 할 필요는 없는데."

"그렇군. ……화났나?"

"아니, 전혀."

"그렇군" 하고 아이 파는 고개를 끄덕였다.

그러고 나서 약간 순진한 느낌으로 입가에 미소를 띠었다.

"그럼 역시 입 밖에 내기를 잘한 것 같군. 마음이 좀 가벼워졌다, 아스타."

그것참 다행입니다요, 하고 나는 어정쩡한 웃음으로 답했다.

내가 슬퍼진 만큼 아이 파의 가슴이 후련해졌다면 행복과 불행의 균형도 문제가 없다는 뜻이리라. 세상은 제대로 돌아가고 있다.

"게다가 너도 표정이 꽤 밝아졌어. 어젯밤에는 몹시 괴로운 표정이었던 것 같은데."

"아, 그건 뭐, 성가신 일을 해결하려면 눈앞의 일부터 하나씩 해치우는 수밖에 없다고 생각을 고쳐먹었거든."

눈앞의 일—— 우리는 사흘 후 슨가(家)에서 열리는 가장 회의의 아궁이를 맡기로 했다. 오늘은 그 아궁이 당번에 앞서 요리 강습회를 하는 날이다.

슨가는 숲가의 족장 집안이다. 그것도 온갖 악행으로 악명이 높은 일족이다.

제노스의 포상금을 독점해서 무위도식하고 기바 사냥조차 소홀히 하며 역참 마을에서는 무법을 일삼는다. 더욱이 제노스의 귀족과 유착 관계인 탓에 역참 마을에서 나쁜 짓을 저질러도 결코 처벌받지 않는다. 이렇게 몇 가지만 나열했는데도 청렴하고 용맹한 숲가의 백성의 족장 집안이라고는 도저히 생각되지 않는다.

게다가 나는 밀라노 마스한테서 더 불온한 이야기까지 들은 상태였다.

밀라노 마스의 절친한 친구이자 손위 처남이었던 인물은 숲가의 백성에게 살해되었다고 한다. 그런데 그 가해자가 처벌을 받지 않았다는 믿기지 않는 이야기를 들은 것이다.

그 가해자가 슨가의 사람이라는 확증은 없다.

하지만 슨가에 대한 의혹과 불신감은 깊어져만 갔다.

그런 상황에서 지금 내가 할 수 있는 것은—— 역시 만전의 태세로 가장 회의에 임하는 것이리라.

"그럼 나도 물가에 다녀올게. 오늘도 아침부터 정신없이 바쁠 테니."

"음. 우선 여자들에게 요리의 기초를 가르치는 건가?"

"맞아. 그다음에는 내일 장사를 위한 밑 준비가 잔뜩 기다리고 있고, 또 여관에서 팔 식단도 정해야 해. 이래저래 하루 종일 일에 쫓길 것 같아."

"……부럽기 짝이 없군."

아이 파는 입술을 살짝 비죽거렸다.

"나한테는 장작을 모으는 정도밖에 일이 없어. 몸이 어중간하게 회복되고 나니 숲에 들어가고 싶어서 온몸이 근질거리는군."

"엇, 그렇다고 괜히 무리하면 안 된다?"

걱정이 되어 그렇게 당부하자 아이 파는 입술을 더욱 삐죽거렸다.

"내가 그렇게 어리석은 인간으로 보이나? 쉬어야 할 때 쉬는 것도 사냥꾼에게는 필요한 일이다."

"아, 미안. 아이 파, 네 얼굴에 불만이 가득하길래."

"불만은 불만이지. ······한데 이런 얼굴을 보이는 상대는 너뿐이니 구시렁구시렁 불평하지 마."

아이 파가 더 많은 사람들과 마음을 나누었으면 좋겠다――그렇게 생각하면서도 막상 아이 파에게 저런 소리를 들으니 심장이 터질 듯이 행복한 기분이 들었다.

"······아침부터 고맙습니다."

"뭐에 대한 인사지?"

"아, 아니, 아무것도 아니야! 그럼 나도 일하기 전에 목욕하고 올게."

그리하여 영업일만큼이나 다망한 나의 휴일이 시작되었다.

"――그런 연유로 지금부터 가장 회의를 위한 요리 강습회를 시작할 건데요. 우선 당일 작업 공정을 제 나름대로 짜봤습니다."

요리 강습회는 오전과 오후 이부제로 실시하기로 했다.

너무 많은 사람들이 모이면 한 명 한 명 살피지 못하고 놓쳐버릴 수도 있다. 게다가 아침부터 루티무의 여자들을 불러내는 것도 썩 내키지 않았기 때문에 그렇게 조치한 것이다.

가장 회의에서 나를 도와줄 여자는 여덟 명.

루 본가에서는 미아 레이 루, 비나 루, 레이나 루, 라라 루 이렇게 네 명. 분가에서는 실라 루와 타리 루 두 명. 루티무 본가에서는 아마 민 루티무와 모른 루티무 두 명이다.

타리 루는 실라 루의 어머니다. 가장 회의 날, 이 유능한 모녀가 한꺼번에 집을 비우면 신 루네 집의 아궁이를 맡을 사람이 없어지지만 다른 분가의 여자가 대신 맡아준다고 한다. 아무래도 실라 루뿐만 아니라 타리 루도 루티무의 축하연 이후 조리 솜씨가 눈에 띄게 향상된 모양이다. 그런 까닭에 미아 레이 루가 대담하게 발탁한 것이다.

그리고 모른 루티무는 나도 딱 한 번 만난 적이 있다. 아마 민 루티무의 시누이── 즉 가즈란 루티무의 여동생이자 단 루티무의 딸이다. 아버지를 닮아서 오동통하고 건강한 체구의 애교 많고 활달한 아가씨다.

현재 모인 사람은 그 여덟 명 중 다섯 명이다.

루 본가의 네 자매 중 위에서부터 세 명과 미아 레이 아주머니, 그리고 실라 루.

미아 레이 아주머니와 실라 루에게는 오후의 요리 강습회에도 참석할 것을 부탁했다. 이 정예부대의 소대장을 맡아야 하기 때문이다. 믿음직스러운 이 다섯 명의 모습을 보면서 나는 말을 거듭했다.

"우리 목적은 슨가 여자들에게 조리 기술을 철저히 가르치는 거예요. 따라서 당일에는 우리가 시범을 보이는 형태로 슨가 여자들을 최대한 움직이게 했으면 좋겠습니다. 다시 말해 제가 두 번째로 루가의 아궁이를 맡았던 그날 밤을 재현하는 식이죠."

"아아, 우리 가장에게 스테이크를 먹게 한, 루티무의 혼례 전 축하연의 밤을 말하는 거구나? 하긴 그때는 거의 우리 손으로 조리를 했었지."

오늘도 기운이 넘치는 미아 레이 아주머니가 여자들을 대표하는 모양새로 고개를 힘차게 끄덕였다.

"그런데 이번에는 루티무의 축하연 때와 비슷한 인원을 상대해야 하잖니? 정말 그 방식이 통할까?"

"아마 괜찮을 거예요. 축하연 때처럼 공들여 요리하는 것도 아니고, 순서대로 요리를 나르느라 신경 쓸 필요도 없으니까요. ……그래서 말인데요, 음식은 『먀무구이』와 스테이크, 구운 포이탄, 기바 고기와 아리아 수프, 이상 네 가지로 구성할 생각이에요."

"호오, 수프에 다른 채소는 안 넣을 거야?"

라라 루가 물었다.

"응. 어차피 식재료비는 슨가에서 주는 대가에서 사용해야 하거든. 아리아랑 포이탄 말고도 먀무하고 과실주도 써야 하니 이번에는 소박하게 할 생각이야."

야밀 슨과 그렇게 약정을 맺었다.

더군다나 그 대가—— 기바 40마리분의 엄니와 뿔은 슨가에서 마련하는 게 아니라 가장 회의에 모이는 모든 씨족의 가장들로부터 징수한다고 한다.

아무리 생각해도 화가 치미는 이야기지만 우리는 우리대로 계획이 있기 때문에 이의를 제기할 수도 없었다.

우리는 이번 기회에 '맛있는 식사'와 '풍요로운 생활'의 중요성을 숲가의 백성에게 알릴 작정이다.

슨가 녀석들이 뭘 꾸미든 정당성은 이쪽에 있다—— 그렇게 주장하기 위해서다.

"게다가 너무 공들여 요리하면 맛있는 게 당연하다고 생각할지도 모르잖아. 가급적 누구나 손쉽게 만들 수 있는 음식이 설득력도 더 얻을 수 있을 거야."

"흐음, 제법 두루두루 생각하고 있구나."

라라 루는 마음대로 하라는 듯 어깨를 으쓱했다.

그녀에게 미소로 답하면서 나는 계속 설명했다.

"당일에는 구운 포이탄, 기바 수프, 고기 요리, 이 순서로 작업을 진행할 생각이에요. 동시 진행으로 각각의 요리를 만드는 게 아니라 요리를 하나씩 다 같이 완성해나가는 거죠. 구운 포이탄과 수프는 다들 문제없겠죠. 그러면 고기 요리 말인데요, 여러분 한 명 한 명이 슨가 여자들에게 가르칠 수 있을 만큼 요리 기술을 익혀주었으면 해요."

나는 없는 듯이 서 있는 실라 루 쪽으로 시선을 옮겼다.

"그리고 이건 가장 회의와는 다른 이야기인데요, 특별히 실라 루는 『먀무구이』를 혼자 완벽하게 만들 수 있을 만큼 실력을 키웠으면 좋겠어요."

"네? ……왜죠?"

"내일부터 다시 역참 마을에서 장사를 시작할 건데요, 내가 없더라도 『먀무구이』 포장마차를 잘 꾸려나갔으면 좋겠거든요."

가장 회의 다다음 날인 파란 달 12일부터 나는 《남쪽의 대수정》에서 저녁 식사용 음식의 밑 준비를 맡기로 했다.

그런데 지금 상황으로는 시간이 부족하다.

포장마차 장사가 끝난 후에 밑 준비 작업을 시작하면 귀가 시간이 한참 늦어진다. 그렇게 되면 이번에는 다음 날 장사의 밑 준비할 시간이 줄어들고 만다.

"그래서 오후에 『기바 버거』가 다 팔릴 즈음에 저는 《남쪽의 대수정》으로 출발하려고요. 그때부터는 실라 루가 『먀무구이』 포장마차를 도맡아줬으면 좋겠어요."

"……내가 과연 그 일을 해낼 수 있을까요? 『먀무구이』는 불 조절이 굉장히 중요하다고 했죠?"

"네, 너무 구우면 고기가 질겨지고 양념도 바짝 졸아들어서 맛이 지나치게 강해져요. 그런데 실라 루라면 며칠 만에 문제없이 맡길 만한 수준이 될 거라고 믿어요."

"정말 그렇게 생각해요……?"

"그럼요.『먀무구이』포장마차를 완전히 맡기게 되면 실라 루에게는 그동안 지불했던 대가의 두 배를 줄 거예요. 이 이야기는 이미 미아 레이 루에게 전해두었어요."

실라 루는 깜짝 놀라 미아 레이 아주머니를 돌아보았다.

미아 레이 아주머니는 빙그레 웃으면서 가까이 있는 라라 루의 머리를 헝클어뜨렸다.

"그래도 괜찮겠느냐고 라라와 비나에게도 물어봤는데 말이지. 그 정도로 솜씨가 뛰어난 사람은 실라 루밖에 없다는 이야기여서 너한테 맡기기로 했단다. 이 아이들은 그 정도로 부엌일을 잘하는 것도 아니고 말이야."

"엄마도 참 말 많네. 아무튼 실라 루가 너무 잘해서 그래! 우리가 어떻게 아스타랑 똑같은 맛을 내겠어!"

"정말 그래…… 나도 더 분발하고 싶지만 아무래도 포장마차에서 고기를 구울 용기는 나지 않아……."

그렇게 반응하는 두 사람의 눈동자에는 매우 순수한 칭찬과 동경의 빛이 깃들어 있었다.

그리고 지금껏 입을 꾹 다물고 있던 마지막 인물이 그때 처음으로 입을 열었다.

"미아 레이 엄마. 나도 부엌일이라면 나름 곧잘 한다고 생각하는데…… 내일부터 역시 역참 마을에 내려가는 사람은 비나 언니와 라라야?"

차녀 레이나 루였다.

레이나 루는 가슴 앞에 두 손을 모으고 간청하듯 엄마의 얼굴을 바라보았다.

미아 레이 아주머니는 난처한 미소를 머금었다.

"처음에 비나를 선택한 사람은 가장이었어. 비나와 네가 한꺼번에 자리를 비우면 조금은 집안일에 지장이 있지 않겠니? ……게다가 역시 슨가의 꿍꿍이속이 좀 더 드러나지 않는 한 나도 아스타 곁에는 비나가 있는 편이 낫다고 생각하는구나. 이러니저러니 해도 사람을 제일 잘 다루는 사람은 네 언니니까 말이다."

"그래도……."

"예를 들어 슨가의 남자가 술에 취해서 시비를 걸어오면 그 녀석을 가장 잘 구슬릴 수 있는 사람은 역시 비나잖니? 이번 가장 회의의 아궁이 당번을 완수해서 슨가에서 더는 아스타에게 집적거리지 않을 거라는 판단이 서면 가장도 생각을 바꿀지도 모르지. 그때까지는 너도 좀 참으렴."

"……알겠어."

레이나 루는 볼을 살짝 부풀렸다.

비나 루는 매우 복잡한 표정으로 고개를 돌린 채 밤색 머리카락 끝을 만지작거렸다.

그리고—— 실라 루는 결연한 표정으로 나를 쳐다봤다.

"알겠습니다. 아스타가 그렇게까지 나를 신뢰해준다면 나도 그 신뢰에 보답하고 싶어요. 아스타, 모쪼록 잘 부탁합니다."

"고마워요. ……그럼 바로 강습회를 시작하겠습니다."

◇

그 후에는 딱히 강습회가 어수선해질 만한 일도 없이 오전부 강습회를 무사히 마칠 수 있었다.

나는 약 두 시간 만에 부엌에서 벗어나 두 팔을 뻗어 기지개를 켰다.

밖에서는 리미 루와 티토 민 할머니가 피코잎을 말리며 장작을 패고 있었다.

"오, 리미 루. 아이 파는 아직 안 돌아왔어?"

"응. 이제 올 때가 됐는데."

아이 파는 장사할 때 사용할 장작을 구하러 숲 입구로 향한 것이다.

해가 중천에 걸리려면 아직 시간이 있어서 어떻게 할까 생각하고 있자니 뜻밖의 인물이 다가왔다.

루 본가의 장남 지자 루였다.

"아스타. 시간 있으면 잠시 대화를 나누고 싶은데."

"나와 대화를── 말이에요?"

요즘 들어 부쩍 모습을 감추고 있던 지자 루가 만반의 준비를 하고 나에게 할 이야기란── 솔직히 별로 좋은 이야기는 아닌 것 같았다.

뒤이어 부엌에서 나온 미아 레이 아주머니도 적잖이 수상해하며 장남의 모습을 바라보고 있었다.

"지자, 네가 아스타에게 할 이야기가 있다니 어쩐 일이니? ……설마 가장의 결정에 불만이 있는 건 아니겠지?"

"가장의 결정은 절대적이다. 장남인 내가 그것을 거스르는 일이라도 할 것 같은가?"

여전히 표정만큼은 온화함 그 자체였다.

실처럼 가는 아들의 눈을 꼼짝 않고 쳐다보고 나서 미아 레이 아주머니는 작게 한숨을 토했다.

"너도 아스타도 맡은 일이 있으니 서로 쓸데없는 잔걱정은 떠안을 필요가 없단다."

"물론."

지자 루는 고개를 끄덕이더니 집 옆쪽으로 발걸음을 옮겼다.

분위기상 나도 따라갈 수밖에 없었다.

"……당신과 제대로 대화하는 건 꽤 오랜만인 것 같군, 아스타."

"그러게요. 루티무의 연회 날 아침 이후 처음일지도 몰라요."

"그렇지만 20일도 지나지 않았군. ……한데 그사이 상황은 어지럽게 변하고 말았다."

지자 루가 멈춰 서더니 나를 향해 몸을 돌렸다.

칼을 차지도 망토를 걸치지도 않았다. 천 조끼와 허리 가리개만 두른 평상복 차림이다.

하지만 훌륭한 체격을 타고난 이 사내가 마음만 먹으면 나를 제거하는 데 칼 따위는 필요 없을 것이다. 이 사내를 대할 때는 슴가를 상대할 때처럼 신중해야 한다는 생각에 나는 주의를 기울이고 있었다.

"당신은 완전히 슴가의 중심인물이 되어버렸다. 당신이 움직이면 슴가의 앞날도 움직이지. ……나로서는 그렇게밖에 생각되지 않는군."

"그렇지 않아요. 온갖 소동의 발단이 되었다는 자각은 있지만── 그런데 그건 좋은 의미에서도 나쁜 의미에서도 나 혼자 힘으로 그렇게 된 게 아니에요. 아이 파와 가즈란 루티무 그리고 돈다 루가 있었기 때문에 나 같은 사람이 슴가의 앞날에 관여하게 되었다고 생각해요."

"글쎄 어떨까? 적어도 당신의 존재가 없었다면 오늘의 사태도 없었을 거라 생각하는데."

눈에 보이지 않는 압력이 머리 위에서 나를 서서히 내리누르기 시작했다.

그의 형제들이 두려워하는, 눈에 보이지 않는 납덩이 같은 압박감이었다.

"그럴지도 모르죠. 하지만 역시 그건 다른 사람들도 마찬가지라고 생각해요. 아이 파와 가즈란 루티무와 돈다 루, 이들 중 누구 하나라도 없었다면 상황은 완전히 달라졌을 거예요. 세상은 그런 거 아닌가요?"

"……아스타, 당신은 변했군."

지자 루가 낮게 말했다.

"예전의 당신은 더 연약한 인상이었지. 자기 자신이 어떤 존재인지도 모른 채 그러면서도 힘을 무질서하게 휘두르는 위태로움이 있어 보였거든."

"네에……."

"한데 지금 당신은 자신의 힘을 이해한 상태에서 그 힘으로 숲가에 영향을 주려는 것처럼 보이는군."

그렇지 않아도 큰 지자 루의 몸집이 더 커진 듯한 착각에 빠지고 말았다.

압박감이 점점 심해졌다.

"당신은 위험해. 카뮤아 요슈라는 돌의 도시의 주민보다──이국인이면서도 숲가의 앞날을 내부에서 움직이는 힘을 지닌 당신이야말로 가장 위험한 인간으로 보이는군."

"그건 역시 아직 나를 숲가의 일원으로 인정할 수 없다는 뜻인가요?"

공포감이라기보다는 견딜 수 없는 숨 막힘을 느끼면서 나는 그렇게 응수했다.

"난 이래 봬도 숲가의 일원이 되길 진심으로 바라고 있어요. 하지만 숲가에서 산 지 얼마 되지 않은 내 판단만 가지고 큰일을 벌이기가 불안했어요. 그래서 아이 파와 가즈란 루티무, 그리고 돈다 루에게 내 심정을 토로함으로써 최선의 길을 선택해 왔다고 생각합니다. ……지자 루는 현재와 같은 형태로 루가가 역참 마을이나 슨가에 관여하는 것을 원하지 않는 건가요?"

"원하는지, 원하지 않는지 묻는다면—— 물론 원하지 않는다. 숲가의 앞날은 숲가의 백성이 정해야 한다고 나는 생각한다."

"으음…… 그럼 차라리 돈다 루나 가즈란 루티무가 나라는 도구를 이용해서 숲가의 앞길을 열고자 한다고, 그런 식으로 생각해볼 수 없을까요? 나 스스로도 조금은 그런 의식을 갖고 있거든요……."

"당신이 도구라 해도 그것을 다루는 사람은 루나 루티무가 아니지."

지자 루의 눈은 여전히 실처럼 가늘었지만 마치 검은빛을 띠는 것 같았다.

칠흑의 칼끝처럼 날카로운 빛을.

"당신을 다루고 있는 사람은 파가의 가장이다. 솔직히 말해 숲가의 앞날이 친족도 없는 파가의 가장의 손에 달려 있는 것 아닌가?"

"그건 오해예요. 내가 아이 파를 가장 소중히 여기는 건 그래서가 아니에요. 그런데 아이 파 역시 사리사욕이 아니라 숲가의 앞날을 위해서 행동하고 있잖아요."

그렇기 때문에 아이 파는 자신의 마음까지 굽혀서 루나 루티무를 의지하기로 결단한 것이다.

그 이튿날 정신적인 피로 때문에 몸살이 날 만큼 고민하면서 —— 그럼에도 아이 파는 자신이 옳다고 생각한, 가즈란 루티무의 말에 따르는 길을 선택한 것이다.

그렇기에 나는 루와 루티무와 파의 사람이 서로 협력해가며 숲가의 앞길을 열기 위해 노력한다고 생각했는데── 지자 루는 어째서 그런 식으로 생각할 수 없는 걸까?

"……2년 전 아이 파가 다루무의 아내가 되었다면 이런 사태는 일어나지 않았겠지."

지자 루는 결코 흥분하지 않는 목소리로 말했다.

"혹은 지바와 리미가 아이 파와 인연을 맺지 않았더라면── 혹은 아이 파와 당신이 숲속에서 만나지 않았더라면──."

"나한테는 행복했던 일들이 지자 루에게는 불행한 일이라고만 생각되는 건가요?"

눈에 보이지 않는 압력에 견디면서 나도 눈매에 힘을 주었다.

"그렇다면 그건── 굉장히 슬픈 일이네요."

공기가 마치 전기를 띤 것처럼 따끔따끔하게 느껴졌다.

긴장을 늦추면 무릎이 꺾일 것만 같았다.

이것은 틀림없이── 미친 듯이 화를 내는 돈다 루에 필적할 만한 압력이었다.

하지만 돈다 루는 격한 감정을 내뿜어서 그 압력을 형성하는 것 같았는데, 지자 루에게서는 역시 어떠한 감정도 느껴지지 않았다.

분노나 증오 같은 개인감정이 아니라 나와는 인연이 먼 감각 ── 사명감이나 일족에 대한 소속감 혹은 사냥꾼의 존엄 같은 것이 핵심에 있는 걸까.

어쨌든 엄청난 압력이다.

나는 그 압력에 굴하지 않도록 꾹 참는 수밖에 없었다.

그로부터 시간이 얼마나 흘렀을까——.

우리의 대치는 지자 루의 뒤에서 들려온 아이 파의 목소리에 의해 중단되었다.

"아스타, 이런 데서 뭘 하는 거지?"

훅—— 지자 루의 몸에서 발산되던 압력이 사라졌다.

지자 루가 몸을 틀자 덩굴풀로 엮은 장작을 등에 진 아이 파의 모습이 보였다.

"너도 시간 있으면 나 좀 도와. 내일은 어제보다 더 많은 장작이 필요하지 않나?"

"아, 으응, 그렇지. ……알겠어, 도와줄게."

아이 파가 천천히 걸어왔다.

지자 루는 그녀에게 눈인사를 하고 나서 나를 쳐다봤다.

"그럼 나는 이만 실례하지. 오늘은 오랜만에 대화를 나눠서 좋았다."

적당한 대답을 생각해내지 못한 채 나는 고개만 살짝 끄덕였다.

지자 루가 자리를 뜨자 그 대신 아이 파가 다가왔다.

"아스타, 너 정말 여기서 뭐 하고 있었던 거지?"

아이 파가 무서운 얼굴을 들이밀었다.

"저 장남이 저렇게 살기등등한 모습은 처음 봤다. 내가 없는 자리에서 저런 남자와 단둘이 있지 마."

"그, 그런데 대화를 나누고 싶다는데 어떻게 거절하겠어?"

"그래도 거절해. ……저 장남은 도무지 마음을 읽을 수가 없어서 나도 어떻게 경계해야 할지 판단이 서지 않던 참이다."

아이 파가 얼굴을 더 들이밀더니 코가 닿을 만한 거리에서 내 눈동자를 들여다보았다.

"흥…… 그래도 뭐, 그만한 살기를 느끼고도 전혀 겁먹지 않다니. 완력은 여전히 형편없는데 담력만큼은 길렀다는 뜻인가."

"저 말이야. 흉을 보든가 칭찬을 하든가, 둘 중 하나만 해줄래?"

"그렇군. 그럼 칭찬해주지."

톡 하고 아이 파가 내 이마에 자신의 이마를 부딪어왔다.

"지자 루의 살기를 받아내고도 정신을 놓지 않는 자는 숲가의 남자 중에서도 거의 없을 터. 연약한 아궁이 당번 주제에 건방지군, 아스타."

"아니, 그러니까——."

"칭찬하는 거고 자랑스럽게 생각하고 있어."

아이 파는 매우 용맹스러운 미소를 머금었다.

"그 정도 담력이면 슨가의 남자들은 두려워할 필요도 없다. 가장 회의 전에 조금이나마 마음이 가벼워졌어. ……그럼 장작을 모으러 간다, 아스타. 나도 둔해진 몸을 원래 상태로 되돌려야 하니 말이야."

제1장 ★★★ 배덕의 가문

1

그로부터 가장 회의 날까지는 딱히 주목할 만한 일은 없었다
——라고는 할 수 없을 것이다.

루가에서의 강습회 이튿날, 역참 마을에서 장사를 재개한 우
리는 무려 2백 인분의 요리를 완판한 것이다.

그 이튿날은 약간 주춤해서 우리 쪽에서 170인분밖에 준비하
지 못했는데도 역시 요리는 남김없이 팔렸다.

하루 쉬고 이틀 영업한 뒤 그 이튿날부터 다시 이틀을 쉰다는
변칙적인 일정이 손님들의 구매욕을 비정상적으로 자극한 걸
까. 그 전까지 우리 포장마차는 150인분을 준비해 갔어도 다 팔
지 못하고 조금은 남았던 것이다.

손님의 대부분은 여전히 남쪽과 동쪽 백성이었지만, 기바 요
리는 역참 마을에서 꾸준히 화제에 오르고 있었다. 향후 여관에
서도 취급하게 되면 더 높은 평판을 불러일으킬 것이다.

슨가에서 무슨 흉계를 꾸미든 이 장사는 성공시켜야 한다.

그 의지를 가슴에 간직한 채 일에 힘쓰는 사이 파란 달의 8일
과 9일이 지나가고—— 그리고 가장 회의 당일이 되었다.

◇

"……슨의 촌락은 꽤 멀구나."

누렇게 밟아 다져진 숲가의 길을 걸으면서 나는 아이 파에게 살짝 귀엣말을 건넸다.

야생 표범처럼 부드럽게 걸어가면서도 아이 파 역시 내게 살짝 대답했다.

"슨의 촌락은 북쪽의 중심이고 루의 촌락은 남쪽의 중심이거든. 멀게 느껴지는 게 당연하지."

숲가의 촌락은 남북으로 길쭉하게 형성되어 있다.

동쪽에 우뚝 솟은 모르가 산과 서쪽에 펼쳐지는 제노스의 영토를 분단하는 형태로 숲이 개간되었기 때문에 길쭉한 지형이 된 것이다.

슨의 촌락은 상당히 북쪽에 위치했고 파가를 포함한 작은 씨족의 촌락을 사이에 두는 형태로 남쪽 부근에는 루와 루티무의 촌락이 존재한다. 해의 위치로 미루어 보건대 벌써 두 시간이나 걸어왔을 터인데 주위 풍경은 거의 변함이 없었다.

"음…… 요컨대 루티무의 축하연 날 밤에 슨가 녀석들도 이렇게 먼 길을 꾸역꾸역 걸어와서 괴롭혔다는 거네."

내가 계속 귀엣말을 하자 아이 파도 "음" 하고 고개를 끄덕이며 얼굴을 가까이 댔다.

"사냥꾼의 일을 성실히 수행하지 않고 있으니 시간이야 얼마든지 있겠지. 나 참, 속이 부글거리는 이야기로군."

"그러게. 그럴 시간이 있으면 기바를 한 마리라도 더 잡으라고 하고 싶네."

"……그런데 아스타."

"응? 아이 파, 왜?"

"넌 왜 일일이 목소리를 낮춰서 말하는 거지?"

아이 파가 영문도 모른 채 이제껏 비밀 이야기에 동참해주었다니.

"딱히 깊은 뜻은 없는데. 뭔가 잡담을 하기에는 좀 눈치 보이는 분위기잖아."

우리는 단둘이 슨의 촌락으로 향하는 것이 아니다. 중간에 루의 친족들과 합류했다.

루에게는 혈연으로 맺어진 여섯 개의 친족이 존재한다. 루티무, 레이, 민, 마무, 릴린, 무파, 이렇게 여섯 씨족이다. 가장 회의에는 이들 씨족의 가장과 동행인이 한 명씩 참석한다. 여기에 아궁이 당번으로 동행하는 여자들을 합하면 총 24명의 단체 규모다.

게다가 남자들로 말할 것 같으면 정예 사냥꾼만 참석한 만큼 압권이라는 말이 절로 나오는 위용이었다. 이들 모두가 전에 루티무의 연회에 참가했을 터인데 나와 안면이 있는 사람은 돈다 루와 다루무 루, 그리고 단 루티무 세 명뿐이었다.

그런 그들이 오늘 밤 저녁 식사에서 사용할 식재료를 나눠서

운반하고 있었다. 거기에 불만을 품은 사람은 없더라도 나로서는 미안할 따름이었다.

"······아아, 왠지 졸음이 오는데."

갑자기 뒤에서 큰 목소리가 들렸다.

뒤돌아보니 남자들 중에서는 최연소로 보이는 소년이 걸으면서 하품을 하고 있었다.

"이렇게 일찍 일어난 것도 오랜만이네. 돈다 루, 슨의 촌락에 도착하면 나는 잠깐 눈 좀 붙여도 될까?"

"······마음대로 해."

돈다 루가 쌀쌀맞게 대답했다.

"그거 고맙군. 무슨 소동이라도 벌어지면 금방 일어날 테니 좀 봐달라고. ······음, 뭘 보는 거지? 파가의 아궁이 당번."

"아, 아뇨, 실례했습니다."

"딱히 실례랄 건 없는데. 난 그냥 뭘 보고 있었느냐고 물었을 뿐이라고."

딱히 언짢은 기색은 없었지만 성품이 온화해 보이는 얼굴도 아니었다.

왜 그러는 걸까 싶어 할 말을 생각하고 있는 사이 그 소년은 걸음을 재촉하여 내 옆에 나란히 섰다.

"그리고 보니 네 이름을 아직 못 들었군. 난 라우 레이라고 하는데, 넌 이름이 뭐지? 파가의 아궁이 당번."

"네, 아스타라고 합니다."

어쩌면 나보다 어릴지도 모르지만 겸손하게 굴기로 했다.

그렇게 생각하고 있는데 그 소년이 약간 언짢은 표정을 지었다.

"나는 열일곱 살인데 아스타 넌 몇 살이지?

"아, 나도 열일곱이에요."

"그럼 그렇게 깍듯하게 말할 것 없어. 편하게 말해, 편하게."

왠지 유미와 똑같은 말을 하는 소년이었다.

하지만 소년에게는 제법 관록이 배어 있었다.

거의 금색에 가까운 엷은 색상의 머리를 길게 늘어뜨려 목덜미 언저리에서 묶고 있었다. 기름한 눈은 엷은 물색이고 코가 높고 입술이 얇다. 살짝 어른스러운 루도 루 같은 느낌으로, 얼굴 생김새는 약간 중성적인데 반해 성질이 사나워 보이는 표정이었다.

키는 나보다 좀 더 크고 체격도 마른 편이다. 그런 풍모에 나이까지 젊은데 박력은 주변 남자들에게 지지 않을 정도였다.

"뭐, 역참 마을의 장사가 어쨌느니 하는 가즈란 루티무의 말은 지금도 잘 모르겠지만. 슨가가 너희한테 시비를 걸어왔다는 이야기라면 얼마든지 힘을 빌려주지."

"네, 고맙습니다."

"……편하게 말하랬잖아."

"아, 그게 역참 마을에서 장사를 시작해서 그런지 이런 말투가 편하거든요."

"그렇군. 그럼 깍듯하게 말할 때마다 한 방씩 먹여줘야겠어."

"…………."

"너, 정말 파가의 아궁이 당번 맞아?"

라우 레이가 얼굴을 쑥 들이밀었다.

"슨가 녀석들이 혼례 잔치에 쳐들어 왔을 때 씩씩하게 큰소리 치던 사람이 너 맞지? 왠지 완전히 딴사람 같은데?"

"아니, 뭐, 그때는 나도 화가 머리끝까지 나서."

"흥. 그럼 오늘도 그럴 각오로 임해. 슨가 녀석들은 만만하다 싶으면 마음대로 쥐고 흔드니까."

아무래도 나와는 정반대의 승부론을 갖고 있는 소년인 듯했다.

나는 위험한 장면일수록 냉정해야 한다고 생각하건만.

"그런데 아스타, 레이가에서도 가즈란 루티무에게 기바의 피 빼기와 해체라는 기술을 배웠는데 말이지. 그 덕분에 고기 맛은 확실히 좋아졌는데 연회에서 네가 대접해준 음식에는 훨씬 못 미친다. 그 물컹물컹한 고기는 대체 어떻게 만드는 거지?"

"아, 혹시 햄버그를 말하는 건가? 그건 고기를 잘게 다져서 둥글게 빚은 다음……. 그런데 말로만 설명하기에는 힘든 요리거든. 루와 루티무의 여자들은 이미 조리법을 터득했을 테니 그쪽에서 배우는 게 좋지 않을까?"

얻어맞지 않도록 조심하면서 그렇게 대답하자 라우 레이는 비스듬히 뒤쪽을 돌아보았다.

"그럼 아마 민 루티무, 레이의 여자들에게 그 조리법 좀 알려 줘. 나는 집에서도 그 요리를 먹고 싶거든."

다른 사람과 마찬가지로 채소가 담긴 자루를 짊어지고 걷던 아마 민 루티무는 라우 레이에게 공손히 머리를 숙였다.

"알겠습니다. 저도 아직 그리 능숙하게 만들지는 못하지만 레이의 여자들과 함께 솜씨를 갈고닦도록 하겠습니다."

"……아마 민 루티무, 넌 몇 살이지?"

"네. 저도 열일곱입니다, 라우 레이."

"그럼 그렇게 깍듯하게 말하지 않아도 된다. 아스타처럼 편하게 말해."

"아뇨. 루의 친족으로서 레이 본가의 가장에게 그런 실례를 범할 수는 없습니다."

레이 본가의 가장이라니── 이 소년이?

"가장이 되자마자 여자들은 다 저렇다니까. ……아스타, 넌 아궁이 당번이기는 해도 일단 남자이니 편하게 말하도록 해."

아무래도 제법 다루기 어려운 소년과 가까워져버린 것 같다.

아이 파를 살펴보니 당연하게도 우리 가장은 시치미를 뗀 얼굴로 외면하고 있었다.

"뭐야, 레이의 가장은 햄버그 따위가 취향인 모양이지? 햄버그가 맛없지는 않지만 역시 제일 맛있는 건 갈비가 아니더냐?"

그때 대뜸 참견한 사람은 루티무의 가장님이었다.

단 루티무가 북통배를 흔들면서 어청어청 걸어왔다. 이 양반이 도움의 손길을── 보내줄 리가 없지, 하고 생각했다.

"갈비라. 물론 그것도 무척 맛있었지만── 한데 뼈가 붙어 있으면 먹기 불편하지 않나?"

"무슨 소리! 그건 뼈째 발라먹어야 제맛이지! 할 수만 있다면 나는 기바 다리도 뼈 있는 상태로 뜯어 먹고 싶을 정도라고!"

그렇게 먹으려면 골고루 익혀야 하는데 그러기는 힘들 것 같다. 하지만 찜 구이 기술을 연마하면 못할 것도 없다.

"햄버그를 좋아하는 건 대부분 여자들과 어린아이다. 젊은 나이에 가장을 맡다니 장하다고 생각했는데 아직 어린 티를 완전히 벗지는 못한 게로군."

단 루티무는 크하하 하고 커다랗게 웃었다. 라우 레이의 얼굴에는 순식간에 언짢은 표정이 떠올랐다.

"루티무는 레이에게 싸움을 걸 셈인가? 사냥꾼을 어린아이 취급하다니 너무 무례하지 않은가."

"그럼 잔말 말고 갈비를 먹어. 갈비야말로 사냥꾼에게 걸맞은 최고의 요리다."

라우 레이가 화를 내는데도 개의치 않고 단 루티무는 큼직한 눈알을 굴려 나를 쳐다봤다.

"아스타! 물론 오늘도 갈비를 먹게 해주겠지? 그 먀무인가 뭔가를 사용한 얇은 고기도 맛은 있었지만 역시 갈비에는 못 미친다!"

과연, 사흘 전 강습회에서 『먀무구이』 조리 기술을 습득한 아마 민 루티무와 모른 루티무가 곧바로 루티무가의 저녁 식사에서 그 솜씨를 선보였다는 건가.

그것은 그것대로 매우 좋은 이야기이긴 하지만 나로서는 '어라?' 하고 고개를 갸우뚱할 수밖에 없었다.

"오늘 루티무에서도 고기를 나눠주셨는데요. 그중에는 분명히 갈비도 포함되어 있죠?"

"몰라. 그러고 보니 가즈란이 어쩌고저쩌고 한 것 같은데 잠이 와서 흘려들었다."

"……그렇군요."

"슨가 녀석들한테 그렇게 맛있는 고기를 먹이는 건 배알이 꼴리지만, 그렇게 해서 녀석들의 썩은 근성이 조금이라도 나아진다면 허락해주지! 맛있는 고기를 먹고 싶으면 성실하게 기바를 사냥하라고 내가 녀석들의 엉덩이를 걷어차 주겠어!"

"아니, 저, 최대한 원만하게 부탁할게요……."

"응? 뭘 그리 걱정스러운 얼굴을 하고 있냐? 걷어찬다는 건 말이 그렇다는 거다. 내가 그런 성마른 짓을 할 리가 없지."

과연 그럴까, 하고 나는 속으로 한숨을 내쉬었다.

축하연 때 슨가에게 화내는 모습을 본 바로는 조금도 안심할 수 없지만.

"……단, 녀석들이 이성을 잃고 아스타를 해하려 한다면 나도 내가 무슨 짓을 할지 모른다."

호쾌하게 웃어대는 단 루티무의 밝은 얼굴에 순간 사냥꾼의 표정이 번뜩였다.

"그래서 슨가와 전쟁을 하게 되도 상관없다만 아스타를 잃어서는 아무 소용없지. 슨가의 데릴사위 같은 이야기는 논할 가치도 없지만 무엇보다 아스타, 자네는 결코 목숨을 잃어서는 안 돼."

단 루티무는 역참 마을의 장사에 대해서는 관심이 없는 모양이다.

숲가에 풍요로운 삶을 가져다주기 위함이라는 나와 아이 파와 가즈란 루티무의 말도 충분히 이해하지 못한 것 같았다.

하지만 슨가가 내 몸을 노리고 있는 것 같다는 가즈란 루티무의 보고를 받았을 때 이 사람은 당장 슨의 촌락에 쳐들어 가 따질 기세로 격노했다고—— 가즈란 루티무가 나중에 알려주었다.

이 사람은 갈비 맛에 매료되었을 뿐 나라는 인간 자체에는 별 관심도 없는 게 아닐까—— 그렇게 생각했던 자신이 부끄러워졌다.

그런 생각을 가슴에 품으며 "네, 고맙습니다" 하고 대답하자 단 루티무는 다시 크하하 하고 웃더니 내 등을 쾅 두들겼다.

"하긴, 부엌에서는 여자들이, 그 밖의 장소에서는 우리가 지켜줄 텐데 뭐! 아스타는 안심하고 맛있는 요리를 만들면 된다!"

매우 든든한 말인 동시에 매우 힘찬 스킨십이었다.

늑골이 삐걱거리는 소리가 들리는 것도 같았지만 다행히 꺾이지는 않은 것 같았다.

"흥. 슨가 따위는 문제될 게 없는데 조심해야 할 건 그 저능한 친족들이지. 너처럼 연약한 남자는 저항할 재간이 없을 테니 무슨 일이 있어도 녀석들의 수염을 건드리지 않도록 조심해."

입은 험악하지만 라우 레이도 걱정의 말을 해주었다.

어쩐지 의외로 루의 친족들은 나와 아이 파에 대해 우호적이라는 느낌이었다.

아직 라우 레이 이외의 사람들과는 제대로 대화해보지도 않았고 어디를 둘러봐도 무뚝뚝한 얼굴밖에 눈에 띄지 않지만, 뭐랄까 쓸데없는 일이 늘어났다며 못마땅해 하는 사람은 없는 듯 보였다.

그 바탕에는 회의 안건이야 어떻든 간에 슨가가 멋대로 굴도록 내버려두지 않겠다는 공통된 생각이 소용돌이치고 있겠지만, 친족도 아닌 나와 아이 파를 아주 자연스럽게 받아들여주고 있다는 분위기를 느낄 수 있었다.

어쩌면—— 아까 라우 레이가 말했던 루티무의 축하연에서 있었던 일이 원인일지도 모른다.

슨가의 얼간이 삼 형제가 난입했을 때 남자들은 모두 극도로 분노한 상태였다. 그 남자들이 바로 지금 행동을 함께하고 있는 이 멤버들이다.

공통의 적을 앞에 두면 집단 내의 결속력은 단단해지는 법이다. 그 논리에 영향을 받아 남자들이 나와 아이 파를 더 쉽게 받아들이게 되었을지도 모른다.

'그렇다면 고마운 이야기인데.'

거기에는 오해도 아무것도 없다.

우리와 그들은 친족도 뭣도 아니지만 슨가를 꺼림칙하게 여긴다는 그 한 가지만은 조금도 어긋남이 없을 터였다.

이런저런 생각을 하고 있자 선두를 걷던 돈다 루가 "이제야 보이는군……" 하고 낮게 중얼거렸다.

황급히 앞을 향해 돌아선 나는 살짝 숨을 삼켰다. 상상을 초월한 건축물이 우듬지 너머로 보였다 안 보였다 했기 때문이다.

어쩌면 건축물이라고 할 만큼 훌륭한 것이 아니었을지도 모른다. 개간된 공터 한가운데에 건초로 이루어진 언덕 같은 것이 붕긋하게 솟아올라 있었는데 석기시대의 수혈식 주거(땅을 파서 둘레에 기둥을 세우고 지붕을 덮는 구조, 움집이라고도 한다) 같은 모양이었다.

다만 규모가 엄청났다. 밥공기를 엎어놓은 듯한 돔 모양을 하고 있는데 직경이 20미터 이상은 족히 되어 보였다. 상당히 납작하면서도 그 밥공기의 꼭대기는 2층 건물쯤 되는 높이였다.

입구는 사방에 빠끔히 뚫린 검은 구멍인 모양이다. 밥공기 꼭대기에는 고깔모자 같은 지붕이 덮여 있고 거기에도 환기를 위해서인지 네모난 구멍이 뚫려 있었다.

만듦새 자체는 조잡해도 숲가의 환경에서 이렇게 거대한 건축물을 만들 수 있다는 것은 엄청난 권세의 증거라 할 수 있으리라.

"저게 슨가의 제사당이다" 하고 아이 파가 가르쳐주었다.

오늘 가장 회의도 이 제사당에서 거행된다고 한다.

그 수상한 제사당을 중심으로 낯익은 목조 건물이 여기저기 흩어져 있었다. 그 수는 열 채 이상은 되는 것 같았다.

"……슨의 촌락에 오신 것을 환영합니다."

한 남자가 우리 앞에 홀연히 나타났다.

회색 머리를 뒤로 단정히 넘기고 같은 색깔의 수염을 길렀으며 체격은 좋은데 생기가 없는 초로의 남자── 테이 슨이었다.

"꽤 일찍 도착하셨군요. 낮에는 아궁이 당번들만 오는 줄 알았습니다."

"흥. 이 많은 짐을 여자들끼리 어떻게 옮긴단 말이냐."

테이 슨과 마주한 돈다 루가 땅울림을 연상케 하는 목소리로 대답했다.

"본가의 부엌까지 안내해라. 족장에 대한 인사는 그 후다."

"네. ……그 전에 엄니와 뿔을 받아도 되겠습니까?"

야밀 슨과의 거래 이야기가 성립된 그날 '가장 회의 때 기바한 마리분의 엄니와 뿔을 지참할 것'이라는 통지가 모든 씨족에게 전달되었다.

거대한 뿔과 엄니를 두 개씩, 역참 마을에서 팔면 적동화 12닢에 달하는 금액이다. 루의 친족이나 우리 파가에는 그리 크지 않은 금액이라도 찢어지게 가난한 작은 씨족에는 사활에 관련된 손실이었을지도 모른다.

숲가의 백성은 풍요로운 숲속에 살면서도 숲의 은혜를 수확하는 것도, 논밭을 일구는 것도 제노스의 영토에 의해 금지되어 있다. 숲가의 백성이 건강하게 살아가기 위해서는 엄니와 뿔, 털가죽을 동전으로 바꾸는 수밖에 없다.

오늘 엄니와 뿔은 일단 슨가의 손에 넘긴 후에 아궁이 당번을 맡은 사례금으로 우리 손에 다시 들어오기로 되어 있다. 내 입장에서는 가뜩이나 절박한 형편의 작은 씨족에게 더 큰 부담을 지게 한 것 같아 안타까운 마음이 들었다.

그럼에도 슨가의 비뚤어짐을 바로잡기 위해서라면 이렇게 내부로 뛰어들 수밖에 달리 방도가 없다.

이렇게 된 이상 손실에 상응하는 희망의 빛을 사람들에게 제시할 수 있도록 힘을 짜내는 수밖에 없었다.

"그럼 이쪽으로……."

합계 여덟 마리분의 뿔과 엄니를 받아 든 테이 슨은 그것을 가죽끈으로 죽 엮고 나서 촌락의 안쪽으로 걸음을 옮겼다.

변함없이 패기도 생기도 없는 남자였다.

도대체가 이런 안내역은 사냥꾼의 역할일 리가 없는데 왜 이 사람은 매번 잔시중을 맡는 걸까.

'……어? 칼은 맡기지 않아도 되나?'

루의 촌락에서는 부엌에 들어가기 전에 일단 조리칼을 맡기는 풍습이 있었는데 여기서는 그런 요구는 없었다.

하긴, 안 맡겨도 된다면 번거롭지 않아서 좋지만── 어쩐지 허술하다는 인상은 점점 짙어지기만 할 뿐이었다.

"……음침한 건 여전하군."

라우 레이가 내 옆을 걸으면서 작게 내뱉었다.

그 말은 테이 슨을 향한 말인지 아니면 이 촌락 전체를 두고 하는 말인지── 아마 둘 다일 것이다. 이제 곧 해가 중천에 걸릴 무렵인데 근처에는 사람 그림자 하나 보이지 않았다.

장작을 패는 사람도 없다.

피코잎을 말리는 사람도 없다.

서서 담소를 나누는 여자들이나 즐겁게 뛰노는 아이들의 모습도 없다.

마치 방치된 무인 마을 같은 모습이었다.

게다가 지나가는 길에 살펴보니 그 거대한 제사당도 엄청나게 낡았다는 것을 알 수 있었다. 여기저기 수선은 되어 있지만 건초로 뒤덮인 벽면도 절반은 썩어 있는 것이 보였다. 강우량이 많은 이 숲가에 움집 같은 주거 형태가 적합할 리는 없으니 어쩌면 숲가의 백성이 남쪽 숲에 살던 시절의 양식일지도 몰랐다.

'이 건물이 만들어졌을 무렵에는 슨가도 족장 집안으로서 백성을 바르게 이끌었으려나.'

하지만 그 의문에 대한 답은 지바 할머니처럼 당시를 살았던 사람들의 마음속에만 존재할 뿐이다.

"이쪽입니다⋯⋯."

공룡의 사체 같은 제사당 뒤로 루 본가에도 지지 않을 훌륭한 목조 건물이 숨어 있었다.

분명히 이 건물이 슨 본가의 집일 것이다. 자연스레 긴장이 되었다.

여기가 적의 총본산—— 온갖 악연을 맺은 디가 슨 일행의 근거지인 것이다.

테이 슨은 로봇처럼 규칙적인 발걸음으로 그 건물 뒤편으로 나아갔다.

"……이쪽이 부엌입니다."

역시 루가와 마찬가지로 본채 뒤에 작은 건물이 병설되어 있었다.

규모도 루가와 비슷하다. 옥외에 아궁이 두 개가 설치된 것까지 똑같았다.

"흐음. 슨가의 여자들은 어디에 있지?"

미아 레이 아주머니가 소리를 높이자 테이 슨은 여전히 초점 없는 눈빛으로 머리를 숙였다.

"지금 불러 오겠습니다. 잠시 기다려주십시오."

테이 슨이 모습을 감추자 사람들은 부엌 입구 옆에 짐을 차곡차곡 쌓았다.

90킬로그램 남짓한 기바 고기.

4백 개 넘는 아리아. 3백 개에 가까운 포이탄.

과실주, 돌소금, 먀무 등의 조미료.

조리 기구와 쟁반을 대신할 고무나무잎처럼 생긴 잎.

이렇게 한군데로 모아놓고 보니 양이 엄청나게 많다는 것을 알 수 있었다.

가장 회의에 출석하는 사람 79명, 슨가 사람 41명, 우리 아궁이 당번 9명—— 여기에 미다 슨을 위한 여유분 10인분, 도합 139인분의 식량이다.

공식적으로 남자들의 도움도 여기까지지만 가장 회의가 시작되려면 아직 두세 시간은 여유가 있다. 그때까지는 그들도 부엌 근처에서 대기할 작정이었다.

"……한데 가장 회의가 시작된 후에도 슨 분가의 남자들은 자유로이 움직일 수가 있어. 결코 방심해서는 안 된다, 아스타."

벌써 몇 번째인지 모를 말을 아이 파가 작게 거듭했다.

"알아. 아무튼 무슨 일이 있어도 절대로 단독 행동은 하지 않을게. ……아이 파, 너도 조심해."

"흥. 내 쪽에 위험은 없어. 다만 가즈란 루티무가 없다는 사실만은 안타깝군."

그렇다. 가장 회의에서 아이 파는 파가가 어떤 심정으로 역참 마을에 가게를 냈는지 발표할 예정인데, 후계자인 장남은 집을 지켜야 한다는 숲가의 규율에 따라 가즈란 루티무는 오늘 불참하게 된 것이다.

돈다 루와 단 루티무는 그 발표에 거의 도움이 되지 않는 데다 루티무의 차남도 형만큼 말재주가 뛰어난 인물이 아니었다.

아니, 실은 가즈란 루티무가 몹시 남다른 것이리라. 그처럼 이성적이고 유려하게 말하는 사람을 나는 숲가에서는 본 적이 없다.

아마도 숲가의 백성의 기질 때문일 것이다. 정이 깊고 감성이 풍부한 사람은 많은 반면, 이성과 지성을 중시하는 사람은 별로 보지 못했다. 내 좁은 교우 범위에서 역시 그런 특성을 지닌 사람은 가즈란 루티무와 지바 할머니—— 그리고 지자 루나 사티 레이 루, 거기에 아마 민 루티무에게서 그 편린을 느끼는 정도였다.

"……괜찮아. 중요한 건 마음을 전하는 일이니까."

나도 아이 파에게 살짝 속삭였다.

"아마 나나 카뮤아 같은 사람은 아무리 말을 잘해봤자 숲가의 백성에게 마음을 전하기는 힘들걸. 그런데 같은 숲가의 백성인 아이 파라면 분명히 잘할 수 있을 거야."

"……지금껏 나를 봐왔으면서 어떻게 그런 말을 할 수 있는지 이해하기 어렵지만, 하긴, 너한테는 무리라는 말을 듣는 것보다는 훨씬 낫군."

퉁명스럽게 내뱉고 나서 아이 파는 코끝을 긁적였다.

"힘닿는 데까지 나는 내 일을 완수하겠다. ……너도 일할 시간이 다가온 모양이군, 아스타."

아이 파의 시선을 따라가니 집 뒤에서 테이 슨이 모습을 드러내던 참이었다.

그의 뒤로 열 명 이상의 여자들이 따라오고 있었다. 그중 한 명이 도중에 테이 슨을 앞질러서 나와 아이 파 앞에 섰다.

"기다리고 있었어, 파가의 아이 파와 아스타. 가장 줄로도 막내 미다도 오늘이 오기만을 고대하는 눈치였거든."

슨 본가의 장녀 야밀 슨이었다.

숲가에서 만나는 것은 이번이 처음이었다.

역참 마을에서는 베일과 숄로 맨살을 가렸던 야밀 슨은 가슴

가리개와 허리 가리개, 그리고 금속 세공의 장신구만 걸친 가벼운 차림으로 우리 앞에 나타났다. 역참 마을에서 만났을 때보다 무척 아름답고── 그리고 한층 섬뜩했다.

갈색의 긴 머리를 레게 머리처럼 갈래갈래 땋아 내렸다.

기름한 눈동자는 한없이 검은색에 가깝다.

키가 훌쩍 크고 팔다리도 길며 비나 루 못지않게 우아하고 아름다운 몸매를 갖고 있다.

하지만 역시── 그 아름다운 육체에는 부패한 피 냄새가 끈적하게 휘감겨 있었다.

'……그런데 아이 파와 비나 루한테서는 이 냄새가 느껴지지 않는단 말이지.'

내가 숲가의 백성보다 우수한 점이 하나 있다면 아마 예민한 후각일 것이다. 기본적인 신체 능력뿐만 아니라 시각이나 청각 면에서도 숲가의 백성은 상당히 뛰어난 힘을 지닌 모양이지만 후각만큼은 간신히 내가 더 나은 것 같다.

그런고로 나는 다른 누구보다도 이 야밀 슨이라는 여자에게 높은 경계심을 갖게 되었다. 설마 인간의 피는 아니겠지만, 그럼에도 항상 피비린내가 나는 사람이니 섬뜩하게 느끼는 것도 당연하다.

"……그리고 보니 처음에 전해두었어야 할 말이 있었네."

야밀 슨이 차갑게 웃으면서 말했다.

"파가에 지불할 대가는 기바의 뿔과 엄니 40마리분이 아니라

36마리분으로 바뀌었거든. 양해해줄 수 있을까?"

"네? ……그건 이유에 달렸다고 생각하는데요."

"이유는 간단해. 최근 1년간 씨족의 수가 40에서 36으로 줄어버렸거든. 대가 끊기거나, 끊기기 전에 다른 집안으로 들어가기도 해서 네 개의 씨족이 멸망했다는 거지. ……따라서 만들 요리도 8인분 줄이고 대가는 기바 36마리분으로 했으면 하거든."

"……인원이 늘어난 것보다는 낫지만, 숲가의 규정이 그렇게 간단하게 뒤집히는 줄은 몰랐네요."

"간단하지 않아. 그래서 이렇게 진지하게 부탁하고 있잖아."

진지라니, 말이면 다인 줄 아나 싶어 나는 어깨를 으쓱했다. 씨족의 수가 줄었다는 걸 알았다면 사전에 통지할 방법은 얼마든지 있었을 것이다. 성실하게 상대하는 쪽을 바보로 만들 만큼 불성실한 처사였다.

하지만 우리는 우리 방식대로 싸우는 수밖에 없다.

"이제 와서 이 많은 짐을 짊어지고 돌아갈 생각을 하니 내키지 않는군요. 루와 루티무 여러분이 양해해준다면 받아들이지요. 대가는 모두 균등하게 지불할 예정이었거든요."

"대가야 아무려면 어떠니. 그보다 얼른 일을 시작하자꾸나."

미아 레이 아주머니가 전혀 동요하는 기색도 없이 야밀 슨 앞으로 나왔다.

야밀 슨은 아무런 관심도 없다는 듯 아주머니를 차가운 눈빛으로 슬쩍 쳐다봤다.

"그럼 잘 부탁할게, 파가의 아스타. 여기 열다섯 명의 여자들을 마음껏 부려도 괜찮아."

열다섯 명이라니. 상당한 인원이다.

슨의 촌락에는 총 41명이 산다고 들었다. 여자들은 거의 다 모아주었나 싶어 나는 쭉 훑어보았──.

그리고 말문이 막혔다.

'……이게 뭐야?'

다양한 연령의 숲가의 여자들이었다.

가장 나이가 많은 사람은 쉰 살쯤 되어 보이고 가장 어린 사람은 열 살쯤 되어 보였다. 기혼 여성도 있는가 하면 미혼 여성도 있다. 겉보기에는 이렇다 할 이상한 점은 없었다.

다만── 하나같이 눈이 죽어 있었다.

나이 든 여자도 어린 여자도 너나없이 테이 슨과 마찬가지로 걸쭉하고 탁한 눈빛을 하고 있었다.

그 갈색 얼굴에도 모든 표정이 결핍되어 있었다. 숲가의 백성으로서 건강한 생명력과 약동감은 전혀 느껴지지 않았다. 딱히 비쩍 마르지도 않았고 건강에는 아무런 이상도 없어 보였지만 한없이 무기력하게만 보였다.

역참 마을 사람들보다도, 내가 있던 세계의 사람들보다도──내가 이제껏 봐온 그 어떤 사람보다도 그녀들은 생기가 없고 잘못 빚어낸 진흙 인형처럼 멍하니 서 있기만 했다.

"그럼 난 다른 볼일이 있어서 이만 실례할게. ……아, 가장은 아직 일어나지 않았거든. 그쪽 남자들도 인사는 나중에 해야겠네."

독사 같은 미소를 남기고 야밀 슨은 자리를 떴다.

테이 슨도 당연하다는 듯 사라졌다.

그런 두 사람의 뒷모습을 보면서 미아 레이 아주머니는 커다란 손바닥으로 짝 하고 박수를 쳤다.

"그럼 짐부터 옮기자꾸나! 우선 포이탄부터 부탁하마!"

슨가의 여자들은 대답도 없이 하느작하느작 이쪽으로 다가왔다.

동작이 극단적으로 느리지도 않은데 어쩐지 좀비 떼처럼 보였다.

"……저 기분 나쁜 여자는 뭐야?"

내 뒤에서 단 루티무가 불쾌하게 중얼거렸다.

아무래도 혼잣말인 듯하지만 나는 일단 "본가의 장녀인데 이름은 야밀 슨이라고 해요" 하고 대답해두었다.

"본가의 여자라. 얼간이 삼 형제에 비하면 기골은 있어 보이는데 저런 고약한 냄새를 퍼뜨리는 인간과 저녁 식사를 함께하는 건 질색이다."

"네?"

약간 놀라서 단 루티무의 거체를 올려다보았더니 그가 뭉툭한 코를 벌름거렸다.

"어째서 저 여자는 썩은 피 냄새를 퍼뜨리고 다니는 거야. 저렇게 가는 팔로 가죽 벗기는 작업을 하는 것도 아닐 텐데."

"……단 루티무는 대단히 예민한 코를 가지셨군요."

"엉? 나는 숲에서도 기바를 냄새로 찾아낸단 말이다. 루티무에서도 이게 가능한 사람은 나와 아버지 라뿐이지."

자랑스럽게 북통배를 흔들면서 그는 뭉툭한 코를 손끝으로 문질렀다.

"아무튼 마음에 안 들어. 슨가 녀석들은 죄다 마음에 안 들지만 저 여자는 특별히 더 그렇군. 아스타, 저 여자한테만은 특히더 방심해서는 안 된다?"

"네. 그 말에는 깊이 동의합니다."

고개를 끄덕인 뒤 나도 포이탄 자루를 움켜쥐었다.

그러고 나서 아이 파를 돌아봤다.

"그럼 나도 일에 착수할게. ……서로 힘내자."

아이 파는 심각한 표정으로 말없이 고개를 끄덕였다.

이리하여 슨의 촌락에서 우리의 싸움은 조용히 막을 열었다.

2

나와 동행해준 루와 루티무의 여자는 모두 여덟 명.

그리고 슨가의 여자는 열다섯 명.

약 130인분의 식사를 만드는 아궁이 당번의 인원으로는 더할나위가 없다. 문제는 질이다.

"음, 이 중에 슨 본가에서 오신 분 계신가요?"

포이탄과 조리 기구만을 부엌으로 옮긴 후 나는 그렇게 물어봤다.

과연 24명이나 수용할 만한 공간은 없었기에 부엌 앞에서였다.

아이 파와 돈다 루 일행은 조금 떨어진 흙바닥에 주저앉아 육포를 뜯으면서 우리 모습을 가만히 지켜보고 있었다.

"……본가 사람은 없습니다."

가장 나이 든 여인이 억양 없는 목소리로 대답했다.

"그래요? 난처하게 됐네요. 앞으로 미다 슨을 위해서도 본가 여자들이 조리 기술을 익히길 바랐거든요."

"…………."

"네?"

"……본가 여자들은 아궁이 당번을 맡지 않습니다."

"네? 그럼 누가 본가의 아궁이 당번을 맡는데요?"

"……우리가 맡습니다."

"그렇군요. ……그런데 본가에도 여자가 세 명쯤 있는 거죠?"

장녀 야밀 슨 외에 막내 여동생과 가장의 아내가 있다고 가즈란 루티무가 일러주었다.

그런데 그 여자들은 "……우리가 맡습니다" 하고 같은 말을 되풀이할 뿐이었다.

"아, 네. 알겠습니다. 그럼 작업을 시작하도록 하죠. ……우선 모든 아궁이에 불을 지펴주세요. 쇠 냄비는 네 개밖에 보이지 않는데, 분가에서 세 개쯤 더 가져와주실 수 있나요?"

슨가의 여자들은 이번에도 대답 없이 하느작하느작 움직였다.

그 의욕 없는 모습을 바라보면서 비나 루가 "어쩐지 고생길이 열린 것 같네……" 하고 소곤거렸다.

"이럴 바에는 차라리 우리끼리 작업하는 편이 훨씬 빠를 것 같지 않아……?"

"네. 그러질 못하니까 괴로운 거죠."

우리는 다양한 이유에서 슨가의 여자들에게 조리 기술을 철저히 가르치기로 도모했다.

첫 번째 이유는 맛있는 식사라면 사족을 못 쓰는 미다 슨을 만족시키기 위해.

두 번째 이유는 맛있는 식사를 만들 수 있는 파가의 아스타가 그리 특별한 존재가 아니라는 것을 슨가의 가장 줄로 슨에게 알리기 위해.

마지막으로 맛있는 식사는 숲가의 백성에게 더 강력한 힘과 풍요로운 삶을 가져다준다는 것을 모든 씨족의 가장들에게 알리기 위해서다.

그런데 이렇게까지 의욕이 없는 사람들에게 조리 기술을 가르치는 게 과연 가능한 일일까.

이번에는 루티무의 축하연 때보다 훨씬 고생스러운 작업이 될 것 같았다.

"쇠 냄비에 물을 6할 정도 부어주세요. 아궁이 불은 센 불로 부탁합니다. ……물이 끓기 시작하면 냄비 하나당 포이탄 40개씩 집어넣으시고요."

부엌에는 아궁이가 다섯 개 있었다. 거기에는 슨가의 열 명과 루 본가의 세 자매, 그리고 타리 루를 배정했다.

옥외에는 아궁이가 두 개 있었는데, 이쪽은 슨가의 다섯 명과 루티무가의 두 명을 배정했다.

이것은 조리 지도뿐만 아니라 슨가 여자들이 수상한 행동을 하지 않도록 감시한다는 뜻도 있다. 하긴, 자기들도 먹을 음식인데 독극물 같을 걸 섞을 리는 없겠지만, 슨가를 상대하려면 조심하고 또 조심해야 하기 때문이다.

"바짝 졸아들면 포이탄이 타서 눌어붙지 않도록 잘 휘저어주세요. ……그럼 이쪽 분들은 저하고 다음 순서를 확인하도록 하죠."

나는 부엌 입구에서 미아 레이 아주머니와 실라 루를 불렀다.

"예정대로 포이탄을 다 졸이고 나서 수프 조리는 분가의 아궁이로 마무리하죠. 저희 조(組)는 비나 루와 라라 루, 미아 레이 루의 조는 아마 민 루티무와 모른 루티무, 실라 루의 조는 레이나 루와 타리 루, 이렇게 하려는데 괜찮죠?"

"그건 상관없는데 말이다. 그사이 졸아든 포이탄을 여기에 둔 채 자리를 비워야 하잖니? 그게 가장 걱정이구나."

"저도 걱정이 아예 안 되는 건 아니지만요. 그런데 어차피 이 많은 음식을 한군데에서 완성하기는 어렵거든요. 되도록 맛을 자주 봐서 음식에 이상한 장난을 치지 않았는지 확인하는 수밖에 없을 것 같아요."

"그래. ······그런데 어째서 슨가의 여자들은 하나같이······."

미아 레이 아주머니가 말을 꺼내려는 참에 남자들의 거친 목소리가 들려왔다.

그쪽을 보니 돈다 루 일행 곁에 낯선 남자들의 모습이 아까보다 늘어 있었다.

"우와······ 저 사람들은 누구예요?"

여기서도 그자들의 괴이한 모습이 똑똑히 보였다.

남자 여섯 명이 돈다 루 일행을 향해 소리를 지르고 있었다.

그중 네 명은 기바 털가죽을 머리부터 뒤집어썼고 나머지 두 명은—— 무려 기바의 두개골을 머리에 쓰고 있었다.

"숲가의 북쪽 끝을 지배하는 백성들이란다. 털가죽을 뒤집어쓴 사람은 자자가와 진가, 뼈를 쓴 사람은 돔가. ······저 녀석들은 모두 슨가의 친족이지."

"저 사람들이 슨가의 친족이군요······."

"그렇단다. 어떤 의미에서는 슨가보다 성가신 녀석들이라고 하더구나. 기질이 어찌나 난폭한지, 또 고집이 세기로는 우리 집 가장도 못 당한다고 할 정도라는구나."

"네에? 돈다 루보다 말이에요?!"

말하고 나서 아차 싶었다.

그 융통성 없는 가장의 아내인 미아 레이 아주머니는 유쾌하게 웃음을 터뜨렸다.

"바위처럼 단단하고 완고한 머리로 저 녀석들은 지금껏 족장 집안에 절대적인 충성을 맹세해왔지. 돔이나 자자의 촌락은 북쪽 끝이라 슨가와도 떨어져 있는 탓에 족장 집안이 얼마나 타락했는지 여전히 눈치채지 못한 모양이란다."

"과연…… 제법 성가시겠네요."

"암, 성가시고말고. 저 녀석들은 족장 집안을 거역하는 루와 파야말로 숲가의 안녕을 위협하는 존재라고 생각하겠지."

성가시다. 정말 성가신 녀석들이다.

어쩌면 나는 마음 어딘가에서 만약 험한 일이 벌어져도 돈다 루와 아이 파라면 슨가에게 밀릴 리는 없겠다고── 그렇게 자만심을 품었을지도 모른다. 슨 본가의 남자들이 너무 하찮은 녀석들이었기 때문에.

그런데 지금 돈다 루와 단 루티무 일행에게 덤벼들고 있는 녀석들은 보기에 용맹스럽고 그리고 흉악해 보였다.

털가죽을 뒤집어쓴 사람도 두개골을 쓴 사람도 모두 돈다 루나 단 루티무에 뒤지지 않을 거체의 소유자였다. 그런 무시무시한 의복을 몸에 두른 탓에 그야말로 거대한 기바가 두 발로 서 있는 것처럼 보였다.

인원은 여섯 명밖에 안 되는데도 총 열다섯 명인 돈다 루 일행에게 전혀 기죽은 기색도 없었다. 무엇 때문에 격분하는지는 모르지만 당장에라도 칼을 뽑을 듯 서슬이 시퍼렜다.

"으아, 태우지 말라고 했잖아!"

그때 갑자기 라라 루가 허둥지둥하는 목소리가 들려왔다.

"무조건 휘젓기만 하면 장땡이 아니잖아?! 아, 됐으니까 좀 비켜봐!"

"……예에" 하고 맥없는 대답이 이어졌다.

부엌을 들여다보니 상당히 어려 보이는 슨가의 여자한테서 낚아챈 나무 주걱으로 라라 루가 쇠 냄비 속 내용물과 씨름을 하던 참이었다.

"미안, 아스타! 많이 탔을지도 모르는데 어쩌지?! 아궁이 불위에서 당장 내려야 할까?"

"응, 탄 게 섞인 것 같으면 약간 묽어도 내리는 편이——."

그때 "끼야악!" 하는 비명이 겹쳤다.

이어서 땅바닥에 무거운 게 떨어지는 둔탁한 소리.

옥외 아궁이 쪽이었다.

나는 미아 레이 아주머니와 실라 루와 함께 밖으로 뛰쳐나갔다. 그곳에는 땅바닥에 엉덩방아를 찧은 모른 루티무, 당황한 표정으로 못 박힌 듯 서 있는 아마 민 루티무, 땅바닥에 포이탄이 절반쯤 쏟아진 쇠 냄비—— 그리고 운반용 그리기 막대를 쥐고 멍하니 서 있는 슨가의 여자가 있었다.

"아마 민 루티무, 어떻게 된 거예요?!"

"아아, 아스타—— 죄송해요. 포이탄이 다 졸아들어서 같이 쇠 냄비를 내려놓으려고 했는데 이렇게 되어버렸어요."

두통을 견디듯 이마를 누르고 있는 새언니 발치에서 모른 루티무가 "하마터면 크게 델 뻔했잖아!" 하고 울부짖었다. 평소에는 온화하고 너그러운 모른 루티무가 분노로 얼굴을 벌겋게 붉히고 있었다.

"그 엉거주춤한 자세는 대체 뭐야? 쇠 냄비도 제대로 못 옮기는 주제에 무슨 아궁이 당번을 하겠다는 건데?!"

화를 낼수록 그녀의 모습은 아버지와 똑같아졌다.

슨가의 여자들은 역시 무기력한 표정으로 "예에" 하고 대답할 뿐이었다.

"……이것 참 야단났구나."

내 옆에 서 있던 미아 레이 아주머니가 땅이 꺼져라 한숨을 내쉬었다.

"가장 일행도 힘들겠지만 우리가 남 걱정할 때가 아닌 것 같구나. 제일 쉬운 포이탄이 이 모양이니 수프나 스테이크 같은 건 도저히 맡길 수가 없지 않겠니?"

"그러게 말이에요. 잠시 마음을 가다듬어야겠어요."

우선 이 작업으로 슨가의 솜씨를 살펴볼 작정이었지만 아무래도 그런 느긋한 말을 할 때가 아닌 듯했다.

마지막으로 다시 한 번 슨가의 친족과 상대할 아이 파 일행의 모습을 시야에 담고 나서 나는 부엌으로 되돌아갔다.

"라라 루! 태운 냄비를 이쪽으로 가져다줘! 물독에 쓰는 국자도 같이! ……실라 루, 라라 루 대신 레이나 루 일행을 도와주세요."

"네."

라라 루와 슨가의 여자가 들고 온 쇠 냄비를 루티무가의 쇠 냄

비와 나란히 놓았다.

"눌어붙지 않은 포이탄은 이쪽 냄비에 국자로 떠서 옮겨줘. 그리고 당신들은 새 냄비를 하나 더—— 아니, 두 개쯤 가져다주세요. 그중 하나에는 엎지르고 태워버린 양만큼 포이탄을 추가로 졸일 거예요."

이렇게 된 이상 8인분이 취소된 것도 결과적으로는 다행일지도 모른다.

물론 조리에 실패할 경우를 대비해 식재료는 넉넉히 가져왔지만 이 정도로 크게 실패할 줄은 미처 몰랐다.

'일부러 실수해서 발목을 잡으려고—— 하는 건 아니겠지.'

우리에게 덮어씌울 만한 실수라면 또 모를까 이걸로 음식의 양이 부족해지면 질책을 받는 것은 본인들일 테니.

그녀들은 구제 불능일 만큼 의욕이 없는 것일 뿐이다, 분명히.

"좋아. 남은 포이탄을 전부 사용하도록 하죠. 라라 루, 이번에는 본을 보이는 식으로 네가 전부 완성해줄래?"

"알았어. 더 이상 포이탄이 낭비되는 건 나도 못 봐. ……당신들 말이야, 멍~하니 얼빠진 얼굴로 있는데 소중한 식재료를 대체 뭐라고 생각하는 거야? 이건 남자들이 목숨을 걸고 사냥해 온 기바의 엄니와 뿔로 얻은 포이탄이라고!"

노발대발하는 라라 루에게 "죄송합니다" 하고 감정 없는 목소리로 대답하는 슨가의 여자들.

그런 그녀들과 함께 부엌으로 돌아왔더니 라라 루가 담당했던 아궁이 외에는 그럭저럭 막힘없이 작업이 끝난 모양이었다.

다만 비나 루와 레이나 루 일행도 녹초가 된 상태였다.

"그쪽 포이탄은 다 졸인 거죠? 그럼 쇠 냄비는 밖에 볕이 잘 드는 장소로 옮겨주세요! 흘리지 않도록 조심해서요!"

몇 초간 시간을 끌더니 슨가의 여자들이 그리기 막대를 손에 쥐었다.

그렇게 해서 모든 쇠 냄비를 밖으로 내오고 라라 루가 추가분 작업을 마친 후 나는 한 번 더 전 멤버를 부엌 앞에 나란히 세웠다.

"방금 졸인 포이탄은 이런 식으로 햇볕을 쪼여서 물기가 완전히 없어질 때까지 기다려줍니다. 그동안 이번에는 기바와 아리아를 넣고 국을 끓일 건데요, 그 전에 오늘의 작업에 대해 다시 확인하겠습니다. ……슨가 여러분은 전원 부엌으로 들어가세요."

말없이 이동하는 여자들을 곁눈질하며 나는 덧문 옆에 쌓아놓은 기바 고기 자루를 하나 안아 올렸다.

"그럼 비나 루도 같이 들어오세요. 다른 분들은 입구에서 지켜보시고요."

슨가의 여자들 열다섯 명과 나와 비나 루. 루가에 필적할 만큼 넓은 부엌도 그 인원이 들어갔더니 거의 꽉 차고 말았다.

부엌에 채 들어오지 못한 나머지 멤버는 대체 뭘 시작하려는 걸까, 하는 표정으로 입구에서 안을 들여다보고 있었다.

나는 아궁이 옆에 설치된 작업대 위에 자루를 올려놓고 죽 늘어선 여자들의 모습을 훑어봤다.

"이건 루와 루티무의 집에서 가져온 기바 고기예요. 오늘은 이걸 사용해서 저녁 식사를 만들 겁니다."

슨가의 여자들은 죽은 생선 같은 눈빛으로 아무 생각 없이 나를 보고 있었다.

"이 고기는 누린내를 없애주는 특별한 가공을 거쳤습니다. 저는 이 고기를 가지고 역참 마을에서 포장마차를 열었는데요, 거기 당신은 혹시 알고 있었나요?"

가까이 있는 여자에게 물어봤더니 "……아뇨" 하는 대답이 돌아왔다.

"그렇군요. 그럼 슨가와 인연이 없는 우리가 어떻게 슨가의 아궁이 당번을 맡게 되었는지, 그 부분에 관한 이야기도 듣지 못했나요?"

"……네. 모릅니다."

"그렇군요. 실은 열흘쯤 전에 포장마차에 슨 본가의 막내아들 미다 슨이 찾아와서 제 요리를 구입해주었어요. 미다 슨은 제 요리가 꽤 마음에 들었나 보더라고요. 그래서 본가의 가장 줄로 슨이 하룻밤이라도 좋으니 아궁이 당번을 맡아달라고 부탁을 한 겁니다."

여자들은 아무런 변화도 없었다.

딱히 본가의 녀석들을 두려워하지도 않는 모양이었다.

"그래서 저는 미다 슨이 만족할 만한 요리를 만들어야 하거든요. 그런데 그 요리가 하룻밤으로 끝나버리면 별로 의미가 없지 않겠어요? 그래서 매일 슨가의 아궁이 당번을 맡고 있는 여러분도 맛있는 요리를 만드는 법을 익혔으면 좋겠습니다. ……혹시 그러기 싫은가요?"

나는 다른 여자에게 화살을 돌려보았다.

약간 나이 든 그 여자는 "……싫다고 생각할 이유는 없습니다" 하고 감정 없는 목소리로 대답했다.

"그렇군요. ……당신은 맛있는 요리를 먹어보고 싶다, 그런 생각을 하지는 않나요?"

"……맛있는 요리라는 말의 의미를 저는 잘 모르겠습니다."

"흠흠. 그럼 당신은 어떤가요?"

나는 그 옆에 서 있는 젊은 아가씨에게 물어봤다.

"……맛 같은 건 상관없이 모든 식사에는 감사의 마음을 담아야 한다고 생각합니다."

숲가의 백성으로서는 모범적인 대답이었다.

아이 파도, 루와 루티무의 사람들도 처음에는 모두 그렇게 생각했다.

"지당합니다. 그런데 저는 보시다시피 이국인이고 고향에서는 요리사라는 직업을 갖고 있었거든요. 제 일은 맛있는 요리를 만드는 겁니다. 슨의 가장 줄로 슨에게는 대가를 받기로 했기 때문에 어떻게든 그 일을 완수해야 합니다."

나는 다시 다른 여자와 눈을 맞추었다.

"그 일을 도와주시겠어요?"

"……야밀 슨에게 그렇게 하도록 지시를 받았습니다."

"고맙습니다. ……그런데 지금은 일이 커져서 미다 슨을 비롯한 슨 본가 분들뿐만 아니라 가장 회의에 참석하는 분들과, 그리고 슨 분가 분들의 저녁 식사까지 만들게 되었습니다. 여러분과 여러분의 가족이 먹는 음식도 제대로 만들어내야 합니다."

여기까지 말한 후 나는 드디어 자루 속에서 고기 꾸러미를 꺼내 보였다.

고무나뭇잎 같은 꾸러미를 풀어서 피코잎 범벅의 고깃덩이를 작업대 위에 펼쳤다.

부위는 오른쪽 뒷다리였다.

"비나 루, 쇠 냄비를 센 불에 달궈줄래요?"

"응, 알겠어……."

그사이에 나는 산토쿠 식도로 고기를 썰었다.

시무산 조리칼을 손에 넣었지만 고기를 써는 데는 산토쿠 식도가 필요하다.

"여러분은 맛있는 요리에 관심이 없을지도 모르지만, 저는 맛있는 요리를 대접하는 게 일이거든요. 이렇게 일을 함께하게 된 것도 인연이니 오늘 모쪼록 잘 따라와 주세요."

"……당신은 혹시 우리가 냄비를 태우거나 떨어뜨려서 화가 나셨나요?"

가장 나이가 많아 보이는 반백발의 여인이 억양 없는 소리로 물었다.

"그렇다면 사과의 말씀을 드리겠습니다. 앞으로는 실수하지 않도록 주의하겠습니다."

"사과하실 필요 없어요. 저는 단지 이왕이면 긍정적인 마음으로 일에 임해주시길 바랐을 뿐이에요."

나는 그 여인의 지친 얼굴을 가만히 쳐다봤다.

"여러분은 왜 그렇게 패기 없는 얼굴을 하고 있나요? 부엌 일이 싫은 건가요? 아니면 저 같은 이국인은 돕고 싶지 않은 건가요?"

"……일에 불만을 가진 사람은 없습니다."

왠지 말이 통하지 않는 노견(老犬)과 대화하는 듯한 기분이었다.

역시 그녀들은 테이 슨과 똑같았다.

무기력하고 무관심하고 무감동한 그 테이 슨과.

'그런데…… 테이 슨과 이 여자들은 모두 분가 사람이란 말이지.'

내가 아는 한 슨 본가에는 이런 눈빛을 띤 사람은 없었다.

본가와 분가 사이에 뭔가 큰 격차가 있는 게 분명했다.

그 정체가 뭔지는 모르지만 이대로 가다가는 우리 일도 큰 실패로 끝날지도 모른다.

"……아스타, 냄비가 다 달구어졌어……."

"고마워요."

나는 식칼을 내려놓았다.

그러고 나서 5밀리미터 두께로 썬 넓적다리 살을 슨가 여자들을 향해 내보였다.

"지금부터 이 고기를 구울 겁니다. 간은 피코잎으로만 맞추었어요. 지방도 알맞게 섞여 있으니 이대로 굽기만 할 거예요."

선언한 대로 쇠 냄비에 넓적다리 살을 집어넣었다.

수량은 정확히 열다섯 점.

새하얀 김과 함께 오직 고기 굽는 냄새가 부엌에 가득 퍼졌다.

"비나 루, 나무 접시와 나무 숟가락을 하나씩 부탁할게요."

"예에……."

고기가 얇아서 순식간에 다 구워졌다.

고기를 몽땅 나무 접시에 옮겨 담고 나는 나이 든 여자에게 건넸다.

"한 점씩 드셔보세요. 이게 바로 피 빼기라는 가공을 거친 기바 고기입니다."

여자는 나무 숟가락으로 고기를 먹었다.

무감동한 얼굴의 눈썹 언저리가 살짝 실룩거렸다.

다음 여자는 반응이 없었다.

다음 여자는 눈을 쓱 감았다.

다음 여자는 눈을 조금 크게 떴다.

다음 여자는 무반응.

반응은 제각각이었다.

그중에서 표정이 가장 크게 변한 사람은 열 살쯤 되어 보이는 제일 어린 여자아이였다.

여자아이는 뭔가 불안한 듯 눈살을 찌푸리고 양옆에 있는 동료들을 둘러보았다.

하지만 거기에 응답하는 사람은 없었다.

"입에 맞는지는 잘 모르겠지만 맛이 달라졌다는 건 아시겠죠? 루와 루티무 사람들은 이걸 '맛있다'라고 평가해주었습니다. 저는 숲가에서 '음식에 맛있고 맛없고는 없다'라는 말을 여러 번 들었는데요, 이왕 먹을 거면 맛있는 게 최고라고 생각합니다."

말로 전할 수 있는 것은 여기까지다.

나머지는 몸으로 체감시키는 수밖에 없다.

"이제부터 우리가 만들 것은 훨씬 맛있는 요리입니다. 그걸 원하는 미다 슨을 위해서도 부디 협조를 부탁합니다. ……그럼 지금부터 세 조로 나눠서 다른 요리에 착수하겠습니다."

3

부엌을 나갔더니 남자들의 모습은 보이지 않았다.

어디로 갔을까 하고 고개를 갸우뚱거리고 있자니 레이나 루가 몸을 바싹 기대어왔다.

"남자들은 제사당으로 갔어요. 아직 가장 회의까지 시간은 있지만, 칼을 찬 채 촌락에서 배회하지 말라고 슨의 친족들이 뭐라고 했나 보더라고요."

"하긴" 하고 나는 고개를 끄덕였다.

"아스타. 우리는 앞으로 어떻게 해야 할까요?"

"예정대로 세 조로 나눠서 수프를 만들자. 그런 다음에 중간 중간 슨가의 여자들한테 맛을 보게 했으면 좋겠어."

"맛을 보게 한다고요?"

"응. 그리고 잡담이라도 좋으니 그녀들과 최대한 교류하면서 작업을 진행할 수는 없을까? 요리라는 건 마음이 중요하거든. 저렇게 무기력하면 음식 맛까지 탁해져버려."

"아아…… 무슨 뜻인지 알 것 같아요. 맛있는 요리를 만들고 싶다는 마음이 있어야 맛있어진다는 거죠?"

"맞아. 바로 그 뜻이야."

내가 힘차게 고개를 끄덕이자 레이나 루는 무척 행복한 얼굴로 웃었다.

"알겠어요. 우리도 상대가 슨가라는 이유로 너무 긴장했나 봐요. 같은 여자로서 숲가의 남자에게 맛있는 요리를 먹이기 위해서라는 마음으로 임해야겠어요."

역시 남달리 선량한 데다 총명하기까지 한 레이나 루였다.

같은 설명을 미아 레이 아주머니와 실라 루에게 하고 나서 나는 우리 조원들과 합류했다.

비나 루와 라라 루였다.

"그럼 슨가 여러분도 세 조로 나눠주세요. 되도록 같은 집 식구끼리 모이거나 친한 사람끼리 조를 짜주세요."

슨의 여자들은 다섯 명씩, 우리는 세 명씩 해서 한 조당 여덟 명씩 조를 짰다. 그러고 나서 필요한 만큼의 아리아와 고기를 들고 분가의 부엌으로 향했다.

"자, 우선 아리아를 썰도록 하죠. 썰 때는 쐐기 모양으로 썰어 주시는데요, 쐐기 모양은 이렇게 써는 겁니다."

『기바 수프』에 사용할 아리아는 1인분에 두 개, 기바 고기는 150그램쯤이다.

조 하나당 44인분을 기준으로 수프를 만들어야 하기에 아리아 는 88개, 기바 고기는 6.6킬로그램 정도.

"그러고 보니 미다 슨은 몸집이 커서 10인분을 만들기로 했는 데요, 국을 10인분이나 준비하는 건 역시 너무 많을까요?"

나는 역참 마을에서 장사할 때보다 더 밝게 행동하며 슨의 여 자들에게 물었다.

아리아를 사각사각 썰면서 여자들 중 한 명이 "글쎄요…… 어 떨지……" 하고 무기력하게 대답해주었다.

"뭐, 모자란 것보단 남는 편이 낫겠죠. 전체적으로 좀 넉넉하 게 만들 예정이긴 하지만요. ……미다 슨은 집 안에 있나요? 아 니면 숲에 나갔나요?"

"글쎄요…… 저도 잘…….."

"가장 줄로 슨이라는 분도 실은 아직 못 만나봤거든요. 숲가의 백성의 족장이기도 한 슨 본가의 가장은 대체 어떤 분인가요?"

"……줄로 슨은 훌륭한 분이십니다……."

호박에 침주기(아무리 애써도 반응이 없다는 뜻)란 이런 걸 가리키나 보다.

비나 루도 라라 루도, 대화의 실마리를 찾아내지 못해서 입을 다물고 있었다.

나는 타깃을 바꾸기로 했다.

"저기, 아까 그 고기 어땠어?"

이 조에는 그 열 살쯤 되어 보이는 여자아이도 들어와 있었다. 여자아이도 기계처럼 아리아를 썰면서 나를 흘끗 봤다.

"……평범한 기바 고기와는 완전히 다른 맛이 났습니다."

"그렇지? 그건 말이지, 기바의 숨이 완전히 끊어지기 전에 온몸의 피를 뺀 다음, 순서대로 내장을 빼낸 거야. 그러면 기바를 몸통까지 맛있게 먹을 수 있거든."

"……예에……."

"슨의 촌락에서도 역시 기바 몸통은 숲에 버리니? 기바 다리는 물론 맛있지만 몸통도 맛있는 부위가 꽤 많거든."

여자아이는 무표정인 채 고개를 내저었다.

"……딱히 몸통을 버리진 않습니다."

"어?"

"머리도, 몸통도, 먹습니다. ……다리보다 누린내는 더 심하지만요."

"흐음, 그렇구나."

나는 붙임성 있게 대답하면서 마음속에 위화감이 점점 커지는 것을 느꼈다.

'분가 사람까지 기바의 머리와 몸통을 먹는다니…… 좀 이상

한데?'

아이 파는 슨가가 제노스의 포상금을 독점하고 사냥꾼의 일을 제대로 못하고 있다고 말했다. 그 말인즉슨 포상금으로 아리아와 포이탄을 구입하고, 기바를 한 마리 잡으면 그걸 뼈까지 빨아먹는—— 그런 식생활을 하고 있다는 뜻이다. 그렇다면 위험한 사냥꾼 일은 최소한으로 줄이고 남은 시간에는 마음껏 놀고 먹을 수 있다.

그런데 그런 생활은 본가 사람들만 가능한 게 아니었나?

정말 분가 사람까지 게으른 생활에 빠져들어 있는 걸까?

막상 구체적으로 생각해보니 너무 비현실적인 일로 여겨졌다.

아마 역참 마을에서 장사를 하다 보니 돈 계산하는 버릇이 생겨서 그럴 것이다.

'제노스에서 주는 포상금이 그렇게 막대한 액수인가?'

이번 일로 나는 슨가의 인원을 정확히 알게 되었다.

본가 사람은 여덟 명, 분가 사람은 33명으로 총 41명이다.

이들 41명이 기바를 한 마리도 사냥하지 않고 있다고 가정해봤다.

한 사람당 아리아와 포이탄의 최소 섭취량은 하루에 세 개와 두 개씩이다. 금액으로 따지면 적동화 1.2닢만큼이다.

그것이 41명분일 경우에는 적동화 49.2닢.

그리고 포상금이 지급되는 것은 석 달에 한 번이라고 가즈란 루티무가 말했다.

석 달은 약 90일. 그 기간에 필요한 적동화는 4,428닢이다.

여기에 최소한으로 필요한 고기를 얻기 위해 기바를 사냥한다는 계산도 넣어봤다.

대충 계산해서 한 사람이 하루에 섭취하는 기바 고기를 5백 그램, 한 마리에서 얻어지는 고기의 질량을 평균 40킬로그램으로 가정해보면—— 이틀에 한 마리만 사냥하면 충분하다는 계산이 나온다.

그 뿔과 엄니, 털가죽으로 얻을 수 있는 동전은 이틀에 적동화 24닢.

한 달이면 360닢.

석 달이면 1,080닢.

4,428닢에서 1,080닢을 빼면 3,348닢.

석 달에 3,348닢이면 연간으로는 13,392닢.

사람 41명이 놀고먹으려면 최소한 1년에 그만큼의 포상금이 필요하다는 계산이 나온다.

카뮤아 요슈는 '포상금은 극히 미미한 액수'라고 말했다.

아이 파는 '그래서 슨가는 그 부(富)를 독점했다'고 말했다.

하지만—— 이걸 과연 '극히 미미한 액수'라고 말할 수 있을까?

게다가 이것은 살아가기 위해 최소한으로 필요한 금액이다. 슨 본가의 사람은 그리 검소하게 생활하지 않고 있다.

도드 슨은 대낮부터 과실주를 퍼마셨다.

미다 슨은 한 달에 한 번 적동화 열 닢의 용돈을 받는다고 했다.

그뿐만 아니라 칼이 부러지면 새로 구입해야 하고 옷 재료 같은 잡비에도 그런대로 동전이 필요할 것이다.

그럼 슨가도 포상금에만 의지하는 것이 아니라 어느 정도 기바를 사냥하고 있을 거라는 결론에 이르지만—— 그러면 이번에는 '기바의 머리와 몸통까지 먹는다'라는 증언이 맞지 않는다.

역설적으로 포상금이 아까 그 금액보다 적다면 이틀에 한 마리 이상의 기바를 사냥해야 하며 그 결과, 고기는 남는다는 계산이 될 터였다.

뭔가 좀 불안정하다.

앞뒤가 맞지 않는다.

더군다나 분가 사람만 이렇게 무기력한 눈빛을 하고 있는 이유도 알 수가 없다. 나는 당연히 포상금은 본가 사람끼리 독점하고 분가 사람은 그 비밀을 지키도록 강요받은—— 그런 관계를 예상하고 있었는데 그렇지도 않은 걸까?

"……아스타, 이제 아리아는 다 썰었는걸……?"

비나 루의 말에 나는 순간 정신이 들었다.

"네, 그럼 다음은 기바 고기인데요. 국에는 기바의 다리와 어깨살을 사용할 겁니다."

나는 살짝 머리를 흔들고 눈앞의 일에 집중하기로 했다.

아무리 머리를 굴려봤자 포상금 액수와 슨가에서 기바를 총 몇 마리나 사냥하는지 알지 못하는 이상 결국 정확한 답은 얻을 수 없다.

다만── 의문은 머리 한구석에 잊지 않고 남겨둬야겠다고 생각했다.

"기바의 다리는 아까 제가 썰었던 것처럼 하얀 비곗살을 균등히 남기면서 썰어주세요. 두께는 이 정도로 하고요."

대답은 없다.

아까는 잡담이라도 하라고 말했지만 초면인 데다 이렇게 무기력한 사람들을 상대로 대체 무슨 이야기로 분위기를 띄운단 말인가. 차라리 실실 웃어가며 넉살 좋게 슨 본가의 내부 사정에 대해 물어볼까 싶던 차에──.

라라 루가 "으악!" 하고 소리를 질렀다.

"아, 깜짝이야! 너 누구야? 대체 언제 숨어들었어?!"

"언제라니, 아까부터 계속 여기 있었는데. 그것도 모르다니 너무 둔한 거 아냐?"

새가 지저귀는 듯 카랑카랑한 목소리가 들렸다.

나도 무척 놀랐다. 딱 여덟 명이 있었던 부엌에 어느새 침입자가 들어와 있었다.

아주 조그만 여자였다.

그런데 나이를 가늠하기가 어려웠다.

키는 라라 루보다 머리 하나는 더 작았다. 기껏해야 130센티미터 정도일 것이다.

팔다리와 몸통은 가는데 이상하게 머리만 크고, 갈색 머리를 머리꼭지에서 사과처럼 동그랗게 꽉 묶고 있었다.

왕방울 같은 큰 눈은 흰자위가 유난히 돋보였다. 음험하게 빛나는 작은 눈동자는 검은색이다. 코와 입도 작고, 아래턱은 뾰족해서 삼각형으로 보였다.

그 작은 몸에는 왜인지 원통형 원피스를 걸치고 있었다. 옷감은 소용돌이무늬인데, 양식은 역참 마을의 것이었다.

"……네가 파가에 얹혀산다는 이국인이냐?"

음험해 보이는 삼백안이 나를 뚫어지게 쳐다봤다.

"흐음. 생긴 건 서쪽 백성이네. 머리 색깔은 동쪽 같은데 말이지. 넌 서쪽과 동쪽의 혼혈이냐?"

"아니, 나는 더 먼 나라에서 왔는데―― 너야말로 누구니?"

물어볼 것도 없이 예상은 하고 있었다.

슨 본가 사람은 하나같이 오만하다는 경험으로 미루어 보아 답은 이미 정해져 있었다.

그리고 그 여자는 내가 예상했던 대답을 입에 담았다.

"난 슨 본가의 막내딸 츠바이 슨이야. ……남의 이름을 알고 싶으면 자기 이름부터 대는 게 예의 아냐?"

"아, 나는 파가의 가족 아스타라고 해. 혹시 너도 도와주러 왔니?"

그러자 츠바이 슨이라는 그 작은 여자아이는 숱이 적은 눈썹을 추어올리며 발끈했다.

"왜 본가 사람이 부엌일을 도와야 하는데? 그건 분가의 일이잖아! 이상한 소리 좀 하지 마!"

"아, 그러니? 슨가에서는 그런 관례가 있구나."

본가 사람의 등장으로 인해 나도 경계 수준을 최대한으로 끌어올렸지만── 그런데 인상은 다른 형제들만큼 지독하지 않았다.

선량하거나 성실해 보이는 것은 아니지만 뭐랄까, 친근감이 전혀 느껴지지 않는다고는 할 수 없는 유머러스한 풍모다. 어디서 본 적이 있는 것 같기도 하다. 만화나 애니메이션에 이런 캐릭터가 있지 않았던가?

"흥! 이국인의 말이니 용서해주지. ……흐음, 그게 마법의 기바 고기냐?"

"아니, 난 마법사도 아무것도 아닌데."

"무슨 소리! 네가 제노스의 역참 마을에서 이 기바 고기를 팔고 있다던데?! 역참 마을 사람들이 싫어하는 기바 고기를 팔다니 그게 마법이 아니면 대체 뭔데?!"

히스테릭하게 소리를 지르나 싶었더니 이번에는 커다란 눈을 가늘게 뜨고 나를 가만히 쏘아보았다.

"그런데…… 하루에 적동화를 2백 닢이나 번다는 게 사실이냐? 도저히 믿기지가 않아서 말이야……."

"믿기지 않으면 믿지 않아도 되는데."

"됐으니까 똑바로 대답해! 거짓말해도 어차피 조사하면 다 나와!"

친근감이 전혀 느껴지지 않는 건 아니지만 너무 소란스럽다.

다들 어떤 기분으로 이 장면을 지켜보고 있을까 싶어 죽 훑어보니──.

비나 루는 졸린 듯 눈을 가늘게 뜨고 침입자의 옆얼굴을 바라보고 있었다.

라라 루도 못마땅한 듯 눈살을 찌푸리면서 같은 인물을 노려보고 있다.

그리고── 분가 여자들은 여전히 무기력하게 고개를 숙이고 묵묵히 고기를 썰고 있었다.

딱히 츠바이 슨의 등장에 동요한 기색도 없었다.

"그런데…… 넌 지금까지 역참 마을에서 며칠간 장사를 했냐?"

츠바이 슨이 내 옆으로 바싹 다가왔다.

"미다가 엉엉 울기 시작한 게 열흘도 전이었거든? 그렇다는 건 벌써 열흘이나 장사를 해왔다는 거네?"

"뭐, 대충 그쯤 됐을걸."

실제로는 중간에 하루 휴업을 포함해서 13일간이지만, 그렇게까지 친절하게 알려줄 까닭은 없다.

"열흘간! 하루에 2백 닢이면 벌써 적동화 2천 닢을 벌었다는 거네!"

"아니, 절반은 재료비 같은 걸로 써버렸고, 첫날부터 2백 닢씩 번 것도 아닌데……."

나는 황급히 정정했지만 아무래도 그 말은 전혀 들리지도 않는 모양이었다.

소녀의 눈빛이 변했다.

이 눈빛은 뭘까. 굶주린 짐승이 번뜩이듯 매우 끈적이는 눈빛이었다.

"적동화 2천 닢—— 백동화로는 2백 닢—— 은화! 은화로는 두 닢!"

"아아, 그러니까 번 돈이 모조리 내 것이 되는 게 아니라……."

"꿈같은 이야기잖아! 널 손에 넣은 파가는 평생 돈에 쪼들리지 않겠네! ……흐음, 그렇구나……."

"저기! 왜 사람 말을 안 들어?! 도대체 돈이 뭐길래 자꾸 그래?"

"그걸 말이라고 해? 사람은 돈을 벌기 위해 살아가는 거잖아? 그럼 네가 숲가에서 가장 용자라는 소리잖아! 하루에 적동화 2백 닢은 하루에 기바를 여덟 마리 이상 잡은 거랑 똑같은 거니까! 심지어 털가죽까지 무두질하는 전제로 말이야!"

나처럼 계산적인 소녀이구나 싶어서 약간 당황했다.

혹시 그 끈적이는 눈빛의 정체는—— 돈에 대한 집착심이 아닐까?

"돈을 벌기 위해 살아간다니, 숲가의 백성이 할 말은 아닌 것 같네. 숲가의 사냥꾼은 제노스의 논밭을 지키기 위해 기바를 사냥하는 거잖아?"

"뭔 소리래? 사냥꾼도 돈을 위해 기바를 사냥하는 거지! 그렇지 않은 사냥꾼이 있다면 그 녀석은 엄니와 뿔을 팔 자격도 없어! 아무리 그럴싸한 말로 포장해봤자 돈이 떨어지면 사람은 살아갈 수가 없잖아!"

"아니, 그건 그럴지도 모르지만……."

"기바가 늘어나면 왜 곤란하겠어? 논밭을 습격하고 농작물을 먹어치우니까 곤란하지? 그 농작물을 팔아서 돈을 벌지 못하게 되니까 곤란하지? 거봐, 전부 돈 때문이잖아! 사람은 돈을 벌기 위해 살아가는 법이라고! 그게 싫으면 신을 버리고 모르가의 야인이 되는 수밖에 없겠네!"

야인이란 발브의 늑대나 마다라마의 구렁이와 함께 모르가 산의 패권을 다투는, 한낱 유인원 같은 종이지 않나.

아무튼 이 츠바이 슨이라는 소녀에게는 숲가의 백성으로서의 긍지나 존엄 같은 것은 손톱만큼도 없는 모양이었다.

"저기…… 아닐 거라고는 생각하는데, 설마 네 어머니가 역참 마을 사람인 건 아니지?"

"엉? 뭔 뚱딴지같은 소리를 또 하고 있어?! 역참 마을 사람이 미쳤다고 숲가에 시집을 오냐?!"

"역시 그렇지. 아니, 네가 입은 옷 말인데 왠지 역참 마을의 양식 같아서. 말하는 내용도 마치 마을 사람 같고."

"이건── 숲가의 옷이 마음에 안 들어서 내가 다시 만들었을 뿐이야."

츠바이 슨은 심통이 났는지 아랫입술을 비죽 내밀었다.

그제야 그 부릅뜬 눈에서 끈적이는 빛이 사라졌다.

그때 나는 문득 깨달았다. 이 소녀는 하마 같은 요정이 나오는 옛날 애니메이션의 그 요란한 여자아이와 비슷하다는 것을(토베 얀손 저 〈무민〉의 등장인물 중 리틀 미를 가리키는 것으로 판단된다. 참고로 무민 은 하마가 아니라 트롤이라고 한다).

'뭐…… 그래도 슨가 사람치고는 좀 나은 것 같기도 하네.'

하지만 그렇게 생각할 수 있는 것은 내가 숲가의 토박이가 아니라서일지도 몰랐다.

만약 그녀가 역참 마을 사람이었다면 공감은 못할지언정 혐오감을 유발할 정도는 아니다. 배금주의(돈을 최고로 여기고 삶의 목적을 돈 모으기에 두는 경향이나 태도)가 너무 심하네, 하고 어깨를 으쓱하고 끝날 일이다.

하지만── 숲가에서 이 사상은 이단일 것이다.

비나 루는 갈수록 경계심을 더하는 모습으로 눈을 가늘게 뜨고 있었다.

라라 루도 엄청나게 불쾌한 표정이 되어버렸다.

사냥꾼의 긍지를 부정하는 사람이 숲가에서 존경을 받을 리도 없었다.

"저…… 고기를 다 썰었습니다만…….."

분가의 여자 중 한 명이 감정 없는 목소리로 그렇게 알려왔다.

츠바이 슨에 대해서는 아무도 신경 쓰지 않았다.

"고맙습니다. 그럼 아궁이에 불을 넣도록 하죠."

물독의 물을 쇠 냄비에 붓고 라나잎으로 장작에 불을 붙였다.

그 물이 끓을 때까지 츠바이 슨은 입을 다물지 않았다.

"나 참! 네 요리를 먹고 나서 미다 녀석이 매일같이 어찌나 시끄럽게 굴던지 견딜 수가 있어야지! 뭔가 먹이면 조용했다가 또 배가 고프면 엉엉 울어대고! 디가하고 도드가 화내는 것도 무리는 아니지! 너도 이런 데까지 오고 싶지는 않았겠지만, 우리도 엄청나게 난처한 상황이니까 그 책임은 져줘야겠어!"

"책임이라. ……그러고 보니 미다 슨은 정말 쇠사슬에 묶여 있어?"

"응? 아아, 처음 며칠은 혼자 마을로 내려가려고 해서 묶어놨을지도 모르겠네."

"모르겠다니, 그럼 넌 그 모습을 보진 못했다는 거네?"

"못 봤지. 쇠사슬은 야밀네 집에밖에 없어."

야밀 슨의── 집?

"야밀 슨은 본가에서 나갔어? 미혼 여자의 옷차림을 하고 있던데?"

"미혼이야. 그런데 빈집이 많으니까 야밀하고 디가한테는 자기 집이 주어졌거든."

과연. 그럼 미다 슨이 정말 쇠사슬에 묶여 있다면 그걸 묶은 사람은 다름 아닌 야밀 슨이라는 건가.

뭘까. 야밀 슨의 입으로 그 말을 들었을 때는 몹시 불쾌했는데 이 소녀에게 들으니 묘하게 천연덕스러운 인상이 되어버렸다. 혹시 이 츠바이 슨이라는 소녀는 나와는 기질이 잘 맞을지도 모른다.

그런 생각을 하고 있는데 쇠 냄비의 물이 끓기 시작했다.

"좋았어, 그럼 우선 기바 고기를 넣어주세요. ……그러면 표면에 하얀 거품이 떠오를 거예요. 그걸 나무 숟가락으로 떠내줍니다. 그렇게 하면 엄청나게 맛있는 국이 되거든요."

『기바 수프』의 조리법을 전수하다니 참으로 오랜만이었다.

다른 쪽 아궁이에서는 라라 루가 두 명의 여자를 지도하고 있고, 이쪽은 비나 루와 함께 세 명의 여자를 지도했다.

"……그러고 보니 츠바이 슨, 넌 몇 살이니? 난 열일곱 살인데."

조리하는 틈틈이 물어보니 츠바이 슨은 다시 부루퉁하게 아랫입술을 삐죽 내밀었다.

"난 열두 살이야. 그게 뭐 어쨌다는 건데?"

"아니, 미다 슨하고 둘 중 누가 위인지 궁금해서."

열두 살이라도 몸집이 무척 작은 편이지만 그 나이에 '사람은 돈을 벌기 위해 살아간다'라는 말이 튀어나오다니 놀라울 따름이다.

"흥…… 내가 미다보다 나이가 많을 리 없잖아. 미다네 엄마가 죽은 덕분에 내가 이렇게 태어날 수 있었던 거고."

"어?"

"미다네 엄마는 미다를 낳자마자 죽었거든. 지금 엄마는 나만의 엄마야."

"아…… 그랬구나?"

사냥꾼은 젊어서 목숨을 잃는 경우가 많다. 따라서 남편을 잃은 여자가 새 남편을 맞이하는 일은 그리 드물지 않다는 이야기를 들었지만…… 슨 본가는 그 반대 패턴인 것이다.

하지만 그다음에 이어진 츠바이 슨의 말에 나는 깜짝 놀라게 되었다.

"야밀네 엄마는 야밀을 낳자마자 죽었어. 디가네 엄마도, 도드네 엄마도, 아이를 낳자마자 바로 죽었지. 그런데 우리 엄마는 죽지 않고 지금도 살아 있어. 우리 엄마는 몸이 튼튼하지도 않은데 참 신기하단 말이야."

"뭐어? 그럼 너희 남매는 엄마가 다 다르다는 소리야?"

"그래. 그게 뭐 어때서?"

"뭐 어때서라니…… 숲가의 여자가 요절한다는 이야기는 그동안 못 들어봤거든."

"흐음? 그럼 슨가는 무슨 저주를 받은 게 아닐까?"

츠바이 슨은 그런 무시무시한 말을 하면서 아무래도 좋다는 듯 앙상한 어깨를 으쓱했다.

"아니면 너무 따분해서 살기가 싫었을지도 몰라. ……너희도 살았는지 죽었는지 모를 얼굴을 하고 있잖아? 그런 답답한 얼굴을 하고 있으면 어차피 오래 못 산다?"

말의 뒷부분은 물론 분가 여자들에게 하는 말이었다.

우직하게 거품을 걷어내면서 그럼에도 역시 그녀들은 "예에" 하고 힘없는 대답만 할 뿐이었다.

"아아, 속 터져! 너희랑 같이 있으면 나까지 답답해진단 말이야!"

"······그럼 부엌에서 나가든가······?"

결국 참을 수가 없었는지 비나 루가 말했다.

"부엌일을 할 마음이 없으면 이런 곳에 있을 이유도 없잖아······? 당신은 도대체 뭘 하러 여기까지 온 걸까······?"

"흥! 난 그냥 숲가에서 가장 용감한 자의 얼굴을 보러 왔을 뿐이야!"

츠바이 슨은 한참 높이 있는 비나 루의 요염한 얼굴을 쏘아봤다.

"이 아스타라는 이국인이 나타나기 전까지는 슨가의 가장 줄로가 제일 용자였어! 그래서 슨가가 숲가를 지배한 거고! ······앞으로는 파가가 숲가를 지배할지도 모르겠네."

"······당신하고는 제대로 된 대화가 불가능하겠어······."

"흥! 당신한테는 이 세상의 진실이 안 보여서 그런 거라고!"

그 말을 끝으로 츠바이 슨은 아장아장 걸어서 부엌을 나가버렸다.

뭐라 할 수 없는 침묵이 잠시 부엌을 가득 메웠다.

"······슨 본가 분들은 다들 개성이 넘치네요?"

분가의 여자에게 말을 걸었지만 역시 대답은 "예에"뿐이었다.

이럴 바에는 차라리 츠바이 슨이 더 다루기 쉬울지도 모른다.

"······좋아. 거품을 다 걷어냈으면 뚜껑을 덮고 잠시 기다려주세요. 약한 불로 뭉근히 끓이고 나서 마지막에 아리아를 집어넣을 거예요."

여자들 중 한 명이 네모난 널빤지를 집어 들어 냄비 위에 올리려 했다.

그런데 손에서 널빤지가 미끄러져 냄비 속에 풍덩 빠지고 말았다.

"꺅!" 하는 비명 소리와 함께 가장 어린 여자아이가 뒷걸음질을 쳤다.

팔팔 끓고 있던 물이 여자아이의 얼굴이며 팔에 거세게 튀어오른 것이다.

"아악!" 하고 여자아이가 작업대에 엎드렸고, 그 바람에 쐐기 모양으로 썰어둔 아리아가 일부 땅바닥에 떨어졌다.

하지만 그런 걸 신경 쓸 여유도 없이 나는 물독에 걸쳐둔 국자를 집어 들었다.

"괜찮아?! 움직이지 마!"

나는 소리 지르며 소녀에게 국자로 물을 끼얹었다.

약간 거칠게 보일 수도 있지만 어쩔 수 없다.

여자아이는 "아아……" 하고 맥없이 땅바닥에 주저앉았다.

"괜찮아? 눈에 들어가진 않았어?"

"……괜찮습니다…….."

여자아이는 자신의 왼팔을 껴안는 자세로 입술을 꽉 깨물고 있었다.

그 왼쪽 어깨에서 팔꿈치까지, 그리고 왼쪽 뺨에서 목 언저리까지가 완전히 빨갛게 부어올랐다.

"으아, 아프겠다! 자, 이걸로 식혀."

라라 루가 젖은 천을 여자아이의 뺨에 갖다 댔다.

"……고맙습니다……."

여자아이는 가냘프게 대답하며 눈을 내리떴다.

그때 "……미안해, 투르 슨……" 하고 아무런 감정도 깃들어 있지 않은 목소리가 들렸다.

"당신 말이야! 정말 미안하다고 생각하는 거 맞아?! 얼굴에 흉이라도 지면 어쩌려고 그래!"

라라 루는 화가 머리끝까지 뻗친 모습으로 일어섰다.

원래 성격이 과격한 라라 루이지만, 이렇게까지 화내는 모습은 처음 보이는 게 아닐까 싶었다.

그런데 실수를 한 여자는 무표정으로 서 있기만 하고, 투르 슨이라 불린 여자아이도 "……괜찮습니다……" 하고 라라 루의 팔에 매달렸다.

"멍하니 있던 저도 잘못이에요…… 그보다 소중한 아리아를 더럽히고 말았습니다…… 정말 죄송합니다……."

"아리아가 어떻게 되든 무슨 상관이야! ……아니, 상관이 없는 건 아니지만!"

라라 루는 머리털을 쥐어뜯었고 나도 한숨을 푹 쉬었다.

바닥에 쏟아진 아리아를 우리가 밟는 바람에 절반이나 못 쓰게 되었기 때문이다.

"어쩔 수 없지. 못 쓰게 된 만큼 다시 썰도록 하자. 그보다 화상이 걱정이네. 약 같은 걸 발라야 하지 않을까?"

"괜찮습니다…… 이 정도로 귀중한 약을 쓸 수는 없지요……."

"아니, 그래도——."

"……정말 괜찮습니다…… 저기, 고맙습니다……."

투르 슨은 약간 겁먹은 눈빛으로 나와 라라 루의 모습을 번갈아 봤다.

무척 불안해 보이는 눈빛이었지만—— 그럼에도 죽은 생선 같은 눈을 하고 있는 것보다는 훨씬 사람답게 느껴졌다.

"아리아 열 개 정도는 다시 썰어야겠네…… 본가 부엌에서 남은 아리아를 가져올게……."

비나 루가 그렇게 말해주었지만 나는 "아니" 하고 고개를 저었다.

가급적 나 외에 다른 아궁이 당번도 단독 행동은 피하는 게 좋을 것이다.

"본가는 머니까 우선 이 집의 아리아를 빌리도록 하자. 음, 이 집은 누구네 집이었죠?"

그러자 눈앞에 웅크리고 있던 투르 슨이 "……저희 집입니다……." 하고 대답해주었다.

"그렇구나. 그럼 미안하지만 아리아 열 개 정도 빌려줄 수 있겠니? 물론 나중에 그대로 갚을게."

"……아리아는 없습니다……."

"어?"

"마침 떨어진 참입니다…… 죄송합니다……."

투르 슨의 눈동자에서 순식간에 빛이 사라졌다.

마치 투명한 물에 진흙이 퍼져나가듯.

다시 걸쭉하고 탁해진 그 눈동자를 잠시 쳐다보고 나서 나는 냄비 뚜껑을 떨어뜨린 여자를 돌아보았다.

"그럼 당신 집의 아리아를 좀 나눠줄 수 있나요? 본가보다는 가깝죠?"

"……죄송합니다…… 저희 집도 마침 떨어진 참입니다…….."

나는 일어서서 나머지 세 명을 순서대로 쳐다봤다.

"그럼 누구든 상관없습니다. 아리아를 빌려주겠어요?"

"……죄송합니다……."

"저희 집도 마침 똑 떨어진 상태입니다……."

"오늘이 가장 회의가 아니었다면 마을에 사러 갈 예정이었습니다만……."

"그렇군요" 하고 나는 생긋 웃어 보였다.

"집집마다 아리아의 재고가 바닥나다니 놀랍군요. 슨의 촌락에서는 식량이 떨어지고 난 후에 구입하러 가는 것이 관례인가요?"

"……예에……."

"참고로 포이탄은 빌릴 수 있나요?"

"……아뇨…… 포이탄도 떨어졌습니다……."

"그렇군요" 하고 나는 똑같은 말을 반복했다.

"그럼 우리가 지참해온 아리아를 가져오도록 하죠. 여유분이 남아 있으니 문제없습니다. 당신하고 당신이 본가 부엌에 놓여 있는 아리아를 열 개 정도 가져다줄래요?"

"네……."

여자 두 명이 느릿느릿 부엌을 나갔다.

그 뒷모습을 바라보면서 나는 마음 한구석에 가두어둔 위화감이 다시 스멀스멀 올라오는 것을 느꼈다.

뭔가 이상하다.

뭔가 어긋나 있다.

여기가 정말 숲가의 백성의 촌락이란 말인가.

비나 루와 라라 루가 곁에 없었더라면 나는 내가 새로운 이세계로 떨어졌다는 공포감에 휩싸였을지도 모른다.

여기는── 모든 것이 다 뒤틀려 있었다.

4

그로부터 약 두 시간 후, 각각의 분가에서 『기바 수프』를 완성한 우리는 다시 본가 부엌에 모였다.

이제 남은 것은 건조를 마친 포이탄을 굽는 작업과 고기의 조리였다.

해는 딱 중천과 일몰의 중간 지점에 걸려 있었다. 남은 시간은 약 세 시간 반으로 그럭저럭 순조롭게 진행되고 있었다.

그리고 그 제사당에서도 드디어 가장 회의가 시작된 무렵이었다.

아이 파 일행의 건투를 빌면서 우리는 구운 포이탄의 조리 지도를 시작했다.

"포이탄을 햇볕에 말리면 이렇게 딱딱하게 굳습니다. 이걸 물에 녹여서 반액상으로 되돌려줍니다. 국자로 조금씩 조절해가며 물이 너무 많아지지 않도록 조심해주세요."

포이탄은 이제 여유분이 없기 때문에 이번에야말로 태우지 않도록 세심한 주의가 필요했다.

우선 실라 루가 시범을 하고 다 구워진 포이탄을 조금씩 찢어서 다 같이 시식했다.

"어떠세요? 걸쭉하게 끓인 포이탄과는 완전히 딴판이죠?"

슨가의 여자들 중 절반은 표정에 잔물결이 일었고, 다시 그 절반은 또렷한 변화가 보였다.

맛있다고 느껴준 것일까.

그러기를 기도할 뿐이다.

"피 빼기를 한 기바 고기와 구운 포이탄. 이것만 가지고도 지금까지와는 전혀 다른 저녁 식사를 차릴 수가 있습니다. 그럼 포이탄을 맛있게 구워내도록 각자 힘써주세요."

포이탄을 굽는 작업은 돌아가면서 일대일로 지도하기로 했다.

열다섯 명의 슨가 여자들이 교대로 포이탄을 구워내는 것이다. 포이탄이 탈 것 같으면 지도 역할을 맡은 여자가 거들어준다. 이렇게까지 찰싹 달라붙어서 지도하면 되레 실패하기가 더 어려울 것이다.

그렇게 약 130인분의 포이탄을 구워내는 데는 한 시간 정도가 걸렸다.

포이탄이 완성되고 드디어 고기를 요리할 차례가 왔다.

우선 『먀무구이』의 양념 국물을 만들어야 한다.

"이게 바로 먀무예요. 먀무와 아리아를 잘게 다져서 과실주와 섞어줍니다. 분량은 과실주 한 병에 먀무 한 줄기, 아리아 한 개 반입니다. 양이 꽤 많으므로 쇠 냄비에 양념 국물을 만들고 그 속에 고기를 재우도록 하죠."

『먀무구이』에 사용할 고기는 1인분에 2백 그램이 조금 못 된다. 포장마차에서 파는 양과 거의 비슷하다.

여기에 등갈비 하나와 2백 그램쯤 되는 넓적다리 스테이크, 그리고 구운 아리아를 곁들이면 메뉴 완성이다.

『먀무구이』의 고기를 재우는 동안 스테이크용 고기를 썰었다. 이 시점에서 일몰까지는 두 시간이 조금 못 되게 남은 상황이었다.

순조로웠다.

이대로라면 넉넉하게 설정한 조리 시간을 최대한 활용해서 요리를 제시간에 끝낼 수 있을 것 같았다. "요리 자체는 제시간에 해낼 수 있을 것 같구나. ······그런데 내일부터 이 여자들이 자기 의지로 맛있는 요리를 만들려고 할까?"

미아 레이 아주머니가 살짝 속삭였다.

"으음······ 저녁 식사를 마친 다음에 다만 몇 명이라도 그런 마음을 먹어준다면 좋겠지만요…….”

전망은 한없이 어두웠다.

아니 그보다── 이 여자들의 '의지'나 '마음' 같은 것은 과연 얼마큼 존재할까.

“슨의 촌락이 이렇게 멀지만 않았어도 우리가 날마다 와서 독려할 텐데 말이다.”

그토록 활력 넘치던 미아 레이 아주머니도 조금은 기운을 잃은 듯했다.

미아 레이 아주머니는 야밀 슨이나 츠바이 슨처럼 오만한 여자들을 채찍질할 작정으로 슨의 촌락에 뛰어들었을 터였다. 그런데 막상 뚜껑을 열어보니 이 지경이었던 것이다.

아무리 채찍질을 해도 아픈 기색조차 보이려 하지 않는 진흙 인형 같은 여자들── 단 하루 만에 그녀들의 의식을 개혁하기란 도저히 불가능하다고밖에 여겨지지 않았다.

“나머지는 본가 사람들과 남자들의 반응에 달려 있겠죠. 어찌 됐건 미다 슨은 맛있는 저녁 식사를 계속 요구할 테니까요. 그녀들에게는 거기에 응해야 할 의무가 생길 거예요.”

그리고 기바 고기를 맛있게 먹고 싶다면 피 빼기와 해체 기술을 배우고 사냥꾼의 역할을 완수할 것──이런 방향으로 남자들의 의식을 개혁해야 하는데 과연 어떤 결과가 나올까.

아이 파는 잘하고 있을까.

“아스타, 고기와 아리아를 다 썰었어요.”

실라 루가 알려주었다.

"고마워요. ……그럼 재워둔 고기도 지금쯤 양념이 잘 배었을 테니 그걸 먼저 굽도록 하죠. 여러분, 바깥 아궁이로 모여주세요."

『먀무구이』는 연기가 많이 피어올라서 옥외 아궁이에서 시범을 보이기로 했다.

"쇠 냄비에 고기를 집어넣고 타지 않도록 나무 주걱으로 저어주면서 굽습니다. 처음에는 조금씩 굽는 게 좋겠죠. ……실라 루, 부탁할게요."

"네" 하고 실라 루가 고기를 한 줌 집어서 쇠 냄비 속에 넣었다.

먀무와 과실주 냄새가 퍼지자 여자들 중 몇 명이 어깨를 움찔했다.

"어때? 맛있을 것 같은 냄새지?"

바로 옆에 투르 슨의 보이기에 나는 생글거리며 말을 걸었다.

투르 슨은 유리구슬 같은 눈동자를 조금 불안하다는 듯 이리저리 굴렸다.

"……무척 좋은 냄새입니다."

"그래. 아직까지는 숲가의 백성 중에 이 냄새를 싫어하는 사람은 못 봤거든."

마늘처럼 강렬한 향기가 나는데도 먀무는 숲가에서 남녀를 불문하고 호평을 얻었다.

"다 구워지면 양념 국물을 살짝 끼얹어줍니다. 이렇게 하면 맛이 더 살아나거든요."

참고로 고기는 역참 마을에서 팔 때보다 조금 더 두툼하게 썰었다. 재우는 시간도 약간 짧게 조절한 숲가의 백성을 위한 레시피였다.

게다가 가장 회의에 참석하는 멤버들은 수프용 나무 접시만 지참할 테니 『먀무구이』도 고무나무잎처럼 생긴 잎으로 만든 접시에 담아야 한다. 따라서 양념 국물을 더 끼얹을 수도 없었다. 지금 이 단계에서 국물을 듬뿍 끼얹어서 마무리를 해주었다.

"네. 이걸로 완성입니다. 그럼 이번에도 한 입씩 맛을……."

말하는 도중 내 귀에 기묘한 소리가 날아들었다.

오오오오오…… 하고 묘하게 주파수가 높은 작은 새의 단말마의 비명 같은 기괴한 음색이었다.

"이게 무슨 소리인가요?"

아궁이를 빙 둘러싼 사람들 밖으로 나와 귀를 기울였다.

그 소리가 서서히 가까워지는 듯했다.

'앗! 설마……' 하고 깨달은 순간, 틀리길 바랐던 예감이 적중하고 말았다. 집 뒤쪽에서 고기만두처럼 생긴 거대한 물체가 구르듯이 나오고 있었다.

거리는 약 10미터.

사람들로부터 몇 걸음 떨어진 내 모습이 그 고기만두의 레이더에 자동 추적되었다.

"……오오오오오오오옹……!"

고기만두가 우렁차게 외치며 돌진해 왔다.

그와 동시에 누군가가 "아스타!" 하고 소리치며 내게 달려들었다.

맥없이 나동그라진 나를 엄청나게 부드러운 물체가 꽉 껴안아 주었다.

눈을 가리는 검은 머리칼 너머로 미쳐 날뛰는 고기만두의 모습이 엿보였다.

'밟히겠다!'

겁이 나서 온몸이 경직된 순간, 새로운 사람 그림자가 쓱 나와서 뭔가 검고 길쭉한 물체를 번쩍 들었다.

쇠 냄비를 운반할 때 쓰는 그리기 막대였다.

밤색 머리를 한 그 여자는 매우 우아한 사이드 슬로모션으로 그리기 막대를 고기만두의 발밑에 내던졌다.

휙 하는 날카로운 소리와 함께 그리기 막대가 코끼리 같은 발에 걸렸다.

"후오오오오오오옷!" 하고 다시금 소리를 지르며 고기만두가 넘어졌다.

우리 코앞을 스치듯이 데굴데굴 굴러가더니 나무에 부딪혀 멈췄다.

"하아…… 정말 인간 맞나 몰라……?"

우리 생명을 구해준 인물이 한숨 섞인 목소리로 중얼거리면서 졸린 듯 가늘게 뜬 눈을 흘끗 보내왔다.

"이제 괜찮아…… 저 녀석보다 먼저 일어나는 게 좋지 않을까······?"

"응······ 고마워. 비나 언니."

나를 보호해준 인물이 천천히 몸을 일으켰다.

"아스타, 어디 다친 곳은 없나요?"

나를 향해 미소 짓는 그 인물은 예상대로 레이나 루였다.

"으, 으응, 너야말로 괜찮아?"

"네. 갑자기 밀쳐내서 미안해요."

레이나 루가 내 배에 올라탄 채 미안하다는 듯 머리를 숙였다.

뜨거운 체온과 부드러운 감촉.

이 자세는 싫든 좋든 루티무의 축하연을 떠올리게 했다.

레이나 루는 마지막으로 내 얼굴을 가만히 쳐다보고 나서 일부러 천천히 일어섰다.

"바보 같긴······ 그렇게 감싸면 둘 다 밟힐 게 뻔하잖니······?"

"그러게. 미안. 역시 비나 언니한테는 못 당하겠어."

부루퉁한 표정의 비나 루와 창피한 듯 고개를 숙이는 레이나 루. 자매의 그런 모습을 복잡하기 짝이 없는 심정으로 번갈아 보면서 나도 재빨리 일어섰다.

"두 사람 다 고마워요. 덕분에 목숨을 건졌어요."

비나 루는 가늘게 뜬 눈으로 나를 날카롭게 노려보고 나서 고기만두 쪽으로 시선을 옮겼다.

고기만두—— 미다 슨이 멍청한 얼굴로 거체를 일으켰다.

"어라······ 미다가 뭘 하고 있었더라······?"

어린아이처럼 새된 목소리.

미다 슨이었다.

영락없는 미다 슨이었다.

무탈해 보여 다행이지만 여전히 괴물 같은 생김새와 행동거지였다.

"……아앗! 그렇지! 맛있는 냄새! 기막히게 맛있는 냄새가 나서 미다가 급히 뛰어온 건데……?"

"저녁 식사는 해가 지고 나서 먹을 거란다! 그때까지 얌전히 있어!"

단호하고 힘찬 목소리가 미다 슨의 정신 사나운 목소리를 단칼에 잘랐다.

미아 레이 아주머니였다.

미다 슨은 납작 눌린 코를 킁킁거리면서 나무를 부여잡고 일어섰다.

"그런데…… 미다는 배가 고픈걸……?"

"그럼 육포라도 씹고 있으렴! 다른 남자들도 참고 있는데 너만 특별 취급할 수는 없구나!"

미아 레이 아주머니가 거침없이 말하면서 미다 슨 앞을 가로막아 섰다.

아주머니는 여자치고는 체격이 훌륭한 편이지만 당연하게도 미다 슨 앞에서는 어린아이처럼 작게 보였다.

한참 높은 곳에 있는 미다 슨의 섬뜩한 얼굴을 올려다보면서도 미아 레이 아주머니는 전혀 기죽지 않았다.

"버르장머리 없이! 전부터 생각했는데 그 칠칠치 못한 몸은 뭐니? 배가 고프다는 이유로 실컷 먹으면 몸이 망가지잖니! 너도 조금은 참는 법을 배우렴!"

"……으응……" 하고 미다 슨은 칭얼거리는 소리를 냈다.

"그래도 미다는…….'

"그래도는 무슨 그래도야! 도대체 이런 대낮부터 뭐 하는 거니?! 사냥꾼이라면 숲에서 기바를 쫓아야 할 시간인데?"

정론이었다.

하지만 미다 슨은 퉁퉁하게 살찐 볼살을 부르르 떨면서 불만스럽게 말했다.

"오늘 할 일은 끝났는데…… 미다가 엄청 큰 기바를 잡았거든……?"

"흐음? 그러니? 그럼 그 기바는 어떻게 했니?"

"야밀네 집에 매달아놓고 왔지…… 자 봐, 거짓말 아니라니까……?"

미다 슨이 갑자기 허리에 차고 있던 곤봉에 손을 뻗는 바람에 나는 반사적으로 발을 내디딜 뻔했다.

내 오른팔을 레이나 루가, 왼팔을 비나 루가 붙잡았다.

미다 슨은 곤봉의 끝부분을 미아 레이 아주머니에게 바싹 들이댔다.

"흠…… 기바의 털과 피가 들러붙어 있구나."

"맞아…… 기바가 덫에 걸려 있길래 미다가 숨통을 끊어놨거든……?"

그러자 미아 레이 아주머니는 생긋 웃으면서 미다 슨의 거목 같은 팔을 툭 쳤다.

"사냥꾼의 역할을 아주 훌륭히 해냈구나. 그럼 맛있는 음식을 먹게 해줄 테니 집에서 얌전히 기다리렴. 고기는 이제 구울 참이란다."

미다 슨은 "우혜혜……" 하고 징그럽게 웃으며 또 볼살을 부르르 떨었다. 워낙 지방이 두꺼워서 표정을 바꾸지 못하는 모양이다.

내 왼팔을 붙들고 있던 비나 루의 손끝에 아프도록 힘이 들어갔다. 징그러움을 견디고 있는 것이다.

그리고── 미다 슨이 나를 봤다.

새끼 돼지처럼 작은 눈이 촉촉이 빛나고 있었다.

"……정말 와줬구나…… 야밀이 한 말은 거짓말이 아니었어……."

"……오랜만이네요."

"아이, 좋아라…… 미다한테 맛있는 걸 먹게 해줄 거지……?"

"네. 그리고 내일부터도 맛있는 요리를 먹을 수 있도록 슨가 분들에게 조리법을 가르치고 있는 중이었어요."

내 말을 이해했는지 어떤지 미다 슨은 "좋아라……" 하고 반복할 뿐이었다.

"자, 알아들었으면 집에서 얌전히 기다리렴. 우리는 할 일이 산더미란다."

미아 레이 아주머니의 말에 "응……" 하고 이번에는 아래턱을 꿈실거렸다.

제 딴에는 고개를 끄덕이려는 모양이었지만 지방이 방해를 해서 잘 안 되는 것 같았다.

"약속했다……? 미다한테 맛있는 걸 많이 먹게 해주기다……?"

"네, 기대하세요."

미다 슨은 꾸물꾸물 발길을 돌리려 했다.

나는 안도의 한숨을 내쉬고――.

그 순간 어떤 생각이 번개처럼 스쳤다.

"저기, 미다 슨! 혹시 본가 쪽에 남은 아리아가 있으면 그걸 동전으로 살 수 없을까요?"

미아 레이 아주머니가 의아하다는 듯 돌아보았다.

미다 슨도 몸을 이쪽으로 돌렸다.

"실은 아까 아리아를 땅바닥에 떨어뜨려서 수량이 약간 부족하거든요. 혹시 이쪽에 아리아 여유분이 있으면 좀 구입하고 싶은데요. ……안 되나요?"

"……식량 창고에는 빗장이 걸려 있는걸……?"

미다 슨은 새된 목소리로 대답했다.

"미다가 훔쳐 먹지 못하도록 빗장이 걸려 있는데……?"

"그렇군요. 안타깝네요. ……아리아는 정말 맛있지 않나요?"

미다 슨은 동물처럼 감정을 읽을 수 없는 눈을 깜빡거렸다.

"……미다는 채소 이름을 모르는걸……?"

"그런가요? 전에 역참 마을에서 당신이 사 먹었던 요리에 들어간 채소가 바로 아리아거든요."

"……흐음……" 하고 미다 슨은 관심 없다는 듯 작은 입술을 비죽거렸다.

"……빗장을 풀고 싶은 거면 야밀을 데려올까……?"

"아, 아뇨, 괜찮아요. 그럼 남은 걸로 해결해볼게요. 아무튼 고맙습니다."

미다 슨은 "배고프다……" 하고 안타깝다는 듯 중얼거리면서 떠났다.

"머리가 많이 모자란 아이구나. ……그래도 제법 귀여운 구석도 있지 않니?"

"……농담이라도 그런 말 말아요……" 하고 비나 루는 내 팔을 붙잡은 채 주저앉았다.

"우욱, 메스꺼워…… 왜 항상 저 막내아들이 등장하는 건지…….'

"아하하. 비나 언니는 정말 저 막내아들을 질색하나 봐."

레이나 루도 내 오른팔을 붙잡은 채 천진하게 웃었다.

"그런데 아스타, 아리아가 그렇게 많이 부족하니? 고기에 곁들일 양은 저만큼 있으면 충분한 것 같다만."

미심쩍어하는 표정의 미아 레이 아주머니에게 나는 붙임성 있게 웃어 보였다.

"그러게요. 없으면 없는 대로 괜찮아요. 지금 있는 걸로 잘 해결해보도록 하죠."

물론 8인분이 취소되었기 때문에 아리아는 전혀 부족하지 않았다.

아름다운 자매에게 양팔을 붙들린 채 나는 뒤쪽으로 시선을 날렸다.

부엌 옆. 단단히 잠긴 식량 창고의 덧문으로.

'빗장이 걸려 있다니…… 그럼 저 식량 창고는 어디로 드나들 수 있지?'

내 마음속에서 커진 의심은 그때 마침내 불분명하게나마 형태를 띠게 되었다.

제2장 ★★★ 가장 회의

1

그리고—— 마침내 해가 서쪽 끝에 걸렸고 동시에 모든 요리가 완성되었다.

작은 사고는 많이 있었지만 미다 슨의 난입을 제외하면 본가 사람에게 방해받는 일은 없었다. 어떤 의미에서는 의외로 싱겁게 끝났다고까지 말할 수 있을 것 같다.

하지만 방심은 금물이다. 조리 중에 집적거리지 않았다는 것은 식사 중이나 혹은 식후에 뭔가 음모가 도사리고 있다는 것이기 때문이다.

적어도 미다 슨이 시끄럽다거나 또는 약간의 호기심을 채우기 위해서라는 어중간한 목적 때문에 나를 불러들였을 리가 없다.

내가 막대한 돈을 벌어들일 수 있으니 그런 나를 소유해야겠다는 의도일까.

혹은 내 존재가 눈에 거슬려서 제거해야겠다는 의도일까.

진의는 알 수 없다.

알 수 없지만 제대로 된 목적이 아니라는 것만은 틀림없다.

그런 연유로 우리는 조리를 끝낸 후에도 긴장의 끈을 놓지 않았다. 마음을 단단히 먹고 상차림 작업에 착수했다.

◇

"——실례하겠습니다."

데운 『기바 수프』의 쇠 냄비를 비나 루와 함께 제사당으로 옮기자 날카로운 시선들이 조용히 날아들었다.

해 질 무렵이 다 되어 제사당 안은 바깥보다 더 어두웠다. 벌써 불이 켜진 촛대가 군데군데 놓여 있었다. 그 오렌지색 불빛을 받으며 굳센 숲가의 남자들이 야수처럼 이글이글 타오른 눈빛을 뿜어내고 있었다.

가장 회의는 일단 끝났을 터였다.

그러나 분위기는 몹시 긴장된 상태였다.

그 날카로운 분위기를 밀어 헤치듯 나와 비나 루는 벽 쪽에 설치된 아궁이로 걸어갔다.

밖에서 본 바와 같이 수혈식 구조였다. 바닥은 지상보다 1미터나 낮았다. 그 탓에 지붕이 더 높고 널찍해 보였다.

네 개의 기둥과 기둥을 잇는 도리, 그리고 방사상으로 조립된 서까래가 원형 지붕을 떠받치고 있었다. 부식 상태는 외벽보다는 그나마 나아 보였다.

아궁이는 사방의 벽면마다 설치되었기 때문에 입구에서 가장 가까운 곳에 있는 아궁이에 쇠 냄비를 올렸다. 우리가 아궁이에 불을 지피는 동안 남자들은 입을 꾹 다물고 있었다.

족장 집안인 슨가와 36개 씨족의 가장들.

그리고 가장을 따라온 남자 한 명씩.

그곳에는 총 70명 이상의 사람이 대기 중인데도 속삭임 하나 들리지 않았다. 저마다 털가죽 깔개 위에 앉아 우리 거동을 말 없이 지켜보고 있었다. 칼은 어딘가로 맡겼겠지만 사냥꾼의 옷은 입은 상태였다.

제사당에는 출입구가 네 군데 있는데 그쪽에서도 다른 여자들이 쇠 냄비를 가져왔다. 남자들은 하나같이 약속이라도 한 듯 입을 꾹 다물고 있었다.

굳이 아궁이 당번의 인사가 필요한 것도 아닌 듯해서 우리는 아궁이에 불을 지핀 후 다음, 요리를 가지러 서둘러 제사당을 나가려고 했다. 그런데——.

그때 처음으로 목소리가 들렸다.

"수고했네…… 파가의 아궁이 당번, 그리고 루와 루티무의 여인들이여."

알아듣기 힘든 묘하게 탁한 목소리였다.

그 목소리가 들린 방향으로 나는 천천히 시선을 돌렸다.

"역참 마을의 인간이 동전을 내면서까지 먹으려 하는 기바 고기…… 그걸 마침내 먹게 되었군……."

양옆에 남자를 한 명씩 거느린 거구의 사내가 그곳에 앉아 있었다.

원형 건물이지만 그곳이 분명히 상석일 것이다. 남자들 뒤로는 기묘한 형태로 쌓아 올린 제단 같은 것이 마련되어 있고 그

꼭대기에는 거대한 기바의 두개골이 걸려 있었다.

'이 녀석이 슨가의 가장 줄로 슨이구나…….'

틀림없이 그러하리라.

왜냐하면 그 사내의 양옆에는 슨 본가의 장남과 차남인 디가 슨과 도드 슨이 있었기 때문이다.

디가 슨은 조롱의 웃음을 띠고 나를 보고 있었다.

도드 슨도 굶주린 들개 같은 눈으로 나를 보고 있었다.

그런 두 아들을 양옆에 거느리고── 줄로 슨은 히죽히죽 섬뜩한 미소를 띠고 있었다.

'흐음…….'

상상했던 것만큼 흉악한 얼굴은 아니었다.

그래도 뭔가 이상한 분위기였다.

덩치는 아주 크다. 몸집이 큰 디가 슨보다 훨씬 컸다.

다만 미다 슨만큼은 아니더라도 제법 뚱뚱했다.

머리는 맹숭맹숭한 민머리에, 눈꺼풀이며 볼살은 축 늘어졌다. 입은 또 어찌나 큰지 옆으로 쫙 찢어져서 물에 퉁퉁 분 두꺼비 같은 얼굴이었다.

몸에는 숲가에서 흔히 볼 수 있는 천 옷을 둘렀다. 그런데 그 피둥피둥한 팔과 다리에는 여자처럼 치렁치렁하게 장신구를 착용하고 있었다.

그리고 가슴에는 과하다 싶을 정도로 뿔과 엄니가 주렁주렁 매달려 있었다.

숲가의 백성에게는 그 목걸이야말로 사냥꾼의 긍지이자 증거일 테지만 유감스럽게도 이 인물에 한해서는 허영의 상징으로밖에 보이지 않았다.

'이 체형으로는 사냥꾼의 일은 감당하지 못하겠는데…….'

체형으로 말할 것 같으면 미다 슨이 사람과는 더 거리가 멀지만, 그럼에도 그 막내아들은 땅 위를 달릴 정도의 운동 능력은 가지고 있으며 완력도 엄청나게 세 보였다.

그런데—— 이 줄로 슨이라는 인물에게는 덩치가 큰 인간 특유의 압력 같은 것이 완전히 결여된 상태였다.

자세가 나쁘고 책상다리로 앉은 몸은 약간 오른쪽으로 기울어 있었다.

작고 검은 눈은 느끼하게 빛나고 있는데 표정은 어쩐지 나른하다.

청렴하고 맹렬한 사냥꾼 일족의 우두머리——라는 지위에 걸맞은 풍격은 조금도 없었다.

"왜 그러지……? 내가 수고했다고 말하지 않았느냐……?"

엷은 미소를 띤 큼직한 입이 다시 탁한 목소리를 냈다.

나는 "송구합니다" 하고 가볍게 인사를 했다.

"그런데 이건 대가를 받고 하는 일이니 치하의 말은 굳이 필요 없을 것 같습니다."

최대한 평탄한 목소리로 그렇게 대꾸하자 줄로 슨은 한층 비열하게 입꼬리를 올렸다.

"듣고 보니 그렇군. 내가 부질없는 소리를 했네. ……저녁 준비를 계속하게."

"네, 그럼 실례하겠습니다."

우리는 엄숙하게 작업을 재개했다.

슨가 여자들은 모두 자신의 집으로 돌아갔기 때문에 상을 차리고 있는 사람은 루와 루티무의 여자들뿐이다.

평소에는 명랑한 그녀들도 그 자리를 가득 메운 답답한 공기에 압도된 듯 모두 굳은 표정이었다.

"……우리도 저 안에서 먹는 거지……?"

제사당을 나와 부엌으로 가는 도중에 비나 루가 한숨을 섞어 물었다.

"그렇죠. 일단 그게 숲가의 규칙이기도 하고요."

슨 분가의 여자들은 자신의 집에서 가족에게 식사를 대접하는 역할을 맡았다. '아궁이를 맡은 사람은 같은 장소에서 같은 음식을 먹어야 한다'라는 규칙을 철저히 따르려면 분가 사람들도 빠짐없이 한 자리에 모여야 하겠지만, 이 정도 확대 해석은 허용되는 모양이다.

게다가 야밀 슨과 미다 슨도 제사당에는 모이지 않아서 나는 약간 맥이 빠졌다.

"어쩐지 내키지가 않은걸…… 돈다 아버지 일행이 곁에 있으면 전혀 위험하지 않겠지만…… 아무튼 분위기가 너무 나빠…….."

일촉즉발의 슨가와 루가가 친족과 함께 한자리에 모였으니 분위기가 얼어붙은 것도 당연하다.

가장 회의에서는 도대체 어떤 설전이 오갔을까.

그 상황에서 아이 파는 자신의 역할을 다할 수 있었을까.

아이 파의 주장을 듣고 가장들은 어떤 기분이 들었으며 무슨 생각을 하게 되었을까.

그런 것도 모른 채 저녁 식사를 시작해야 하는 우리의 정신적 부담도 상당했다.

어쨌든 일은 완수해야 한다.

수프를 옮긴 다음에는 구운 포이탄, 그다음에는 아리아를 곁들인『먀무구이』, 넓적다리 스테이크, 등갈비 순으로 요리를 옮기고 나서 수프를 1인분씩 담았더니 드디어 완료되었다.

"……아스타, 이쪽으로."

일을 마치자 아이 파가 손짓했다. 나는 비나 루와 함께 그쪽으로 향했다.

슨가가 차지한 상석을 왼쪽으로 보는 방향 한쪽에 낯익은 얼굴들이 모여 있었다.

돈다 루, 다루무 루, 단 루티무, 라우 레이── 루의 친족 14명의 남자들과 아이 파였다.

미아 레이 아주머니와 레이나 루 일행도 이미 착석한 상태였다. 그녀들이 옮겨주었을 터인 나와 비나 루 몫의 음식도 차려져 있었다.

"아아, 우리 둘 다 무사해서 다행이야."

나는 아이 파 옆에 앉으면서 살짝 귓속말을 했다.

아이 파는 여느 때처럼 무뚝뚝한 얼굴이었다.

"……가장 회의는 어땠어?"

"아직은 아무 말도 할 수 없어. 모든 것은 오늘밤 저녁 식사를 한 다음이라고 말하면서 슨의 가장이 저 상태로 비웃기만 하더군."

하긴, 실제로 그 요리가 등장할 예정이면 그런 흐름이 될 법도 하다.

"다른 일은 어떻게 됐어? 역참 마을에서 도드 슨이 행패 부린 일하고 루티무의 축하연에서 있었던 일을 고발하는 자리이기도 하잖아?"

"그건 여느 때와 다름없었어. 어물쩍 넘어가다가 마지막에 슨의 가장이 머리를 숙이면 웬만한 일은 수습되고 말지."

그 수법은 나도 사전에 가즈란 루티무에게서 전해 들었다.

의도치 않게 공공연히 드러난 악행에 대해 슨가의 가장은 언제나 마지막에 '사죄'라는 전가의 보도를 휘두른다고 한다.

위엄이고 나발이고 없는 이야기다.

'그런데—— 그런 녀석들이라서 골치가 아프단 말이야.'

부끄러움을 모르는 사람은 무서운 법이다.

도드 슨과 처음 대면했을 때 그것을 통감했다.

"……그럼 저녁 식사를 시작하겠다……."

부끄러움을 모르는 자들의 두목이 탁한 목소리로 말했다.

"가장 회의에서도 거론된 파가의 아궁이 당번이 직접 요리한 저녁 식사다. 각자 신경 써서 먹도록…….”

그리고 귀에 익은 말이 이어졌다.

“……숲의 은혜에 감사하며…… 불을 담당한 파의 친족, 루의 친족, 슨의 친족에 예를 표하며 오늘 밤 생명을 얻는…….”

대부분이 남자인 까닭에 몹시 묵직한 음성이 그 말을 복창했다.

이윽고 사람들이 그릇을 손에 들었다.

‘……과연 다들 어떻게 느낄지.’

이것은 단순한 저녁 식사가 아니다. 어떤 의미에서는 품평회 같은 자리였다.

우리는 피 빼기와 해체라는 새로운 기술을 도입해서 기바 고기에 변혁을 가져왔다. 이 고기에 장차 동전과 교환할 수 있는 가치를 부여하고 싶다── 그 사전 준비로써 파가는 현재 루와 루티무의 협력하에 역참 마을에서 포장마차를 열어 요리를 팔고 있다. 그 정보를 제공한 상태에서 이루어지는 저녁 식사다.

슨의 친족과 루의 친족, 그리고 둘 중 어느 쪽에도 속하지 않은 작은 씨족들, 이 가장들이 무얼 느끼고 생각할지── 모든 것은 예측 불가능하다. 이제 운에 맡기는 수밖에 없었다.

“……여봐, 모른. 왜 갈비가 하나뿐이냐? 달랑 하나로 네 아비의 위가 만족할 리 없지 않느냐?”

단 루티무가 나직하게 불평하는 소리가 들렸다.

“오늘은 요리를 130인분이나 만들었단 말이야! 한 사람당 하나씩 돌아가게 하는 데도 힘들었으니까 불평 좀 하지 마.”

"아니, 그래도⋯⋯!"

"어휴, 알겠어. 내 몫을 줄 테니 소란 피우지 마. ⋯⋯그 대신 먀무 양념 고기를 나한테 넘겨."

참으로 평화로운 부녀간의 대화다. 때가 때이니 만큼 그들의 대담함에 마음이 한결 든든해졌다.

그럼 나도 단 루티무에게 내 몫의 갈비를 바칠까 싶어 그쪽을 돌아보려던 참에── 그 목소리가 들렸다.

"뭐야아, 하도 잘난 척해서 얼마나 맛있나 싶었더니 그냥 기바 고기잖아."

디가 슨이었다.

슨가의 후계자는 여전히 느릿느릿한 말투로 덧붙였다.

"이런 걸로 정말 백동화를 백 닢 넘게 벌었다고오? 나는 못 믿겠는데에."

흠, 하고 나는 마음속으로 남몰래 생각했다.

슨가로서는 비난 아니면 극찬의 양자택일을 할 거라 생각은 했지만, 일단 저런 방향으로 공격해 올 심산인 모양이었다.

"슨가의 장남 디가 슨, 그건 파가에 대한 질문인가요? 아니면 단순한 혼잣말인가요? 질문이라면 내가 대답하지요."

탁하고 축축한 눈빛이 나를 매섭게 쏘아봤다.

깊은 숲속에서 아이 파에게 거두어진 날, 나는 파가의 집 근처에서 기다리고 있던 디가 슨을 처음 만났다. 디가 슨은 내가 숲가에서 만난 두 번째 인물이다.

그로부터 한 달쯤 지나 우리는 재회하게 되었다. 루의 촌락에서 열린 루티무의 축하연에 이 녀석이 도드 슨과 미다 슨을 데리고 쳐들어 온 것이다.

그리하여 오늘로 세 번째 대면인데—— 역시 이 사람 때문에 공포심이 일지는 않았다. 단지 오만하고도 교활한 사내구나 하는 생각을 다시금 들게 할 뿐이었다.

"음…… 파가의 가장은 열흘 동안 백동화 백 닢 이상의 부를 얻었다, 이렇게만 말했는데…… 좀 더 자세한 내용을 들려주었으면 좋겠네만……."

그렇게 받아친 사람은 디가 슨의 아버지 쪽이었다.

"그럼" 하고 나는 나무 접시를 내려놓았다.

"우선 그 말이 진실인지에 대한 질문에는 진실이라고 대답하겠습니다. 열흘 동안 천 인분 이상의 요리를 팔았기 때문에 매출은 백동화 2백 닢 이상에 달했습니다. 재료비 등을 뺀 이익은 백동화 123닢인데요, 기바의 뿔과 엄니로 환산하면 약 백 마리분에 해당합니다."

묵묵히 식사를 계속하는 가장들 사이로 역시 조금씩 웅성거리는 소리가 퍼지기 시작했다.

자랑처럼 들리지 않도록 주의해가며 나는 수입과 지출을 담담히 보고했다.

"다만 그 열흘 중 처음 며칠은 재료를 모자라게 준비했기 때문에 만족스러운 수량을 팔지 못했습니다. 최근 들어 하루에 팔리는 요리의 평균은 약 150인분이고, 벌이는 백동화 17닢에서 18닢 정도입니다. ……이틀 후에는 여관에도 요리를 도매로 판매할 예정이라 그것도 합하면 백동화 20닢 이상의 매출이 예상됩니다."

"하루에 백동화 20닢이라…… 과연 믿기 어려운 액수로군."

웃음을 머금은 줄로 슨의 목소리.

"……한데 그건 이국인인 그대가 가게를 운영하기 때문이 아닌가? 숲가의 백성을 혐오하는 제노스의 백성이 우리에게서 기바 고기를 구입하는 일이 정말 가능하다고 보는가……?"

"물론 그런 관계를 구축하려면 긴 시간이 필요하겠지요. 그런데 현재 루의 여자들도 포장마차 일을 돕고 있습니다. 그녀들을 통해 올바른 숲가의 백성의 모습을 접하고 익숙해진다면 근거 없이 경멸하고 두려워하는 감정은 머지않아 눈 녹듯이 풀릴 거라 생각합니다."

나는 눈에 약간 힘을 주고 설명했다.

그것은 어디까지나 '근거 없는' 경우에 한해서이지 만약 실제로 악행을 일삼는 숲가의 백성이 존재한다면 이야기가 달라진다, 더 많은 부를 얻고 싶다면 악행을 저지르지 말라는 뜻을 은근히 내비쳐서 말한 것이었다.

그러나 줄로 슨의 비웃음에는 변화가 없었다.

하긴, 이 정도 견제로 행실을 고칠 만한 녀석들이라면 처음부터 고생할 필요도 없었지, 하고 나는 몰래 한숨을 내쉬었다.

"어쩌면 숲가의 백성이 이런 식으로 제노스의 백성과 관여하는 것을 좋지 않게 보는 시선도 있을 수 있겠지요. 하지만 적어도 파가는 오직 파가의 부를 얻기 위해 장사를 시작한 게 아니라는 것만큼은 이해해주셨으면 합니다."

"흠…… 숲가에 더 큰 풍요로움을 가져다주기 위해서라고 했던가……."

뭘까.

줄로 슨이라는 인물의 의도를 전혀 모르겠다.

두꺼비 같은 얼굴에는 비웃음이 눌어붙어 있고 목소리에는 야유하는 울림이 강했지만, 그럼에도 명확한 악의는 느껴지지 않으며 악의를 품을 만한 관심도 없는 것 같았다.

가령 츠바이 슨처럼 돈에 대한 집착심이라도 보인다면 그나마 다루기 쉬울 텐데. 꿍꿍이속을 알 수 없으니 나도 무엇을 강하게 주장해야 할지 알 도리가 없었다.

'이 녀석은 정말 뭣 때문에 날 슨가까지 불러들인 거지……?'

줄로 슨은 희미하게 웃으면서 식사를 계속했다.

디가 슨도 실실 웃으면서 고기를 뜯어 먹었다.

도드 슨은── 미쳐 못 봤는데 음식을 제대로 먹고 있을까? 지금은 마냥 과실주를 들이켜고 있다.

"한데…… 과연 부가 필요한가……?"

이윽고 줄로 슨이 탁한 목소리로 그렇게 말했다.

"부는 인간을 타락시키지…… 나는 숲가의 족장으로서 돌의 도시의 주민과도 종종 만나기 때문에 그 말이 진실임을 이 자리에 있는 누구보다도 깊이 이해하고 있네⋯⋯ 분에 넘치는 부는 인간을 타락시키는 나쁜 술 같은 것이다⋯⋯."

대체 누가 할 소리를 하는 것인지 기가 찼다.

하지만 슨가 녀석들을 상대로 여기서 화를 낸다면 분명히 이야기는 시작도 하지 못할 것이다.

따라서 나는 얌전히 입을 다물고 있었지만 가만히 있지 않은 인물이 한 명 있었다. 바로 루티무의 가장 단 루티무였다.

"그걸 알면서 도시에서 받은 포상금을 독점한 이유가 뭐냐? 족장 줄로 슨. 풍족한 부가 나쁜 술이라면 그걸 돌의 도시에 되돌려주면 되지 않느냐?"

단 루티무는 언성을 심하게 높이지 않으면서도 충분히 불쾌하다는 어조로 물었다.

그러고는 손에 쥔 갈비를 뼈째 뜯어 먹었다.

아무래도 아마 민 루티무로부터 세 개째 갈비를 받은 모양이었다.

"어리석은 질문이다, 단 루티무" 하고 젊은 목소리가 대꾸했다.

슨가의 남자가 아니었다. 그 목소리는 내 대각선 뒤쪽에서 들렸다.

레이의 가장 라우 레이였다.

"단 루티무는 족장의 자비로움을 알아차리지 못한 모양이군.

나쁜 술이기 때문에 우리에게 주지 않고 자기들끼리 다 마셔버리는 걸 테지. 그쯤은 마땅히 헤아려야 하는 것 아닌가?"

"과연, 그런 거였군" 하고 단 루티무는 호쾌하게 웃었다.

그 순간 슨가의 왼쪽에 앉아 있던 몇몇 검은 그림자가 폭발적인 살기를 내뿜었다.

"레이의 가장과 루티무의 가장이여! 네놈들은 또 아무 증거도 없이 족장 집안을 비방할 셈인가? 돌의 도시에서 받은 돈은 전부 제노스의 논밭을 지키는 데 쓰고 있다고 지금껏 수없이 설명하지 않았는가!"

그것은 기바의 털가죽을 두개골부터 뒤집어쓴 사내들이었다.

그중에서도 가장 체격이 장대하고 훤칠한 풍모의 사내가 돈다루 못지않게 굵고 거친 목소리로 말했다.

"방금 네놈이 말한 그대로다. 족장은 슨가에 그런 부는 불필요하다고 생각한다. 그래서 포상금으로 마을 사람을 고용하고 목재를 모아 제노스의 논밭을 지키는 벽을 세우고 있다. 네놈들에게 비방받을 이유는 어디에도 없다!"

"자자의 가장이여, 그야말로 증거 없는 일이지 않느냐? 해마다 똑같은 변명만 해대니 나도 이제 신물이 날 지경이다."

단 루티무는 태연한 얼굴로 갈비를 뜯어 먹었다. 자자의 가장 일행은 한층 격분했다.

"나는 이 두 눈으로 논밭에 벽이 세워지는 모습을 봤다! 그만한 벽을 쌓아 올리려면 제노스의 남자가 수십 명이나 필요하기 때문에 막대한 돈과 시간이 필요하단 말이다!"

논밭을 지키기 위한 벽이라고?

정말 그런 게 건설되어 있는 걸까?

그렇다면—— 채소 장수인 돌라 아저씨가 그렇게까지 고뇌할 것도 없다는 생각이 드는데.

"……저놈들이 말하는 건 성의 북쪽에 있는 논밭이야. 그쪽은 성 사람의 논밭이기 때문에 나무 벽으로 철저히 보호되고 있다고—— 전에 지바 할머니가 알려주더군."

아이 파가 살짝 귓속말을 해주었다.

과연. 마을 사람의 논밭은 성의 남쪽에 있을 터. 거기까지는 손길이 미치지 않아 굶주린 기바에게 여전히 짓밟히고 있다는 건가.

"슨가는 그 벽을 세우는 데 포상금을 쏟아부었다고 주장하는 거구나. ……그 말이 진실일 가능성은 없는 거야?"

주변 사람들에게 들리지 않도록 최대한 목소리를 낮추어 묻자 아이 파는 "없어" 하고 고개를 내저었다.

"귀족의 논밭을 지키는 벽은 이미 수십 년 전에 완성되었어. 이것도 지바 할머니에게 들은 거다. 물론 굶주린 기바가 그 벽을 부수면 그때마다 보수 작업이 필요하겠지만."

"흠……."

"도시에서 주는 포상금이 워낙 미미한 액수라 그 돈으로 그렇게 훌륭한 벽을 쌓는 것은 애초에 불가능하다고 지바 할머니가 웃더군."

그럼 결국 자자의 가장도 슨가에 속고 있다는 건가.

저렇게 무섭게 생긴 상대를 속일 생각을 하다니 한숨이 절로 나왔다.

'어떻게 하나같이 돈다 루처럼 무섭게 생겼을까……'

하지만 이래야만 숲가의 백성이라는 생각이 들었다.

야수 같은 기백과 생명력. 청렴하고 맹렬한 사냥꾼의 일족——자자, 돔, 진이라는 슨가의 친족들은 모두 그 이름에 걸맞게 용맹함을 갖추었다.

그 용맹한 자자의 가장이 심심한 분노로 두 눈을 이글거리면서 단 루티무와 라우 레이 일행을 매섭게 쳐다봤다.

"풍족한 부는 사냥꾼을 타락시킨다! 따라서 그런 쓸데없는 부를 숲가에 들여오지 않고 제노스의 논밭을 지키기 위해 죄다 써 버리는 것이다! 네놈들은 족장의 결단에 무슨 불만이 그리 많은 것이냐?!"

"그 말이 진실이라면 아무런 불만도 없지. 다만 그 벽이라는 게 몇 년이 지나야 완성되는지 나는 역참 마을의 토토스처럼 목을 빼고 기다릴 뿐이다, 자자의 가장이여."

그런 식으로 대꾸하는 단 루티무는 전혀 흥분한 기색이 없었다. 오히려 벌써부터 논쟁에 질려서 하품이라도 할 것 같은 표정이었다.

가장 회의에서도 분명히 같은 논쟁이 오갔을 터. 족장 집안의

미흡한 점을 루가의 친족이 들추어내고 슨가의 친족이 그것을
옹호했을 것이다. 이 기묘한 세력의 균형 위에서 슨가의 지배는
가까스로 존속하고 있는 게 아닐까.

한편, 돈다 루는 헛된 논쟁에 가담하려 들지 않았다. 그저 두
눈을 위태롭게 불태우며 과실주를 들이켜고 있었다.

'왠지 무척 위태로운 방법인 것 같은데…….'

루가와 슨가가 싸우면 숲가를 양분하는 큰 싸움이 될 거라고
들었다. 하지만 그것은 친족이 있을 경우에 한해서일 것이다.
자자나 진 같은 유력한 씨족의 도움 없이는 슨가가 루가에 항거
할 수 있을 리가 없다.

그런데도 슨가가 거짓말로 친족들의 신뢰를 얻고 있는 거라면
── 그야말로 사상누각이라고밖에 할 수 없지 않을까.

'슨가의 수법은 구멍투성이야. 나나 카뮤아 같은 사람이 못된
꾀를 슬쩍 부리기만 해도 쉽게 무너뜨릴 수 있을 것 같은데?'

그런 생각마저 들었다.

물론 자만심은 금물이지만, 문명국에 비정상적으로 도취된 것
처럼 보이는 슨가의 수법은 군데군데 터진 바느질처럼 허술하
기 짝이 없었다.

그런 생각에 잠겨 있는데 갑자기 질책하는 소리가 날아들었다.

"……따라서 숲가에 풍족한 부를 가져오려 하는 파가의 행위
는 숲가의 백성을 타락시키는 행위임에 틀림없다!"

나는 깜짝 놀라 고개를 들었다.

자자의 가장 일행이 사냥꾼의 눈빛으로 나와 아이 파를 노려보고 있었다.

"이국인을 감쪽같이 속여 그의 수완으로 돈을 버는 것은 내가 상관할 바 아니다. 딱히 숲가의 규정을 어기는 행위도 아니니. ……한데 그 부로 숲가의 백성을 타락시킬 속셈이라면 칼로 처단해야 마땅하다!"

갑자기 이쪽으로 화살이 돌아왔다.

아니── 갑자기가 아니다. 그들은 분명히 가장 회의에서 아이 파의 말을 듣고 난 뒤 줄곧 그 생각을 품고 있었을 것이다.

풍족한 부는 숲가의 백성을 타락시킬지도 모른다── 그것은 역참 마을에 가게를 내기 전에 내가 처음에 품었던 우려였다.

그 우려를 깨끗이 날려준 사람이 가즈란 루티무와 아이 파였다.

그런 아이 파가 등줄기를 곧게 펴고 앉아서 자자의 가장을 당당하게 쏘아보았다.

"풍족한 부는 숲가의 백성을 타락시키다니, 자자의 가장은 그렇게 생각하는가?"

"그렇다. 기바 고기를 이용해 돈을 버는 것은 상관하지 않겠다. 다만 그 부를 숲가에 뿌려서는 안 된다! ……뭐, 루와 루티무가 파가에 꼬리를 흔든다면 얼마간 나눠줘야 할지도 모르겠지만 말이다. 그 정도는 눈감아주지."

"호오……?"

단 루티무가 거대한 몸뚱이를 흔들었다.

표정은 더없이 상냥하게 웃고 있지만 부리부리한 눈에는 분노가 이글이글 끓어올랐다.

"유쾌한 소리를 다 지껄이는군. 자자의 가장이여, 우리가 돈에 눈이 멀어 파가와 인연을 맺었다고 말할 셈이냐?"

"아니라는 건가? 그렇다면 왜 혈연관계도 아닌 파와 루티무가 행동을 같이하는 거지?"

"파는 루티무의 벗이기 때문이다!"

단 루티무는 거칠고 사납게 소리친 직후 오른쪽 주먹으로 바닥을 내리쳤다.

그 일격으로 깔개에 덮여 있던 땅바닥이 푹 꺼졌다.

"혈연관계는 무엇보다 중요하다. 하나 그게 전부는 아니다! 친족이라는 이유로 슨가 따위에 복종하는 네놈들이 어찌 알겠냐!"

"네 이놈! 아직도 족장 집안을 우롱할 셈인가!"

제사당의 분위기가 단숨에 끓어올랐다.

거기에 물을 끼얹은 사람은 그들의 씨족장인 돈다 루나 줄로슨이 아닌── 아이 파였다.

"루티무의 가장과 자자의 가장 둘 다 냉정하길 바란다. 중요한 건 풍족한 부이지 않은가?"

아이 파의 눈동자도 엄격한 빛을 띠었다.

그러나 표정과 말투는 차분했다.

아이 파는 노여워하는 단 루티무를 달래듯 고개를 끄덕여 보인 뒤 자자의 가장을 향해 방향을 틀더니── 이윽고 조용히 설명하기 시작했다.

2

"풍족한 부는 숲가에 타락을 가져온다. ……그 생각도 일리는 있지만, 물론 나는 타락을 가져오기 위해 이런 일을 시작한 게 아니다."

아이 파는 더듬더듬 설명해갔다.

"나는 단지 숲가의 삶이 더 풍요로워지기를 바랐을 뿐이다. 가난에 허덕이던 백성들이 풍요로운 삶을 얻고 더 강한 힘을 얻게 된다면 지금까지 이상으로 사냥꾼의 역할을 다할 수 있다고 생각한다. 그렇지 않은가?"

자자의 가장은 "허!" 하고 탄성을 내뱉고 나서 응수했다.

"과연 그럴까? 기바 한 마리로 지금껏 번 것보다 더 많은 돈을 벌게 된다면 기바를 많이 사냥하지 않고도 살아갈 수 있게 된다. 그것이야말로 타락이 아니고 뭐란 말인가!"

"한데 굶주린 상태로는 사냥꾼의 역할을 다할 수가 없지 않은가? 자자와 진, 그리고 돔처럼 큰 씨족이면 또 몰라도 힘없는 작은 씨족은 하루빨리 풍족함이 필요한 상황이다."

"힘이 없으면 숲에서 죽으라지. 우리는 그렇게 해서 사냥꾼의 힘을 연마해왔다."

그때 낮은 목소리가 끼어들었다.

그동안 말없이 동포의 말을 경청하던, 기바의 두개골을 쓴 덩치 큰 사내── 돔가의 남자였다.

"약한 사냥꾼은 살아갈 자격이 없다. 강한 사냥꾼만이 살아남아 강한 핏줄을 남겨야 한다. 쓸모없는 부로 약한 사냥꾼이 약한 핏줄을 남기면 숲가에 멸망을 가져올 것이다."

"쓸모없는 부라니 그게 뭐지? 엄니와 뿔과 털가죽에서 얻어지는 대가는 쓸모 있고, 고기에서 얻어지는 대가는 쓸모없다니, 왜 그걸 타인이 정한단 말인가?"

아이 파의 눈동자에 파란 불꽃이 일렁였다.

"엄니도 뿔도 털가죽도 고기도 전부 기바가 가져다준 부다. 거기에 무슨 차이가 있다는 건지, 돔의 가장이여, 그대는 설명할 수 있겠는가?"

"……우리는 80년 전부터 엄니와 뿔과 털가죽을 부로 교환해왔다. 그게 대답이다."

"그건 단순히 고기를 부로 교환할 수단이 없었을 뿐이지 않은가? 그 수단을 얻었으면서도 빤히 알고도 부를 버리는 게 옳은 길이라니, 나는 그렇게 생각하지 않는다."

용맹한 돔의 가장에게도 지지 않을 기백을 풍기면서 아이 파는 다소 어조를 누그러뜨렸다.

"돔의 가장이여, 나는 어젯밤 숲가의 최고 장로인 지바 루와 이야기를 나누었다."

"……그게 어쨌다는 건가, 파의 가장이여."

"나는 의문을 품었다. 역참 마을 사람은 카론이라는 동물의 털가죽과 고기로 부를 얻고 있다. 한데 숲가의 백성은 기바의 털가죽만을 부로 삼고 고기는 숲에 버려왔다. 그것은 왜인가 하고 말이다."

그 이야기는 나도 같이 들었다.

그때 우리는 숲가의 알려지지 않은 역사를 알게 되었다.

"지바 루를 포함한 숲가의 백성의 조상들은 한때 자갈의 검은 숲에서 살았지. 그 숲에는 인간을 잡아먹는 거대한 검은 원숭이와 그 외에 동물은 작은 뱀과 도마뱀 정도밖에 없었다고 한다. ……그리고 인간을 잡아먹는 검은 원숭이의 고기를 먹는 행위가 금기시되어 조상들은 뱀이나 도마뱀, 벌레 같은 것을 먹으며 살아왔다고 하더군."

"그 정도 이야기는 돔에도 전해져서 알고 있다. 그럼에도 조상들은 제 몸과 혈족을 지키기 위해 검은 원숭이를 끊임없이 사냥했다. 그렇게 해서 사냥꾼의 힘을 길렀다고 하던데?"

"그렇다. 그리고 조상들은 검은 원숭이의 털가죽을 벗겨 그걸 몸에 걸치고 자신의 긍지를 나타내게 되었다. ……요컨대 그것이 털가죽을 벗기는 수단을 소유한 반면 고기를 올바른 방법으로 먹는 수단은 소유하지 못했던 이유다."

"…………."

"이윽고 우리 조상은 남쪽 숲에서 여기 모르가 숲가로 이주해 검은 원숭이 대신 기바를 사냥했지── 그리고 기바 고기를 식용하는 것이 허락되었지만 올바르게 먹기 위한 수단을 찾지는 않았다. 동물의 고기를 먹게 된 것에 환희하고 만족하고 말았다고 지바 루는 그렇게 말했다."

"그러니까 그게 어쨌다는 거지? 그렇다면 우리도 고기를 먹는 것만으로 만족해야 하는 것 아닌가?"

"아니. ……나는 아니라고 생각한다."

아이 파는 분명히 어젯밤의 지바 루의 모습을 떠올리고 있을 것이다.

무한한 슬픔과 동시에 어렴풋한 희망의 빛이 깃든 지바 루의 신기한 눈빛을.

"자신들이 나태했던 것이라고 지바 루는 말했다. 마을 사람들과의 교류를 거부하며, 어째서 기바 고기는 돈으로 교환할 가치를 지니지 않은지 그 이유를 밝히려 노력하지 않은 채 80년의 세월을 보내고 말았다고—— 지바 루는 무척 후회하는 것처럼 보였다."

"왜 후회를 하지? 조상들이 후회할 이유는 없다. 조상들이 길을 제시해준 덕분에 지금의 우리가 있는 것이다."

"지금보다 더 풍요로운 길을 제시할 수도 있지 않았을까 하고 지바 루는 후회하는 것이다. 그리고 그 풍요로움이 있으면 조상들도 그렇게 많은 목숨을 잃지 않았을지도 모른다고 말이다."

모르가 산기슭의 숲가로 이주했을 때 백성의 수는 천 명을 넘었다고 한다.

그중 절반이 처음 몇 년 만에 목숨을 잃었다. 흉악한 기바와의 투쟁과 굶주림 탓이었다. 그 일화는 지바 루와 처음 만난 날 밤에 들어서 알고 있었다.

"마을 사람은 아마도 고기를 올바르게 먹는 방법을 처음부터 알고 있었을 터. 조상들이 마을 사람을 기피하지 않고 올바르게 인연을 맺었다면 처음부터 기바 고기를 돈으로 교환할 수 있었을 것이다. 노력하지 않은 나태함이 여전히 굶어 죽는 백성이 존재하는 숲가의 가난을 초래했다면 그것은 자신들의 죄라고 지바 루는 말했다."

".............."

"돔의 가장은 풍족한 부가 타락을 가져온다고 말했다. 그 말이 틀렸다고 단언할 수는 없다. 한데 나는 풍족한 부가 약한 백성을 강한 백성으로 바꿀 수 있다는 가능성을 믿고── 숲가에 풍요로움을 가져오고 싶다."

그러고 나서 아이 파는 나를 흘끗 봤다.

"터무니없는 소리로 들릴지도 모르겠지만, 이 아스타의 힘이 있으면 가능하지 않을까 하고 생각했던 것이다. ……아스타의 요리가 맛있지 않았는가?"

대답하는 자는 없었다.

그럼에도 아이 파는 매우 온화한 눈빛으로 입가에 살짝 미소를 지었다.

"나에게는 무척 맛있게 느껴졌다. 그러니 내가 옳다고 믿는 길을 나아갈 생각이다. ……그걸 모두가 찬성해주었으면 좋겠다."

제사당 안에 고요한 정적이 흘렀다.

아직 대다수는 식사 중일 테지만 다들 옴짝달싹 않고 있었다.

슨가도, 그 친족도, 루가도, 그 친족도── 아궁이 당번을 맡은 여자들도, 작은 씨족의 가장들도, 모두가 기묘한 느낌으로 숨을 죽였다──.

그런데 갑자기 정적이 깨졌다.

"……포우가는 파가의 가장의 의견에 찬성한다."

모두가 천천히 그쪽을 돌아보았다.

한 장년의 사내가 제사당 한구석에 서 있었다.

"포우가는 작은 씨족이다. 친족도 없고 기바를 충분히 사냥하지도 못하고 있다."

검고 덥수룩한 머리에 검은 수염. 키가 크지만 다소 야윈 얼굴의 마흔쯤 되어 보이는 남자였다.

"고기는 먹고 있지만 엄니와 뿔은 부족하다. 어렵게 얻은 아기도 굶어 죽일 형편이다. 그런데 집안 남자들의 힘이 조금만 더 강했더라면 가족을 이렇게까지 고생시키지는 않았을 것이다."

저녁 어스름 속에 파란 눈동자가 타올랐다.

사냥꾼의 긍지와 원통함이 소용돌이치는 처절한 눈빛이었다.

"돌의 도시의 적선은 필요 없다. 하지만 내 손으로 잡은 기바로 부를 얻게 된다면 그것은 정당한 대가라고 생각한다. 그로 인해 더 강한 힘을 얻으면 맹세코 지금껏 해온 것보다 더 열심히 사냥꾼의 역할을 다하겠다. ……따라서 포우가는 파가의 가장의 말에 찬성한다."

"……라츠가도 파가의 가장의 의견에 찬성한다."

이번에는 그 반대쪽에 있던 남자가 일어섰다.

스물 안팎의 청년이었다.

"우리는 지난 1년간 메이와 김이라는 두 친족을 잃었다. 특히 메이의 가장은 용맹한 사냥꾼이었지만, 작은 상처에 나쁜 바람이 들어가 병에 걸려 허망하게 죽고 말았다. ……저금이 조금만 더 있었더라면 역참 마을에서 병을 치료하는 약을 구입할 수도 있었는데 말이다."

깊은 분노가 담긴 눈빛이 돔의 가장을 집어삼킬 듯이 쳐다봤다.

"돔 가장의 말대로라면 메이와 김은 멸망해 마땅한 씨족이 된다. 그 말에는 따를 수 없으므로 라츠가는 파가의 가장의 말에 찬성한다."

"언성을 높일 필요는 없네. 돔의 가장도 작은 씨족이 멸망하길 바라서 그리 말한 게 아니니 말일세."

쉰 목소리와 함께 또다시 새로운 그림자가 일어섰다.

지바 루처럼 머리가 하얗게 센 깡마른 노인이었다.

"슨과도 루와도 인연이 없는 작은 씨족의 일원은 총 3백여 명에 달하지. 그들이 모두 멸해도 좋다고 생각하는 사람은 아무도 없네. 그들 없이는 기바를 충분히 사냥할 수 없기 때문이지."

"사우티의 장로. ……설마 네놈마저 파가에 찬성한다고 지껄이려는 건 아니겠지?"

잠시 잠자코 있던 자자의 가장이 불꽃 같은 눈으로 노인을 노려보았다.

"찬성할지는 가장이 결정할 일이지. 다만 나 같은 늙은이한테는 최고 장로의 말이 아프도록 가슴에 젖어들었다네. 우리가 길을 잘못 든 만큼 괜히 젊은이들이 길을 돌아가게 된 것 같아서 말일세."

숲가의 백성치고는 상당히 온화한 눈빛을 지닌 노인이었다.

그 부드러운 눈빛이 자자의 가장에서 나와 아이 파 쪽으로 옮겨 왔다.

"마을 사람은 우리를 기피하고 우리도 마을 사람을 기피했네. 그것은 나름 피할 수 없는 운명이었을지도 모르네만, 그 운명에 거역하고자 충분히 노력했다고는 볼 수 없겠지. ……어쩌면 파가 사람들은 그런 우리 대신 길을 개척해주려 하는 게 아닐까 싶네만."

"이런 이국인이 대체 뭘 할 수 있다는 건가?!"

"역참 마을 사람과 악연이 아닌 인연을 맺을 수 있지. 그게 가능한 사람이 지금 숲가에 또 누가 있다는 겐가?"

태연자약한 노인에게 자자의 가장은 한층 험상궂은 표정을 지었다.

"루의 친족뿐만 아니라 사우티마저 족장 집안을 비방할 셈인가? 숲가에서 돌의 도시와 인연을 맺은 집안은 슨가란 말이다!"

"슨가가 인연을 맺은 건 제노스의 성이 아니더냐? 성 사람과 마을 사람은 다르지. ……게다가 안타깝게도 슨가는 마을 사람과 올바른 인연을 맺지는 못했네. 아까만 해도 본가의 차남이 마을에서 칼을 빼들었다는 이야기를 하지 않았는가?"

"그건 마을 사람이 숲가의 백성을 비방했기 때문에——!"

"비방에는 칼로 앙갚음해야 한다는 규정은 없지 않느냐, 자자의 가장이여."

루의 친족 외에도 이렇게까지 정면으로 슨가에 쓴소리하는 씨족이 있다니, 나는 적잖이 놀랐다.

노인은 조용히 웃으면서 다시 우리 쪽을 봤다.

"나 같은 늙은이한테는 사우티의 길을 결정할 힘이 없네. 다만 나 자신은 그대들의 존재를 축복하고 싶군, 파가의 가장과 가족이여."

"그럼 가장을 제쳐놓고 쓸데없는 소리 좀 그만하시오, 모가 장로."

노인 곁에 앉아 있던 젊은이가 귀찮다는 듯 일어섰다.

엄청난 거구에 지자 루나 가즈란 루티무에 필적할 풍격을 갖춘 젊은이였다.

"사우티의 가장으로서 나 다리 사우티가 한 가지 질문을 하겠다. 루의 가장 돈다 루, 당신은 이 건에 관해 어떻게 생각하는가?"

지금껏 완고하게 침묵을 지켜온 돈다 루가 그 젊은이를 힐끗 쏘아보았다. 젊은이는 덧붙여 질문했다.

"루티무의 가장은 파를 벗이라고 밝혔다. 한데 실제로 도움을 주는 쪽은 루의 여자들이 아닌가? 루티무의 씨족장 집안인 루 역시 파를 벗으로 삼고 뜻을 같이하는 것인가?"

"……나는 딱히 이런 녀석들을 벗이라 부를 생각은 없다."

낮게 울리는 목소리로 말하면서 돈다 루는 천천히 일어섰다.

"여자인 주제에 사냥꾼 흉내 내느라 아등바등하는 멍청이와 정체 모를 이국인 따위를 어째서 내가 벗이라 불러야 하지?"

"그럼 왜 일손을 빌려준 거지? 단순히 대가가 목적이었나?"

자신을 다리 사우티라고 밝힌 젊은이가 굵은 목을 갸웃하며 의아하다는 듯 물었다.

그 순박한 얼굴을 쏘아보면서 돈다 루는 나직하게 말했다.

"기바 고기에 동전과 교환할 수 있는 가치를 부여하겠다더군 —— 그런 꿈같은 이야기가 실현될 리 없는 데다 마을의 얼간이들도 마음을 고쳐먹을 리 없지. 나는 단지 정당한 대가를 받고 일손을 빌려주었을 뿐이다."

"그렇군. 그렇다면——."

"한데 그 꿈같은 이야기가 실현되면 숲가의 백성은 더 강력한 힘을 얻게 되겠지."

돈다 루의 우렁찬 목소리가 젊은이의 말을 마치 도끼처럼 끊었다.

그 눈빛이 형형히 타오르더니 입가에 도전적인 미소가 떠올랐다.

"풍족한 부가 숲가의 백성을 타락시킨다고? ……그런 어처구니없는 일이 일어날 리 만무하다. 그렇게 생각하는 녀석이야말로 숲가를 타락시킬 것이다."

"뭐라고……?"

그 순간 자자와 진의 남자들이 동요하기 시작했다.

"자자여, 진이여, 네놈들은 동전 백 닢을 손에 넣는다면 그걸 다 써버릴 때까지 기바 사냥을 소홀히 하고 놀기만 할 텐가?"

"까불지 마라! 네놈은 언제까지 우리를 우롱할 셈이냐! 루의 가장이여!"

"발끈한 것을 보니 대답은 들을 필요도 없겠군."

돈다 루는 여전히 웃고 있었다.

요즘 들어 못마땅한 표정을 짓는 일이 많았지만, 그러고 보니 이 사람은 원래 이런 기질이었다.

웃으면서 적을 위압하고 굴복시키려 하는, 맹렬히 타오르는 호걸인 것이다.

"내가 네놈을 우롱한 게 아니다. 네놈이 우리를 우롱한 거지, 자자의 가장이여. 풍족한 부로 인해 타락한다고? 그런 인간은 처음부터 사냥꾼이라고 할 수 없다! 그런 인간은 애초에 숲가에서 살아갈 자격이 없단 말이다!"

"하지만……!"

"그로 인해 타락하는 인간이 있다면 그런 녀석은 숲가에서 추방하면 그뿐이다. 숲가의 질서는 그로써 유지된다."

돈다 루는 재미있어 못 견디겠다는 듯 입가를 일그러뜨렸다.

물론 그것은 슨가에 대한 통렬한 비판이자 선전포고의 말이기도 할 것이다.

그런 줄은 전혀 모른 채 자자의 가장 일행은 험악한 표정으로 돈다 루의 말을 집중해 들었다.

"루가에 더 이상의 부는 필요 없다. 루티무와 레이도 마찬가지다. ……하나 릴린과 무파는 아직 힘이 부족하지. 친족의 도움 없이는 메이와 김처럼 멸망할 가능성도 있을 터."

"…………."

"한데 이번 일로 루는 더 많은 부를 얻었지. 그리고 파가에 일손을 빌려준 까닭에 털가죽을 무두질할 일손이 부족해져서 그 털가죽을 릴린과 무파에 나눠줄 수가 있었다. ……풍요로워진다는 건 그런 게 아닐까 하는데? 어떤가? 자자의 가장이여."

"…………."

"숲가의 백성은 아직 타락할 만큼 풍요로움을 손에 넣지 못했다. 그런 걱정은 굶어 죽는 사람이 한 명도 없는 상황이 온 뒤에 하면 되지 않겠나?"

"그럼 역시 당신은 파가와 뜻을 같이하고 있는 셈이 아닌가? 돈다 루."

그렇게 질문한 사람은 다리 사우티였다.

돈다 루는 야수 같은 미소를 지우고 시끄럽다는 듯 얼굴을 찌푸렸다.

"말했잖은가! 나는 그런 꿈같은 이야기는 못 믿겠다고 말이다."

"하지만——."

"단, 그게 이루어지면 숲가의 백성은 더 강력한 힘을 얻게 된다. ······그렇다면 그걸 방해할 이유도 없지 않은가!"

"아이고······" 하고 작게 중얼거리는 소리가 뒤에서 들려왔다.

슬쩍 훔쳐보니 미아 레이 아주머니가 쓴웃음을 짓고 있었다.

'어쩜 저리 고집이 셀꼬?' 하고 얼굴에 쓰여 있었다.

"흠······ 참으로 흥미로운 이야기로군."

하고—— 탁한 목소리가 다소 생뚱스럽게 그 자리에 울려 퍼졌다.

줄로 슨이었다.

돈다 루는 사냥꾼의 눈빛을 그쪽으로 들이댔다.

"한데······ 그런 이야기를 실현시키려면 시간이 많이 필요할 테지. 요리가 아니라 고기 자체를 팔겠다니, 웬만큼 해서 될 이야기가 아니니 말일세. ······그렇다면 지금은 느긋하게 정세를 지켜봐야 하지 않겠나······?"

참으로 얼빠진 발언이었다.

이토록 열띤 논의에 대한 소감이 겨우 그거라니.

주의도 주장도 무엇 하나 느껴지지 않았다.

"시답잖구먼. 설마 파가의 감언이설에 넘어가는 씨족이 루가 외에도 있을 줄은 몰랐는데에."

그 옆에서 디가 슨이 느릿느릿하게 말했다.

"포우가와 라츠가. ……이거 똑똑히 기억해둬야겠는데에?"

그 가장들은 여전히 자리에 선 채 디가 슨을 찌를 듯이 노려봤다.

그때 내 마음속에 처음으로 분노가 타올랐지만 그 격정이 발로될 기회는 주어지지 않았다. 나보다 더 쉽게 분노하는 사람이 "어이!" 하고 사납게 소리쳤기 때문이다.

"슨가의 장남, 네 말투가 그게 뭐냐! 숲가에 파가와 인연을 맺어서는 안 된다는 규정이라도 있단 말이냐?! 앙심도 정도껏 품어야지, 이 비열한 놈!"

단 루티무였다.

그 대머리에는 핏줄이 굵게 튀어나오고 부리부리한 눈에는 분노의 불길이 치솟아 있었다.

그렇다── 아마도 지금까지는 슨가의 눈치를 보느라 파가와 인연을 끊어온 작은 씨족의 가장들이 지금 2년 만에 그 행동을 뒤집으려 시도하고 있는 것이다.

이 불꽃은 절대로 꺼져서는 안 된다.

"비, 비열하다니? 네놈한테 욕먹을 짓을 한 기억은 없는데에? 루티무의 가장."

디가 슨은 여전히 실실 웃으면서도 얼굴이 조금씩 굳어지기 시작했다. 루티무의 축하연에서 백 킬로그램 급의 기바가 코앞에서 내동댕이쳐진 트라우마가 되살아났을지도 모른다.

그때 다른 녀석들의 모습을 슬쩍 관찰해보니── 줄로 슨은 물론이거니와 자자와 진의 가장들조차 씁쓸한 표정을 짓고 있었다.

줄로 슨은 단순히 풍파를 일으키지 않기를 바랐을 테지만, 슨의 친족들은—— 주의 주장으로 대립하면 또 몰라도 디가 슨의 과거 악행까지 옹호할 마음은 추호도 없었을 것이다.

분명히 그들도 돈다 루와 마찬가지로 여자의 몸으로 사냥꾼을 자칭하는 아이 파와 이국인의 몸으로 파가의 가족을 자칭하는 나를 못마땅해 할 것이 틀림없다. 게다가 풍족한 부에 관해서도 그들 나름의 생각에 기초하여 정면으로 반대하고 있었다.

그런데 아이 파가 아버지를 여읜 그날 밤 집에 무단 침입하여 행패를 부린 디가 슨의 악행은 족장 집안을 신봉하는 그들의 입장에서도 언어도단의 행위였던 것이다.

그런 부분을 디가 슨은 전혀 인식하지 못하고 있었다. 족장 집안의 권위를 내세우면서도 무엇이 허용되고 무엇이 허용되지 않는지 그 선 긋기가 되어 있지 않았다.

그래서—— 잔챙이인 것이다.

'어쩌면 우리는 줄로 슨의 족장 자리를 디가 슨이 물려받는 날을 기다리기만 하면 되는 게 아닐까?'

그런 생각마저 들게 했다.

디가 슨이 가장이 되고 족장이 되면 머지않아 돔이나 자자의 신뢰를 잃을 것이다.

그렇게 되면 돈다 루가 칼을 휘두를 것도 없이, 내가 못된 꾀를 부릴 것도 없이 분명히 슨가는 저절로 와해된다.

'굉장히 소극적인 방책이지만, 어떤 의미에서는 가장 평화적인 해결 방법일 수도 있겠는데…….'

그런 가운데 현재 족장인 줄로 슨이 '자, 그만 그만' 하고 말하려는 듯 단 루티무 쪽을 쳐다봤다.

"……그리 언성을 높일 것 없네, 루티무의 가장…… 그대는 2년 전 일을 언급하는 건가? 굳이 옛날이야기를 들출 필요는 없지 않은가……?"

"그럼 그 변변치 못한 아들의 입 좀 잘 꿰매든가! 듣기만 해도 역겹군!"

단 루티무가 털썩 앉아 다시 책상다리를 하더니 거의 무의식적으로 바닥을 오른손으로 더듬었다.

내가 슬쩍 내 몫의 나무 접시를 그쪽으로 밀어주자 대체 어떻게 알아차렸는지 단 루티무가 슨가 녀석들을 노려본 채 갈비를 정확히 손에 쥐었다.

내가 하고 싶었던 말을 대신 해준 것에 대한 최소한의 답례였다.

"……포우와 라츠의 이름은 기억할 가치도 없다. 기억할 거면 스도라의 이름을 기억하라."

어디선가 음침한 목소리가 들려왔다.

슨가의 자리에서 가장 멀리 떨어진 말석 끝에서 몸집이 그리 크지 않은 남자가 일어섰다.

"스도라가도 파가의 가장의 의견에 찬성한다. ……스도라가 역시 현재 약간의 풍족함이 필요하다."

그러자 조금 떨어진 위치에서 또 다른 남자가 일어섰다.

"……가즈가도 파가의 가장의 의견에 찬성한다. 기바 고기가 맛있다느니 맛없다느니 처음에는 무슨 소리를 하는지 당최 알아듣지 못했지만, 이 기바 고기를 먹고 나서 마음이 바뀌었다. ……이거라면 마을 사람이 동전을 낼 가능성도 있을 테지."

그렇다면── 하고 여기저기에서 잇따라 일어서려는 기척이 있었지만, 줄로 슨이 참다못해 내뱉은 말에 의해 만류되었다.

"씨족장들이여, 기다리게…… 나는 이 자리에서 파가의 행동에 대해 시비를 가려야 한다고는 생각지 않네…… 아까도 말했다시피 파가의 행동이 결실을 맺을지 판단하기에는 상당한 시간이 필요하기 때문이지…… 지금은 찬찬히 정세를 지켜봐야하지 않겠느냐……?"

"그럼 족장도 지금 단계에서 파가의 행동에 반대 의견을 내놓을 생각은 없다는 것이군?"

그때 다리 사우티가 끼어들어 그렇게 질문했다.

"그런데 현재 반대 의견을 내놓은 것은 슨가의 친족인 자자와 돔의 가장들이다. 거기에 대해서는 어떻게 생각하는가?"

"물론 자자와 돔의 가장들의 주장은 정당하다고 생각하며 나 자신도 풍족한 부의 위험성은 무시할 수 없다는 입장이네…… 한데 루의 가장의 말대로 기바 고기에 그런 가치를 부여한다는 것은 얼토당토않은 꿈 이야기일 테지…… 그런 사소한 일로 숲가의 동포끼리 다툴 필요는 없다고 생각한다…….”

그러고 나서 줄로 슨은 허탈하게 서 있는 자자의 가장 일행에게 번들거리는 시선을 보냈다.

“나의 친족인 자자와 진과 돔의 가장이여…… 지금은 내 체면을 봐서 한 발 물러나 주지 않겠느냐? ……파가의 행동이 초래하는 것이 타락인지 번영인지 우리가 똑똑히 지켜보면 숲가의 질서가 문란해질 리도 없을 터…….”

자자의 가장 일행은 “……족장의 뜻대로” 하고 감정을 죽인 채 말한 뒤 자리에 앉았다.

그 모습을 지켜보고 나서 돈다 루도 자리에 앉았다.

포우도, 라즈도, 스도라도, 가즈도── 그리고 사우티의 가장과 장로도 이어서 자리에 앉자 제사당에 어색한 분위기가 감돌았다.

“……다음 가장 회의 때는 어떻게든 결과가 나올 테지…… 그때까지는 자네들 의지대로 힘쓰게나, 파가의 가장과 아궁이 당번이여…….”

아이 파는 짐짓 점잖은 얼굴로 목례를 했다.

“저기…… 대체 결론이 뭐야……?”

비나 루가 내 티셔츠 소매를 살짝 잡아당겼다.

“결국 해결된 건 아무것도 없잖아……?”

“으음, 글쎄요. ……오히려 모든 게 해결되었다고 말할 수도 있을 것 같아요.”

말하자면 족장 집안인 슨가로부터 '당분간은 멋대로 해도 된다'고 보장을 받은 셈이었다.

그 덕분에 이제 자자와 돔처럼 무서운 녀석들에게 트집잡힐 일도 없다. 적어도 우리 행위가 타락을 초래했다는 구체적인 실례가 제시되지 않는 한.

이렇게 싱겁게 허락이 떨어져도 되나 싶을 정도였다.

'정말……정말 이 줄로 슨이라는 남자는 철저한 기회주의자인 걸까?'

이왕이면 다수결 정도는 하길 바랐다.

포우와 라츠 등 네 개의 씨족은 찬성의 뜻을 밝혀주었지만 이곳에는 슨가를 포함해 37개 씨족의 가장들이 모여 있다. 그중에서 몇 명이 나와 아이 파의 결의를 옳다고 해줄지 확인하기 위해 우리는 모든 사정을 털어놓은 것이나 마찬가지였다.

그런데 결론은── '내년을 기다리자'는 것이었다.

불완전연소도 정도가 있는 법.

이렇듯 강렬하게 골탕을 먹여도 되는 건가?

돈다 루는 언짢은 표정으로 과실주를 들이켜고 있었다. 단 루티무도 엄청나게 따분하다는 표정으로 허연 뼈를 뜯어 먹는 중이었다. 그들 입장에서도 여차하면 험악한 싸움으로 이끌어서라도── 그 정도 각오는 하고 있었을 것이다. 싸움으로 번지지 않아 다행이지만, 이래서는 허탕을 친 것이나 다름없지 않은가.

'어쩌면 나한테 아궁이 당번을 시킨 것도 오로지 미다 슨을 달

래기 위해서였을까…… 그럴 가능성이 정말 있는 걸까?'

야밀 슨은 정말이지 뭔가를 꾸미고 있는 듯한 독기를 발산했건만 이 줄로 슨이라는 남자에게는 아무것도 느껴지지 않았다. 우둔하고 나태하고 무기력하기까지 하다. 현시점에서의 안녕만 지킬 수 있다면 나머지는 아무래도 상관없다는 듯 될 대로 되라는 태도였다.

이게 바로 줄로 슨의 본질일까?

'알고 보니 야밀 슨이 모든 흑막이었다거나……? 아니, 그렇다 쳐도 이대로 가장 회의가 끝나면 정세를 전혀 움직이지 못하잖아. 이제 디가 슨이나 도드 슨이 우리 장사를 방해해도 족장의 결정에 거역했다는 결과밖에 안 되고…… 도대체 뭐가 뭔지 모르겠네.'

줄로 슨은 지극히 만족스러운 웃음마저 띠고 있었다.

디가 슨은 약간 부루퉁한 얼굴.

도드 슨은 말없이 술을 들이켜고 있었다.

우리는——이라기보다는 나는 적을 멋대로 과대평가하고 있었던 것뿐일까?

슨가는 막상 뚜껑을 열어보니 잔챙이 악당의 집단에 불과했다, 그건가?

모르겠다.

모르겠지만—— 결국 그 후에는 아무런 소동 없이 저녁 식사가 차분히 끝났다.

그와 동시에 가장 회의의 종료도 선언되어 슨가 사람들은 집으로 돌아갔다. 다른 씨족의 가장들은 제사당에서 뒤섞여 자야 했다.

이제 하룻밤만 잘 넘어가면 그리운 우리 집으로 돌아갈 수 있었다.

'……물론 이대로 끝낼 수는 없지만 말이야.'

저녁 식사의 뒷정리를 하면서 나는 남몰래 생각했다.

아무리 잔챙이 악마의 집단이라도 슨가를 방치해둘 수는 없다.

디가 슨이 슨가의 대를 잇는다면 저절로 자멸할 것이다──그렇지만 5년이고 10년이고 마냥 기다릴 수도 없는 노릇이다. 이제 숲가의 촌락만의 문제가 아니기 때문이다.

밀라노 마스와 돌라 아저씨, 그리고 유미를 포함한 많은 사람들의 모습과 그들이 했던 말이 내 머릿속에 소용돌이쳤다. 나와 내 곁에 있는 사람을 신뢰할 수는 있어도 숲가의 백성의 존재 자체를 용납할 수는 없다── 이것이 그들의 공통된 인식이다. 숲가의 백성으로서 긍지를 잃은 사람이 설쳐대는 한, 진정한 의미에서 제노스의 사람들과 서로 이해하는 것은 불가능하다.

그리고 우리는 이곳에서 슨의 분가 사람들과도 만나게 되었다. 썩은 생선 같은 눈동자를 한 그 여자들도 가만히 내버려 둘 수는 없을 것이다. 설령 오늘 밤이 무사히 끝난다 해도 문제는 아직 산더미처럼 남아 있다.

'뭐, 모든 건 내일부터니까……'

나는 그렇게 생각했다.

태평하게도 그렇게 생각했던 것이다.

이것은 완전히 결과론이지만——.

슨의 촌락에서의 진짜 재앙은 바로 이날 밤 한꺼번에 엄니를 드러냈다.

3

"그럼 뒷일을 부탁한다, 다루무."

돈다 루는 그 말을 남기고 제사당을 떠났다.

아이 파를 제외한 모든 여자들을 데리고 말이다.

가장들은 제사당 안에서 하룻밤을 보내기로 했지만, 과연 여자들은 그럴 수도 없었다. 그런 까닭에 슨가에서는 그녀들에게 숙박용 빈집을 내준 것이었다.

여자들끼리 장소를 옮기기에는 아무래도 불안하기 때문에 돈다 루가 동행하는 역할을 맡았다.

"……아스타와 아이 파도 이쪽으로 옮기는 게 좋지 않겠니?"

미아 레이 아주머니가 마지막까지 걱정해주었지만 결국 우리는 제사당에 남았다.

아주머니의 말대로 빗장이 걸린 가옥이 더 안전할 것 같았지만, 그 반면 디가 슨이나 도드 슨이 가장의 의향을 무시하고 폭주할지도 모른다—— 그 부분을 경계하려면 슨의 친족이 감시

하고 있는 제사당에 머무는 편이 그나마 안전하겠다는 생각이
들었다.

게다가 이쪽에는 돈다 루를 제외해도 용맹한 자들이 머물고
있었다.

단 루티무와 라우 레이를 필두로 한 열세 명의 사내들. 그뿐만
아니라 주변에는 중립의 입장인 숲가의 백성이 수십 명이었다. 슨
가 녀석들이 무슨 일을 꾸미든, 사냥꾼들로 이루어진 이 벽을 뚫
고서 발칙한 짓을 저지르는 것은 물리적으로 불가능할 터였다.

또한 안전하다는 점을 제외하고도 우리에게는 이곳에 머물러
야 할 이유가 있었다.

다른 씨족들과의 교류다.

파가의 행위에 찬성해준 가장들, 관심을 가져주었던 가장들이
모여서 우리 이야기를 계속 듣고 싶어 한 것이다.

그 대표 격은 사우티가의 가장 다리 사우티와 장로 모가 사우
티였다.

"사우티는 숲가의 남쪽 끝에 자리 잡은 씨족이다. 다섯 친족
을 다스리는 씨족장의 혈통인데, 슨가와 루가에 이어 규모가 큰
씨족이라도 생각하면 된다."

생김새는 순박해 보이는 반면, 엄숙한 분위기의 다리 사우티
가 각진 얼굴에 미소를 띠면서 자기소개를 했다.

"따라서 슨가와 루가 어느 쪽도 쉽게 편들지 못하는 처지지.
만약 우리가 어느 한쪽에 가담한다면 양가의 힘 관계가 한쪽으

로 기울게 될 거다. ……게다가 우리 촌락은 거리상 루가 쪽에 가깝기 때문에 슨가는 우리를 무척 경계하고 있지."

"과연……."

"숲가에 혼란을 초래하기를 바라지 않는다. 그래서 우리는 가급적 슨가와 루가 양쪽에 관여하지 않도록 조심해왔지. ……그리고 숲가의 동포끼리 서로 으르렁거리는 양가의 모습을 다소 한심스럽게 봤다. 이제 그만 닥치고 기바 사냥이나 했으면 하는 게 가장 솔직한 마음이지."

루의 친족들은 약간 떨어진 곳에서 술판을 벌이고 있었다. 단 루티무의 웃음소리가 몹시 요란하게 들렸다.

"그런데 이번에 파가의 행동은 그런 관계를 제쳐놓더라도 도저히 내버려 둘 수가 없을 것 같다. 그러니 더 자세한 이야기를 들려주었으면 한다, 파가의 아이 파와 아스타."

다리 사우티의 주변에는 그의 친족인 가장들과, 그리고 포우가와 라츠가 같은 작은 씨족의 가장들까지 모여 있었다.

루가를 필두로 하는 일곱 씨족, 슨가를 필두로 하는 여덟 씨족, 거기에 파가를 제외하면 작은 씨족은 21개가 존재한다는 계산이 나오는데 그중 8할 정도가 모인 것 같았다. 모두가 우리 의견에 찬성한 것은 아닐 테지만 어쨌든 자세한 이야기를 들으러 모인 것이다.

"루의 친족은 이미 피 빼기라는 기술을 파가로부터 습득했다고 하던데, 그 기술은 누구나 익힐 수 있는 것인가? ……그리고

그 기술을 익히면 모든 기바 고기가 오늘 먹은 고기 같은 맛이 난다고 이해해도 되겠는가?"

"네. 물론 실패할 수도 있겠지만 아주 어려운 기술은 아니에요. 루와 루티무의 남자들도 며칠 만에 체득했다고 하고, 애초에 저도 아직 그렇게 많은 수의 기바를 작업한 경험도 없는걸요. ……그런데 요리 맛은 어땠나요?"

"맛있었다. 솔직히 너무 놀라서 심장이 멈출 뻔했지."

다리 사우티는 굵은 손가락으로 머리를 벅벅 긁으며 말했다.

"그러니 역참 마을에서의 장사 이야기는 제외하더라도 그 기술만은 체득하고 싶군. 하지만 사우티의 촌락은 남쪽 끝에 있어서 어느 집에서도 매우 멀지. 루의 친족 중 가장 가까운 집안은 마무 혹은 민 정도일 거라 생각하지만, 그래도 가볍게 다닐 만한 거리는 아니다. 그런 우리가 기술을 배울 수 있겠는가?"

"그럼요. 그 부분은 루티무의 장남인 가즈란 루티무와도 상의해두었어요. 집이 멀면 남자들을 며칠만 교환하면 되지 않을까요?"

"……남자들을 교환한다고?"

"그래요. 예를 들어 루티무와 사우티의 남자들을 각각 두 명씩 서로의 집으로 보내는 거예요. 루티무의 집에서 그 두 명에게 기술을 가르치고, 사우티의 집에서도 루티무에서 온 두 명이 모두에게 기술을 가르치는 거죠. 그럼 두 집안 남자들의 인원에는 변함이 없으니 사냥꾼의 역할을 평소대로 소화해내는 상태에서 기술도 체득할 수가 있죠."

다리 사우티는 눈을 휘둥그렇게 떴다. 다른 가장들도 술렁거렸다.

"그 방법은…… 참으로 기발하군…… 친족도 아닌 남자들을 며칠간이긴 하나 서로의 집에서 지내게 한다니."

"네. 집안끼리 신뢰 관계가 없으면 도저히 불가능하죠. 그만큼 대담한 수이기도 하고요. ……숲가의 백성은 그렇게 해서 신뢰 관계를 다시 구축해야 하는 시기가 아닌가, 하고 가즈란 루티무가 말하더라고요. 생각건대 숲가에서는 각자의 집이 너무 멀다, 그 탓에 친족이 아닌 집과의 인연이 몹시 멀어진 게 아닐까, 하고요."

"……루티무의 장남이면 가장의 아들이자 후계자인 셈이로군?"

"네, 맞아요."

"재미있군. 그 불같은 성격의 가장의 후계자가 그런 말을 하는 사내라니. 실제로 얼굴을 마주하고 대화해보고 싶군."

이 다리 사우티라는 사람은 어딘지 모르게 가즈란 루티무와 분위기가 비슷했다.

큰 체구와 성실하고 정직해 보이는 모습뿐만 아니라 젊은이답지 않은 엄숙함이나 침착함, 그리고 이성을 중히 여길 것 같은 부분 등— 가즈란 루티무의 장점이라 할 수 있는 부분이 닮은 듯 느껴졌다.

여기에 지자 루의 면모까지 더해지면 엄청난 캐릭터가 탄생할 것이다. 그야말로 디가 슨은 구석에 얌전히 있어야 할 판이다.

물론 그런 그들이라도 주의나 주장은 완전히 다르다.

그런데 오히려 주의나 주장이 다른 편이 더 좋지 않을까.

숲가의 질서를 중요시하는 지자 루, 혁신적인 가즈란 루티무, 보수적이면서도 능동적인 다리 사우티—— 이렇듯 뛰어나고 잘난 사람들, 즉 걸물들이 의견을 주고받아 더 바르게 여겨지는 길을 모색하는 것이야말로 의의가 있다고 느껴졌다.

'……그런데 내가 이렇게 생각하는 거 자체가 외지인이라서 그런가?'

나는 아무래도 나 자신이 선도 역할을 맡을 각오는 할 수가 없었다. 내 존재는 어디까지나 임시로 해놓은 상태에서 그들이 최선의 길을 모색했으면 좋겠다는 의식에서 벗어날 수가 없었다.

하지만 나는 파가의 사람이다. 내 실패는 파가의 실패이며 아이 파의 실패이기도 하다. 그러니 나도 이 걸물들과 함께 걸어가야겠다는 각오를 다져야 할 것이다. 내가 생각하는 바른 길이 무엇인지 당당하게 주장해야 한다.

'게다가——.'

아이 파라면 이 걸물들과 어깨를 나란히 할 가능성도 있지 않을까?

아이 파가 자자나 돔의 가장들과 정면에서 의견을 주고받는 모습을 보고 나는 그런 생각이 들었다.

아이 파는 가즈란 루티무의 말에 의지하지 않고 자기 자신의 말로써 자자와 돔의 가장들과 논쟁했다. 지바 루의 말과 기분을 되새겨서 자신의 말과 기분으로 재구축했다. 아무리 지자 루나 가즈란 루티무라도 좀처럼 하기 힘든 것이 아닐까 싶었다.

'그래, 그리고 그 슨가의 친족들도——.'

나는 슬쩍 시선을 날렸다.

슨가의 친족들은 단 루티무 일행과 대각선 위쪽 구역에서 과실주를 들이켜고 있었다. 자자의 가장 일행이 있는 쪽에서 말이다.

미아 레이 아주머니가 돈다 루보다 고집이 세다고 평했던 그들의 주장은 지자 루를 떠올리게 했다. 규정과 관습, 질서를 중요시하는, 말하자면 고루한 보수 세력 말이다. 그들의 입장에서 나와 아이 파는 필시 불길한 존재일 것이다.

그러나 그들은 결코 적이 아니다. 그들이야말로 숲가의 백성으로서 하나의 바른 모습이라는 생각마저 든다. 그들까지 납득시켜야만 비로소 '변혁'이 용납되는 게 아닐까?

'그러니 역시…… 나한테 불온 분자는 슨가의 존재뿐이구나.'

그런 생각을 하고 있자니 "파가의 가장이여" 하고 새로운 목소리가 들렸다.

포우가의 가장이었다.

"포우가는 그동안 파가와 인연을 끊고 지냈다. 가장인 내가 슨가와 악연을 맺은 파가와 인연을 맺으면 위험하다고 판단했기 때문이다."

아이 파는 조용히 그쪽을 봤다.

포우의 가장은 바닥에 오른쪽 주먹을 대고 머리를 깊숙이 숙였다.

"그 판단이 틀렸다는 것을 이제 인정하겠다. ……그러니 포우가와 다시 인연을 맺어주길 바란다."

"……나는 포우의 가장의 판단이 틀렸다고 생각하지 않는다. 포우가가 섣불리 파가와 인연을 맺고 있었다면 슨가의 어리석은 아들들이 무슨 짓을 저질렀을지 모르기 때문이지."

아이 파는 그렇게 말하더니 포우 가장의 어깨에 어색하게 손을 올렸다.

"가장의 판단으로 가족의 안전을 지켰다고 생각한다. 부끄러워할 행동이 전혀 아니다."

"……하지만 자네는 그런 우리에게 자비를 베풀어 털가죽을 나눠주었건만 우리는……."

"그건 포우가가 뭔가 잘못 알고 있는 것이다."

아이 파는 순간 언짢은 표정을 지었다.

"포우가의 여자에게도 전했을 터. 나는 아무에게도 털가죽을 나눠준 적이 없다. ……그보다 내 말에 찬성한다면 포우가도 피빼기와 해체 기술을 배우면 된다. 아스타, 조만간 기바 고기가 대량으로 필요해진다고 했지?"

"응. 파란 달 말까지 육포를 대량으로 만들어야 하거든. 그때까지 기다리지 않더라도 여관에 요리를 도매로 판매할 시점이라 지금껏 썼던 것보다 훨씬 많은 양의 고기가 필요한 상황이야. 언제까지 루가만 의지할 수도 없는 노릇이고."

포우의 가장은 진지한 눈길로 나와 아이 파의 얼굴을 번갈아 봤다.

전에 파가를 찾아왔던 사리스 란 포우라는 여자는 이 사람의 아내 혹은 딸이겠구나, 하고 생각하며 나는 그를 향해 고개를 끄덕여 보였다.

"역참 마을에서 고기 자체를 팔려면 아직 시간이 필요하겠지만, 현시점에서는 요리에 사용할 고기도 모자랄 형편이거든요. 그러니 포우가에서도 고기를 준비해준다면 파가에서 매입하고 싶습니다."

이것은 루가의 요청이기도 했다.

이대로 가다가는 루의 친족에만 부가 집중되어 작은 씨족의 반감을 사기 때문에 적절히 분담해달라고 부탁을 받았다.

포우의 가장은 말없이 다시 머리를 숙였다.

그때 아까와 달리 조용히 듣고만 있던 다리 사우티가 하품을 늘어지게 했다.

"자, 이야기는 끝이 없는데 밤도 꽤 깊었군. 저쪽 술판도 끝난 것 같으니 슬슬 자야겠어."

저쪽을 보니 어느새 제사당 중앙 쪽으로 이동했는지 단 루티무가 "이봐" 하고 이쪽을 향해 손을 흔들었다.

"언제까지 재잘거릴 셈이냐? 이리로 와, 아스타와 아이 파!"

"알겠어요. ……그럼 자세한 이야기는 내일 다시 하도록 해요."

"그러지. 집에 가는 도중에라도 자세히 알려줬으면 좋겠군. 여기서는 슨의 친족의 눈도 있고 하니."

사우티와 포우의 가장들도 빈 공간으로 흩어졌다.

나는 아이 파와 함께 단 루티무 일행 쪽으로 갔다.

"여기다, 여기! 너희는 여기서 자!"

단 루티무가 바닥에 깔린 깔개를 손으로 두드렸다.

그곳은 루의 친족으로 둘러싸인, 그야말로 제사당의 한가운데 위치한 곳이었다.

"여, 여기 말이에요? 어쩐지 부담스러운 위치인데요."

"뭐가 말이냐? 여기라면 슨가의 얼간이 녀석들이 무슨 일을 꾸미든 손대지 못한다! 녀석들이 우리 몸을 타고 넘으려 한다면 그 발을 물어뜯어 주겠어!"

단 루티무는 우렁차게 웃더니 벌렁 드러누웠다.

다루무 루와 라우 레이 일행도 차례로 아무렇게나 눕기 시작했다.

하긴, 이만큼 강고한 방어벽도 웬만해선 없을 것이다. 아무리 널찍한 제사당이라도 70명이나 되는 인원이 누워버리니 바닥에는 발 디딜 틈도 없었다. 사람들로 이루어진 카펫을 밟고 넘어 우리한테 다가오기란 절대로 불가능할 것이다.

"어…… 이만 잘까?"

"음" 하고 아이 파는 자리에 앉았다.

지난해 가장 회의 때도 아이 파는 이렇게 남자들에게 둘러싸여 혼숙을 한 걸까. 그렇게 생각했더니 마음이 심란했다.

'뭐, 슨가 말고는 못된 짓을 할 만한 사람은 없겠지만 그래도 너무 조심성이 없잖아.'

나는 좁은 공간에서 아이 파로부터 최대한 거리를 두면서 자리에 누웠다.

그러나── 그런 배려는 아무 짝에도 쓸모가 없었다. 천장을 보고 누운 내 곁으로 아이 파가 다가온 것이다.

"멍청한 놈. 나한테서 떨어지지 마."

아이 파가 바싹 다가왔다.

그러고는 손으로 내 가슴을 덥석 움켜쥐었다.

"저, 저기 말이야, 아이 파……."

"시끄러워. 나 피곤하니까 이야기는 내일 하도록."

그렇게 말하고 아이 파는 내 오른쪽 어깨에 이마를 들이댔다.

"정말 지쳤어. 1년 치 말을 다 쏟아낸 기분이다. ……머리도 좀 아파."

"……그래, 오늘 정말 애 많이 쓰더라."

어디선가 다루무 루가 눈을 번뜩이고 있지는 않겠지, 하고 걱정하며 나는 아이 파의 머리를 가볍게 토닥여주었다.

"잘 자, 아이 파. 푹 쉬어."

"음……."

아이 파는 평소보다 쉽게 잠들었다. 곧바로 새근새근 편안한 숨소리를 내기 시작했다.

'친족도 없는 파가의 가장이 숲가의 앞날을 정하다니, 하고 지자 루는 개탄했지만 가문의 규모가 무슨 상관이야.'

어린아이처럼 무방비하게 잠든 얼굴을 내려다보며 나는 몰래 생각했다.

'게다가 아이 파 혼자 그 일을 짊어진 것도 아니야. 숲가의 앞날을 정하는 건 숲가의 백성이야. 그 대표의 한 사람으로서, 수많은 가장의 한 사람으로서 아이 파는 자기 역할을 다하려는 것뿐이야, 분명히······.'

족장 집안인데도 숲가의 규범에서 벗어난 슨가.

그 녀석들만 어떻게 하면 숲가의 미래는 틀림없이 밝을 것이다.

'방향성도 그런 대로 보이기 시작했어. 요컨대 돔이나 자자 같은 친족들한테 슨가가 외면당하는 상황을 만들면 돼. ······내 못된 꾀와 루의 무력이 있으면 그런 상황을 만드는 것도 어렵지 않겠지.'

엄청난 허탕으로 끝나버린 가장 회의였지만, 대응책을 발견할 수 있었으니 우선 만족해야 할 것이다.

더구나 사우티와 포우 같은 씨족과도 인연을 맺게 되었다.

이렇게 된 이상 당면한 문제는 내 요리에 집착하는 미다 슨 정도였다.

그런데 그 점에 관해서도 대응책을 강구해두었다. 우리는 내일 아침 미다 슨을 루의 촌락으로 불러들일 궁리를 한 것이다.

'맛있는 고기를 먹고 싶으면 그 기술을 스스로 익혀라'라는 뜻이다.

'그게 싫으면 맛있는 고기를 포기하라'라는 뜻이기도 하다.

우리는 자자와 돔을 비롯한 사람들이 보고 있는 앞에서 줄로 슨에게 이렇게 제안할 작정이었다.

미다 슨은 내 요리에 집착하고 있다. 이대로라면 역참 마을에 멋대로 내려와서 소동을 일으킬지도 모른다. 야밀 슨이 했던 협박의 말을 역으로 이용해서 해결책을 제시해보자는 심산이었다.

꼭 미다 슨 본인이 아니더라도 분가의 남자라도 상관없다. 어쨌든 슨가에서도 피 빼기와 해체 기술을 익혀라, 라는 것이다.

그런데 만약 슨의 사람만을 루의 촌락에 보내다니 말도 안 된다며 자자나 돔의 사람까지 동행하라고 한다면 그야말로 이상적이지 않은가.

저녁 식사 후 그 이야기를 들려주자 돈다 루는 잠시 생각에 잠긴 뒤──"멋대로 해" 하고 내뱉었다.

아마 내 생각이 정확히 전해졌을 것이다. 자자나 돔과는 칼을 겨눠서는 안 된다는 내 생각이. 루가가 그들과 인연을 깊이 맺을수록 슨가가 힘을 잃어갈 것이라는 내 못된 꾀가.

원래 루가와 그들이 적대할 이유는 어디에도 없다. 루가는 슨가를 기피하고 그들은 슨가를 신봉하고 있다. 엇갈린 점은 단지 그 한 가지뿐일 테니.

'다름 아닌 미다 슨의 식욕이 이 일의 돌파구가 되다니, 정말이지 유쾌하단 말이야.'

그런데 정말 그것이야말로 슨가에는 최후의 희망이 될지도 모른다.

맛있는 걸 먹고 싶다는 욕구의 화신인 미다 슨이 솔선해서 기바 사냥에 힘쓰게 되면 슨의 촌락에 가라앉은 답답한 공기를 조금은 떨칠 수 있지 않을까?

남자들이 기바를 사냥하고 여자들이 조리를 한다. 맛있는 요리를 위해 식구끼리 힘을 합해서 풍요로운 삶을 얻는 것이다——거기서 기쁨을 찾아내는 정감을 그들이 되찾는다면 그 썩은 생선 같은 눈동자에도 빛이 깃들지도 모른다.

'내 상상이 빗나가지 않았다면 그 사람들도 피해자니까. 그렇게 해서 슨의 본가를 친족들이 더 이상 따르지 않게 만들면 피를 흘리지 않고도 족장 집안의 권위까지 빼앗을 수 있을지도 몰라.'

좀 시간이 걸릴지도 모르지만 수십 년에 걸쳐서 타락과 퇴폐의 역사를 쌓아왔을 슨가를 재생시키려면 그 정도 노력은 필요하다고 생각한다.

'뭐…… 모든 건 내일부터지만.'

마지막으로 한 번 더 사랑스럽게 잠든 아이 파의 얼굴을 보고 나서 나도 어스레함 속에서 눈을 감았다.

◇

그로부터 시간이 얼마나 지났을까.

정체 모를 감각이 엄습해와 내 의식은 서서히 현실로 끌려 돌아왔다.

'……뭐지?'

무슨 일이 일어났는지는 모른다.

다만 뭔가가 분명히 이상했다.

머릿속에서 위험 신호가 깜빡였다.

아직 반 각성 상태인 내 의식에 정체 모를 감각이 '위화감'으로 흘러들어 왔다.

이 냄새는── 뭐지?

기묘하게 달콤하다── 그러면서도 묘하게 콧속을 콕콕 자극하는 이 냄새는 뭘까?

무거운 눈꺼풀을 느릿느릿 올렸다.

하지만 세상은 암흑으로 닫혀 있었다.

수지 촛불도 완전히 타버린 모양이었다.

머리가 무겁다.

몸도 무겁다.

어쩐지 의식의 일부분만 각성한 듯 비몽사몽한 기분이다.

혹시 이게 소위 말하는 가위눌림인가?

'아니…….'

그럼 이 냄새는 뭐란 말인가.

이 냄새는—— 뭔가 불쾌하다.

내 코와 목과 폐가, 이 냄새가 몸속에 침입하는 것을 완강히 거부하고 있다.

위화감의 정체가, 위험 신호의 정체가 바로 이건가.

'설마…… 독가스 같은 걸로 우리를 몰살할 작정은 아니겠지……?'

느닷없이 엉뚱한 생각이 퍼뜩 떠올랐다.

순식간에 맹렬한 불안감의 포로가 되어 나는 황급히 몸을 일으켰다.

하지만—— 생각처럼 몸이 움직여주질 않았다.

마음만 헛돌 뿐. 내 몸은 둔중한 거북이처럼 느릿느릿 움직이는 게 고작이었다.

내 가슴에 약간의 무게와 열이 느껴졌다.

아이 파다.

아이 파의 손끝이다.

나는 남의 것처럼 감각이 둔한 오른팔을 들어 올려서 그 손끝에 내 손바닥을 포개었다.

아이 파의 체온이 서서히 전해졌다.

완전히 잠이 들었는데도 아이 파는 여전히 내 가슴을 움켜쥔 상태였다.

"아이 파" 하고 부르려 했다.

그러나 목구멍이 수축되어서 소리를 잘 낼 수가 없었다.

그리고 보니 입속이 바싹 마른 상태였다.

기분 탓인지 눈도 뻑뻑하다.

온몸이 매우 건조하게 느껴졌다.

'혹시── 이거 연기 아냐……?'

목조 건물에 촛대의 불이 옮겨붙은 거 아닐까?

아니, 그렇다면 어디선가 불길이 솟아올랐을 것이다.

게다가 나보다 이변을 더 빨리 알아차린 사람이 있을 터였다. 지금 이 자리에는 숲가에서도 손꼽히는 용맹한 자들이 모였기 때문이다.

'누구, 일어나 있는 사람은 없나……?'

창문 하나 없는 제사당 안이기에 아무리 기다려도 세상은 암흑으로 닫혀 있었다.

아무리 응시해도 아무것도 보이지 않았다.

다만── 그곳은 악몽처럼 쥐 죽은 듯 조용했다.

단 루티무가 코고는 소리조차 들리지 않았다.

내 오감에 닿는 것은 기묘하고 달콤한 향기와 아이 파의 손끝의 체온뿐이었다.

'아무튼…… 여기 있으면 안 돼.'

나는 품에 넣어둔 수건을 꺼내 코와 입을 막았다.

그것만으로 숨쉬기가 그나마 편해진 기분이었다.

게다가── 그렇게 상반신을 일으켰을 뿐인데 달콤한 향기가 조금 옅어진 것 같았다.

무슨 냄새인지는 모르지만, LP가스처럼 공기보다 무거운 물질일지도 모른다.

'좋아…….'

암흑 속에서 아이 파의 팔을 더듬어 등에 내 왼팔을 끼워 넣었다.

그렇게 아이 파의 몸을 일으키려 한 순간──.

그 녀석들이 나타났다.

"뭐야아? 그 애송이가 깨버렸잖아?"

악의에 찬 젊은 남자의 목소리.

굵은 데도 느릿느릿해서 귀에 거슬리는 목소리.

디가 슨이었다.

"왜 이 녀석만 깬 거지이? 메레메레잎은 이국인한테는 효과가 없나? 어어? 테이 슨?"

"글쎄요…… 저도 잘."

감정이 결여된 목소리가 디가 슨에게 대답했다.

그와 동시에 내 등 뒤로 오렌지색 빛이 다가왔다.

나는 느릿느릿 뒤돌았다.

디가 슨과 테이 슨── 그리고 도드 슨까지 다 모여 있었다.

디가 슨이 불 켜진 촛대를 들고 있었다.

나머지 두 명은 빈손이다.

빈손이지만 허리에 칼을 단단히 차고 있었다.

그리고—— 셋 다 천 조각으로 입을 가리고 있었다.

"괜찮겠지이. 연약한 애송이 혼자라면 깨어 있어도 문제는 없을 테지이. 어서 옮기자고오."

독살스러운 웃음이 깃든 디가 슨의 목소리와 함께 나머지 두 사람이 가까이 다가왔다.

저항은 불가능했다.

원래 완력으로는 당해내지 못하는데 몸까지 납덩이처럼 무거웠기 때문이다.

"그만……둬……."

온 힘을 다해 목소리를 쥐어짜냈다.

하지만 늙은 병자처럼 가냘픈 목소리밖에 나오지 않았다.

내 몸은 도드 슨이, 아이 파의 몸은 디가 슨이 강제로 일으켜—— 아이 파의 손끝이 내 가슴에서 힘없이 멀어졌다.

이게 무슨 일이지?

도대체 무슨 일이 벌어진 거야?

유난히 몹쓸 악몽이라도 꾸고 있는 듯 현실감이 희박했다.

"반항해봤자 소용없는데에? 너 말고는 죄다 곤히 자고 있거드은."

디가 슨은 상스럽게 웃으면서 발치에 누워 있던 이름 모를 남자의 머리를 걷어찼다.

그러나 그 남자는 시체처럼 꿈쩍도 하지 않았다.

"시무의 주술사에게 산, 메레메레라는 향초(香草)를 피웠거드

167

은. 이렇게 재미있는 게 있었다니 진작 알았더라면 좋았을 텐데에."

향초—— 수면 작용이 있는 몰약 같은 건가?

그런 걸로 숲가의 용맹한 자들이 전부 쉽사리 잠에 빠졌다는 건가?

"이 냄새를 계속 맡게 하면 칼로 배를 갈라도 깨어나지 못한다더구운. 이만큼 사는 데 백동화가 다섯 닢이나 들었다니까아? ……뭐, 이걸로 오랜 원한을 풀 수 있다면 비싼 것도 아니지마안."

디가 슨의 탁한 눈이 내게서 아이 파 쪽으로 옮겨갔다.

나는 반사적으로 주먹을 쳐들었지만 도드 슨에게 제압당하고 말았다.

"쓸데없는 소리 그만하고 당장 나가자. 여기 계속 있다가는 우리까지 못 움직일지도 몰라."

그리하여 우리는 질질 끌려가다시피 하여 제사당 밖으로 나갔다.

그들이 나가면서 여러 남자들의 몸을 걷어찼는데도 역시 아무도 깨어나지 않았다.

최악이다.

최악의 전개다.

정말—— 이 녀석들은 어디까지 악랄할 수 있단 말인가.

게다가 도저히 제정신을 갖고 한 짓으로는 생각되지 않았다.

"너희들, 이런 짓을 하고도…… 무사할 줄 알아?"

밖으로 나온 순간 숨쉬기가 편해진 덕에 나도 조금은 목소리를 제대로 낼 수 있었다.

하지만 크게 소리칠 수는 없을 것 같았다.

"모든 가장들이 모여 있는 자리에서 이런 짓을 하다니…… 슨가는 모든 씨족을 적으로 돌릴 셈이냐……?"

"시끄럽구머언. 이국인 주제에 잘난 척 좀 하지 마아."

도드 슨에게 양쪽 겨드랑이를 붙들리고 있는데 내 코앞에 디가 슨의 그을린 얼굴이 다가왔다.

"게다가 왜 슨가가 비난받아야 하지이? 우리는 축복받을 몸이라고오?"

"축복이라니……?"

"그래, 축복. 왜냐하면 본가의 장남과 장녀의 혼인이 한 번에 정해졌거드은. 이렇게 경사스러운 일이 또 어디 있겠어?"

오싹오싹, 오한이 등줄기를 타고 올라왔다.

거무칙칙한, 지금껏 느껴본 적 없는 격정의 파도가 아랫배에서 꿈틀거렸다.

"디가 슨은 파가의 아이 파를 색시로 삼을 거다. 야밀 슨은 파가의 아스타를 신랑으로 삼고 말이야아. 멸망만 기다리는 너희가 슨의 가족이 될 수 있다니까아? 눈물을 흘리며 기뻐하란 말이야, 애송이."

"웃기지 마…… 그런 제안을 우리가 승낙할 것 같아?"

디가 슨은 움찔하면서 뒤로 물러났다.

그러고 나서 한층 추악한 얼굴로 웃었다.

"그, 그런 눈을 해봤자 너희가 할 수 있는 건 아무것도 없어! 거절하면 둘 다 골짜기 아래로 떨어뜨릴 거다! 그럼 다른 가장 놈들도 파가가 숲가를 버리고 어느 마을에라도 도망갔다고 생각하겠지!"

"디가, 목소리 좀 낮춰. 루의 가장은 제사당이 아닌 빈집에서 자고 있단 말이야."

도드 슨이 술내 나는 입김을 내뿜으며 말하자, 디가 슨은 다시 덩치 큰 몸을 움찔움찔 떨었다.

"노, 놀래지 마, 도드. 이봐, 테이 슨, 루의 녀석들은 가장 남쪽에 있는 빈집으로 안내한 거지?"

"네. 분부대로."

"그럼 걱정할 필요 없다고오. 여기서 크게 소리 질러도 쉽게 들릴 만한 거리가 아니잖아. ……그러니 너도 포기해. 야밀과 혼인하거나 골짜기 바닥에서 문토에게 잡아먹히거나, 너한테는 이제 그 두 가지 길밖에 남아 있지 않으니까아."

이어서 디가 슨이 테이 슨을 돌아보았다.

의식을 잃고 축 늘어진 아이 파를 안고 있는 테이 슨을.

"아이 파를 내 집에 데려다 놔. 당분간은 못 깨어날 테지만 손발을 단단히 묶어둬. 야밀과 이야기하고 나서 나도 바로 갈 테니까아."

"네" 하고 테이 슨이 발길을 되돌렸다.

그 뒷모습에 나는 "그만둬" 하고 외쳤다.

"아이 파한테 조금이라도 이상한 짓을 했다가는…… 절대로 너희를 용서하지 않겠어."

디가 슨이 다시 뒷걸음질을 쳤다.

엷은 웃음을 띠고 있는 그 얼굴에서 순식간에 핏기가 가셨다.

하지만 테이 슨은 여전히 무표정했다.

"……제 발로 서지도 못하는 인간이 뭘 어떻게 용서하지 않을 건데?"

도드 슨의 목소리가 울림과 동시에 내 정수리에 날카로운 통증이 스쳤다.

내 몸을 붙들고 있던 도드 슨이 내 머리채를 힘껏 후려잡은 것이었다.

"부탁이니, 야밀과 혼인하겠다는 소리는 지껄이지 말라고, 이국인 놈아. 나는 네놈 따위를 일족으로 받아들일 생각이 없어. 도망 못 가게 양발을 베어서 문토의 소굴에 떨어뜨려줄 거다."

"……해볼 테면 해봐."

굶주린 들개처럼 빛나는 도드 슨의 눈을 나는 바로 코앞에서 쏘아봤다.

도드 슨도 몸을 움찔하더니 자신의 겁 많고 나약한 모습을 창피해하듯 누런 이를 드러냈다.

"그래, 해주지. 언제까지 그런 눈빛을 할 수 있을지 기대되는데. ……가자, 디가. 네놈도 얼른 가, 테이 슨."

"네."

아이 파의 모습이 어둠의 저편으로 사라졌다.

나는 이가 바스러져라 어금니를 악물며 심호흡을 되풀이했다.

신선한 산소를 들이쉴 때마다 손발에 힘이 돌아오는 것을 알 수 있었다.

도드 슨의 팔에 의지하고 있지만 실은 거의 반쯤은 몸이 회복된 상태였다.

하지만── 아직 이르다.

아직은 이 녀석들을 뿌리치고 도망갈 수가 없다.

조금만 더 힘이 돌아오면 틈을 봐서 단숨에 도망가는 것이다.

절대로── 무슨 일이 있어도 아이 파에게 이상한 짓을 하게 내버려 두지 않을 것이다.

'돈다 루가 있는 곳은 가장 남쪽의 빈집이라고 했지?'

그런 정보를 쉽게 흘리기 때문에 이 녀석들은 잔챙인 것이다.

마음속 깊은 곳에서 격정의 불길을 태우며── 그렇게 나는 극악무도한 슨가의 포로가 되어버렸다.

제3장 ★★★ 멸망의 밤

"……야밀, 네 신랑님을 모셔 왔다아."

디가 슨이 집의 덧문을 두드리며 낮은 소리로 누이를 불렀다.

슨의 촌락에서도 꽤 변두리에 있는 집이었다.

디가 슨이 손에 든 촛불이 유일한 빛이기에 정확한 위치는 모르지만 제사당에서 온 길을 생각해보면 북쪽 끝자락의 서쪽 방면 부근이었다.

남쪽 끝에 있다는 돈다 루가 잠든 집에서 훨씬 멀어지고 말았지만 아직 몸이 다 회복되지 않았다. 손발에는 그럭저럭 힘이 돌아왔지만 평형감각은 아직 못 미더운 수준이었다. 이래서는 똑바로 달리기도 불가능할뿐더러 도드 슨에게 목덜미와 오른팔을 단단히 붙잡힌 상태였다.

아이 파를 생각하면 심장이 짓눌릴 듯 아팠지만 성급한 행동은 금물이다. 만일 여기서 실수하면 우리에게는 파멸의 길밖에 남지 않을 것이다.

"아아…… 그래, 그렇지이…… 괜찮아, 잘 될 거야아…….."

열리지 않은 문을 향해 디가 슨이 소곤소곤 속삭였다.

그 눈이 이윽고 우리 쪽을 봤다.

"좋아, 그럼 신랑님과 대면해야지이…… 애송이, 실컷 귀여움

받으라고오?"

도드 슨에 의해 질질 끌리는 모양새로 나는 덧문 앞에 서게 되었다.

야밀 슨과 나를 단둘이 만나게 할 작정일까.

그렇다면 그때야말로 기회일지도 모른다.

야밀 슨도 허리에 단도 하나쯤은 차고 있을 터. 그걸 빼앗아 인질로 삼는—— 내게는 어울리지 않는 거친 행동에 나서야겠다.

그렇게 각오를 다지고 있는 사이 디가 슨이 덧문을 열었고 도드 슨이 나를 사정없이 안으로 밀어버렸다.

내가 집 안으로 굴러 들어가자 뒤에서 덧문이 닫혔다.

그 순간——.

나는 하마터면 비명을 지를 뻔했다.

"기다리고 있었어, 아스타…… 거칠게 다뤄서 미안하네……."

어둠 속에 야밀 슨의 목소리가 들렸다.

그러나 나는 차가운 마룻바닥에 엎드린 채 대답조차 하지 못했다.

피가.

피 냄새가 온 집 안에 진동했다.

그 역겨운 냄새가 거의 물리적인 압력으로 내 코를 찔러댔다.

향기는 미립자로 이루어져 있다.

대기 중의 분자가 콧속 점막을 자극하면 그것을 향기로 지각하는 것이다.

이 정도로 농밀한 피 냄새는 콧속에 썩은 혈액을 주입한 것이나 다름없을 만큼 내게는 불쾌하고 거북했다.

목구멍에 구역질이 치밀었다.

"왜 그러지? ……이런 식으로 사랑하는 여주인과 헤어져서 화내는 거야?"

그 말이 제정신을 잃어가던 내게 찬물을 끼얹어주었다.

이런 데 주저앉아 있을 때가 아니다. 나는 아이 파를 구해야 한다.

나는 천천히 고개를 들었다.

피투성이 발이 시야에 들어왔다.

피투성이 허리.

피투성이 배.

피투성이 팔.

피투성이 가슴.

피투성이 목.

피투성이 얼굴.

실 한 오라기 걸치지 않은 알몸에 피 칠갑을 한 야밀 슨이 그곳에 서 있었다.

"다……."

목에서 쉰 목소리가 나왔다.

"당신 지금 뭘 하는 거죠……?"

"우후후…… 뭘 하는 거냐고? ……나는 숲의 은혜를 맛보고 있을 뿐인걸……?"

피에 흠뻑 젖은 긴 머리칼 사이로 야밀 슨이 웃고 있었다.

피투성이 얼굴로 웃고 있었다.

평소에는 차가운 암청색 눈동자가 촉촉이 빛났다.

"우리에겐 힘이 필요해. 기바 고기만으로는 턱없이 부족하거든…… 그래서 이렇게 숲의 힘을 온몸으로 받는 거야……."

"그건 기바의 피죠……?"

눈이 서서히 적응되었다.

실내에는 가늘게나마 촛대에 불이 켜져 있었던 것이다.

그 덕분에── 보고 싶지도 않은 것이 보이고 말았다.

야밀 슨 뒤로 매달려 있는 검은 동물의 그림자.

천장 들보에 쇠사슬로 매달린 거대한 기바의 사체였다.

오늘 낮에 미다 슨이 잡아온 기바일 터.

"우리 조상은 이렇게 해서 숲의 힘을 몸속에 거두어들였거든. 그래서 흉악한 기바보다 더 강력한 사냥꾼의 힘을 얻을 수 있었던 거지……."

자박, 하고 기분 나쁜 소리가 났다.

야밀 슨이 내 쪽으로 걸음을 옮긴 것이다.

바닥에도 기바의 피가 뚝뚝 떨어져 있었다.

아마 기바의 목을 째서 머리부터 피를 뒤집어썼을 것이다.

어두컴컴한 곳에서 오렌지색 불빛을 받으며 온몸을 검붉은 피로 적신 알몸의 여자── 그런 악몽 같은 광경에 전율하면서 나는 "당신, 무슨 짓을 하는 거예요?!" 하고 소리쳤다.

"기바의 생식은 숲가에서도 금지된 거 아닌가요? 그럼 기바의 피도 마찬가지로 위험할 거라고요! 불로 익히지 않은 기바의 피는 사람에게 독이잖아요?!"

"상관없어…… 필요한 의식이야……."

"그런 의식은 못 들어봤어요! 설령 옛날에는 그런 의식이 존재했다 해도 틀림없이 위험하니까 금지된 거라고요! 지금 당장 씻어내야 해요!"

야밀 슨이 황홀한 눈빛으로 나를 봤다.

"당신은 슨가더러 멸망하라는 거야? 슨가에는 힘이 필요해…… 그러니 당신의 힘도 줘……."

자박자박, 야밀 슨이 다가왔다.

분노인지 공포인지 모를 감정에 온몸을 떨면서 그럼에도 나는 몸을 일으켜 야밀 슨 앞에 섰다.

"무슨 말인지 모르겠어요! 어째서 슨가는── 어째서 슨가만 이런 식이죠? 숲가의 백성은 모두 청렴하고 높은 자긍심으로 살아가고 있는데── 왜 족장 집안인 슨가만 이렇게 되어버린 거냐고요?!"

"그건…… 아마 모든 독을 슨가에서만 받았기 때문이 아닐까……?"

거의 제정신을 잃은 듯 보이는 야밀 슨의 눈에 정체 모를 빛이 깃들었다.

"슨가가 어둠에 떨어질수록 아무것도 모르는 백성들은 한층 맑고 빛나게 살 수 있지…… 슨가는 그렇게 해서 숲가의 백성을 지켜온 거야, 분명히…….."

"모르겠어요! 당신들도 남들처럼 가슴을 펴고 당당하게 살면 되잖아요?!"

"……그건 무리야…….."

야밀 슨의 눈동자에 또다시 다른 빛이 깃들었다.

"우리는 이제 되돌아갈 수 없어…… 멸망의 날이 다가오고 있거든…… 더 이상은 친족들의 눈을 속일 수가 없다고…….."

"친족들의 눈을 속이다뇨?"

"당신도 이미 눈치챘잖아? ……아니면 슨가의 아궁이를 맡으면서도 그걸 눈치채지 못할 만큼 우둔한 사람이었나……?"

순간 나는 말이 나오지 않았다.

그럼 역시——그랬던 거군.

내 예상이 적중했다니.

"됐어…… 어차피 멸망할 바에야 최후의 희망에 매달려볼 생각이거든…… 당신이 있으면 슨가는 구원받을 수 있어. 하루에 그 많은 돈을 창출하는 당신을 손에 넣으면 슨가는 멸망하지 않아…….."

"그런……그런 거 이상하잖아요! 나한테 의지하지 않아도 남들처럼 기바를 사냥하기만 하면 되는 거 아닌가요?! 그럼 평범하게 살아갈 수 있다고요! 남들은 다 그렇게 살아가는데 당신들이 못할 이유가 뭐냔 말이에요!"

"……내가 슨의 가장이었다면 그런 길을 선택했을지도 몰라……."

야밀 슨의 입술이 반달 모양으로 올라갔다.

하지만 그 얼굴은 마치 울고 있는 듯 보였다.

검붉은 피가 마치 눈물처럼 보였다.

"하지만 불가능해…… 선대 가장인 자츠는 어리석은 남자였지. 지금 가장인 줄로는 더 어리석어…… 가장의 뒤를 이을 장남인 디가는 더더욱 어리석고…… 슨가에는 이제 아무런 구원도 남아 있지 않아……."

"하지만――!"

"슨가를 구원할 수 있는 사람은 당신뿐이야."

야밀 슨이 코앞으로 다가왔다.

견디기 힘든 피 냄새와 눈 뜨고는 볼 수 없을 만큼 절망으로 일그러진 미소가 내 마음을 얼어붙게 했다.

"……나와 혼인해서 슨가를 구하든가……? ……그게 싫으면 같이 멸망하든가……?"

피투성이 손가락이 느릿느릿 뻗어왔다.

그 손끝이 내 뺨에 닿기 직전에 나는 "싫습니다" 하고 고개를 저었다.

"둘 다 싫어요. 당신들이 구원받길 원한다면 나는 파가 사람으로서 도와줄게요. 하지만 슨의 사람이 될 수는 없어요."

"……그래……?"

야밀 슨의 손끝이 내 옆을 지나 덧문을 탁 짚었다.

"……우리를 구원해주지 않겠다는 거네……."

"아니, 내 말은 정말 구원받길 원한다면 더 제대로 된 방법으로——."

"유감이야."

야밀 슨이 손으로 덧문을 드르륵 열었다.

그와 동시에 나는 뒤에서 목덜미를 붙잡혀 땅바닥에 넘어지고 말았다.

"……정말 유감이야……."

야밀 슨의 모습이 덧문 너머로 사라졌다.

마지막으로 보인 그 피투성이 얼굴은—— 어린아이가 우는 것처럼 보였다.

"기다리고 있었다. 내 바람대로 문토의 먹이가 되는 길을 선택해주었군?"

도드 슨이 미친 듯이 기뻐하며 갈라진 목소리로 말했다.

나는 재빨리 일어섰다.

그러나—— 비틀거리며 덧문에 손을 짚고 말았다.

아직 메레메레잎인지 뭔지의 효능이 몸속에 남아 있는 모양이었다.

"네놈이 그 길을 택했다면 파의 여자 사냥꾼도 운명을 같이하게 되겠군. 디가의 직성이 풀리고 나면 함께 골짜기 아래로 떨어뜨려주지."

나는 소스라치게 놀라 주변을 둘러보았다.

도드 슨 곁에서 촛대를 들고 있는 사람은 디가 슨이 아니라 테이 슨이었다.

"……디가 슨은 어디 갔어?!"

무의식적으로 성난 목소리가 터져 나왔다.

도드 슨은 절 앞에 놓인 사자 모양의 석상처럼 생긴 얼굴을 일그러뜨리며 코웃음을 쳤다.

"지금쯤 한창 재미 보고 있겠군. 짐승의 눈을 한 여자의 어디가 그렇게 좋은지."

"너희는……."

분노로 시야가 붉게 물들어갔다.

몸이 폭발할 것만 같았다.

"……너희는 대체 근성이 얼마나 썩어빠진 거지……?"

그런 말이 입에서 멋대로 쏟아져 나왔다.

도드 슨의 얼굴에서 미소가 사라지더니 허리에 찬 칼로 손을 뻗었다.

"뭐야, 그 눈빛은…… 네놈, 여기서 베이고 싶냐?"

"해볼 테면 해봐!"

나는 덧문에서 손을 뗐다.

심장이 방망이질 치듯 요동쳤다.

머리 혈관이 터질 것만 같았다.

이렇게── 이 정도까지 사람을 증오한 적은 처음이었다.

만약 디가 슨이 정말 아이 파에게 손을 댔다면── 아마 나는 그 어떤 죄라도 지을 것이다.

"비켜…… 날 방해하지 마!"

도드 슨이 뒷걸음질 쳤다.

그러고는 손으로 만도의 자루를 쥐더니── 가죽 칼집에서 칼을 단숨에 뽑았다.

그 순간 어둠의 저편에서 검은 사람 그림자가 튀어나왔다.

무슨 일이 일어났는지는 모른다.

다만 도드 슨의 몸이 몇 미터 밖으로 날아가 땅바닥에 굴렀다. 테이 슨은 가죽 칼집째 칼을 겨누었다.

"그만둬. 당신 상대로는 나도 사정을 봐줄 수가 없단 말이야."

반가운 소년의 목소리.

나보다 몸집이 작은 그림자가 긴 막대를 손에 들고 테이 슨과 마주 섰다.

"되도록 사람은 죽이고 싶지 않은데. 아버지한테 귀에 못이 박히도록 당부를 들었거든."

"루──루도 루?!"

뒷모습이라도 잘못 볼 리가 없었다.

황갈색 머리의 소년이 그리기 막대를 쥔 채 어깨를 으쓱했다.

"미안, 아스타. 슨가 녀석들이 발뺌할 수 없는 금기를 저지를 때까지는 절대로 나서지 말라고 했거든. 거기 얼간이가 칼을 뽑아준 덕분에 드디어 나올 수 있었어."

"어떻게……어떻게 루도 루, 네가 여기에?"

"아버지 명령이야. 밤새도록 슨의 촌락을 감시하라고 하더라. 이대로 아무 일도 없었으면 따분해서 죽을 뻔했다니까."

"루도 루. 군소리는 나중에 해."

또 하나의 그림자가 테이 슨 뒤에서 나타났다.

루도 루와 비슷하게 작고 호리호리한 체격의 흑갈색 머리를 지닌 소년—— 분가의 가장 신 루였다.

"슨의 남자들이여, 쓸데없는 저항은 그만둬라. 너 혼자서는 우리를 쓰러뜨릴 수 없다."

신 루도 긴 막대를 겨누고 있었다.

아마 그리기 막대일 것이다. 두 사람 다 허리에 칼을 차고 있지만 그걸 뽑을 기색은 없었다.

"뭐……뭐 하는 거야, 테이 슨! 당장 저 녀석들을 죽여버려!"

바닥에 납죽 엎드린 도드 슨이 완전히 판단력을 잃은 듯 울부짖었다.

테이 슨은 감정이 결여된 눈으로 그쪽을 흘끗 쳐다봤다.

"도드 슨, 본가 사람으로서 하는 명령입니까?"

"시끄러워! 죽여버리라고!"

테이 슨은 촛대를 발치에 가만히 내려놓았다.

그 손이 칼집에 닿는 것을 보고 루도 루가 "이봐" 하고 불렀

다.

"그만두라고. 당신, 엄청나게 강해 보이잖아. 우리 둘이 덤벼도 당신을 죽이지 않고서 이길 자신은 없단 말이야."

"……그럼 죽여라."

여전히 걸쭉하고 탁한 눈빛으로 테이 슨이 칼을 빼들어 공격 자세를 취했다.

"쳇. 아버지한테 실컷 야단맞겠는데."

루도 루가 긴박감이라고는 요만큼도 없는 목소리로 중얼거리더니 그리기 막대를 내던졌다.

그러고는 허리에 찬 손도끼를 쥐었다.

전에 역참 마을에서 산 투박한 손도끼였다.

그걸 가죽 손도끼집에 꽂은 채 오른손에 쥐고 팔을 축 늘어뜨렸다.

"멍청한 놈들…… 네놈들 모두 문토 먹이로 던져주마!"

도드 슨이 악을 쓰더니 칼을 들고 루도 루에게 돌진하기 시작했다.

그와 동시에 테이 슨도 칼을 높이 쳐들었다.

큰일났다 싶어—— 나는 거의 무의식중에 발을 내디뎠다.

혼신의 힘을 다해 도드 슨의 등에 숄더 태클을 먹인 것이다.

보통 남자였다면 분명히 꿈쩍도 안 했을 것이다.

하지만 도드 슨은 만취해 있었다.

게다가 루도 루의 일격으로 상당한 타격을 입은 상태였을지도 몰랐다.

어쨌든 도드 슨은 내 어깨 공격에 맥없이 균형을 잃고 나와 뒤엉켜 땅바닥에 쓰러졌다.

"제길!" 하고 도드 슨이 몸을 일으키려 했다.

칼을 쥔 도드 슨의 오른쪽 손등을 나는 힘껏 깨물었다.

"끄악!" 하고 비명을 지르며 도드 슨이 내 배를 걷어찼다.

위장을 정통으로 맞아 나는 뒤로 벌렁 나자빠졌다.

"제길! 죽이겠어! 죽여버리겠어, 이국인 놈!"

피에 젖은 오른손을 감싸며 도드 슨이 벌떡 일어났다.

그의 뒤로 작은 산 같은 검은 그림자가 불쑥 솟아올랐다.

"네 이놈, 뭐 하는 거냐……?"

분노에 떠는 굵직한 목소리.

도드 슨이 깜짝 놀라 뒤를 돌아봤다.

거대한 손바닥이 그의 얼굴을 후려갈겼다.

그걸로 끝이었다.

도드 슨은 아까보다 갑절은 더 멀리 날아가 땅바닥에 데굴데굴 굴렀다. 그러다 야밀 슨의 집 벽에 부딪혀서야 멈췄다.

"아스타! 괜찮으냐?"

그 그림자가 덩치에 어울리지 않는 민첩함으로 내게 달려들었다.

촛대의 불이 멀리 있는데도 이 특징적인 실루엣을 잘못 볼 리가 없었다. 내 몸을 거뜬히 일으켜 세우더니 거의 울 것처럼 쩔쩔매는 얼굴을 들이댄 그 인물은—— 다름 아닌 단 루티무였다.

187

"단 루티무…… 어떻게 당신까지 여기에……?"

욱신욱신 쑤시는 배를 감싸 쥐며 간신히 그렇게 말하자 단 루티무는 안심했다는 듯 미소를 띠었다.

"그건 내가 할 소리다! 소란스러운 것 같아서 와봤더니…… 너무 걱정 끼치지 말라고, 아스타! 이런 데서 대체 뭐 하고 있었던 거냐?"

"아니…… 그보다 루도 루 일행은…….”

"엉?" 하고 단 루티무가 시선을 돌리더니 이번에는 성난 악마 같은 형상으로 바뀌었다.

"바보 같은 놈이 하나 더 있었다니! 슨가의 남자여, 루의 일족에 칼을 겨눌 셈이라면 내가 상대해주겠다!"

그 짧은 시간에 몹시 격렬한 싸움이 펼쳐진 모양이었다. 루도 루와 테이 슨은 둘 다 머리에서 피를 흘리고 있고, 그리기 막대가 부러진 신 루는 가슴을 부여잡고 바닥에 무릎을 꿇고 있었다.

"……루티무의 가장. 당신을 죽이라는 명령은 받지 못했다."

테이 슨은 손에 든 칼을 내렸다.

그러고는 썩은 생선 같은 눈동자로 무기력하게 루도 루를 봤다.

"그러나 당신은 내게 다가오지 말라. 다가오면 죽일 수밖에 없다."

"뭔 소리야? 이상한 아저씨네."

얼굴에 흘러내린 피를 손등으로 닦으면서 루도 루는 약간 뒤로 물러났다.

"단 루티무! 그럼 당신이 어떻게 좀 해줘! 이대로 가다가는 나도 칼을 뽑을 수밖에 없어!"

"허엉?" 하고 이상한 소리를 내면서 단 루티무가 나를 질질 끌다시피 하여 우선 루도 루 곁으로 다가갔다.

그렇게 내 몸을 루도 루에게 맡기고 나서 테이 슨 앞에 딱 버티고 섰다.

"대체 무슨 소리를 하는 거냐? 칼을 거둘 생각이 있다면 거두어라."

"나는 내 의지로 행동할 수가 없다. 이 젊은이 두 명을 쓰러뜨리라는 명령을 받았다."

"그렇군" 하고 말하자마자 단 루티무가 테이 슨의 배를 걷어찼다.

테이 슨은 칼을 떨어뜨리고 말없이 땅바닥에 쓰러졌다.

"정말 알 수가 없네. 슨가에는 제대로 된 인간이 없는 거냐?"

무뚝뚝한 얼굴로 중얼거리는 단 루티무를 곁눈질하고 나는 루도 루에게 매달렸다.

"루도 루! 아이 파는?! 아이 파한테도 다른 남자가 따라붙었어?!"

"어? 아니, 감시한 사람은 나하고 신 루뿐인데. 아이 파한테까지는 미처 손을 쓰지 못했거든."

"그럴 수가! 왜 그랬어!"

"그야 아스타가 더 위험해 보였으니까. 우리는 칼도 못 뽑는데 혼자 둘을 상대하기엔 벅차잖아."

루도 루가 불만스레 입을 꾹 다물었다.

"그랬구나. 미안. 구해줘서 고마워. ……그럼 이번에는 아이 파를 찾도록 도와줘!"

그 순간 단 루티무가 끼어들었다.

"왜 그리 소란이야? 아이 파가 어쨌는데?"

"아이 파가 디가 슨의 집에 끌려가 버렸어요! 빨리 찾지 않으면 아이 파가……."

걷어차인 배보다 가슴이 더 고통스러웠다.

초조한 나머지 숨이 멎을 것만 같았다.

루도 루가 그런 내 얼굴을 옆에서 들여다보았다.

"아이 파라면 괜찮을 것 같은데. 늘어져 보이긴 했는데 슨가의 장남 따위한테 무슨 일을 당하거나 할 리가 없잖아."

"아니, 슨가 녀석들이 이상한 향초를 피워서 제사당에 있는 모든 사람들을 재웠단 말이야. 그 효능이 남아 있는 한 위험하다고!"

이런 설명을 하고 있는 시간조차 아까웠다.

하지만 루도 루는 여전히 납득이 안 간다는 표정이었다.

"아아, 어쩐지 촛대를 들고 돌아다닌다 했더니 그래서였구나. ……그런데 아스타하고 단 루티무는 이렇게 팔팔하잖아. 그럼 아이 파도 괜찮겠지."

"흠. 그런데 난 자다가 이상한 냄새가 나서 급하게 제사당 밖으로 기어 나왔는데. 그때 몇몇 사람을 깔아뭉갰는데도 아무도 깨어나지 않더군."

단 루티무도 예민한 후각 덕분에 화를 면한 모양이었다.

그야말로 요행이었지만—— 하지만 지금은 아이 파를 찾아야 한다.

"도와주세요! 이 촌락 어딘가에 분명히 있을 거예요!"

"음. 그럼 집집마다 닥치는 대로 문을 때려 부숴서……."

그때 단 루티무의 눈이 번쩍였다.

"거기 누구냐!"

저 멀리서 "히익" 하고 가냘픈 목소리가 들렸다.

"기다려! 놓칠쏘냐!"

단 루티무의 모습이 온데간데없이 사라졌다.

야밀 슨의 집과는 반대 방향으로 "으랏차!" 하고 달리기 시작했다. 발이 엄청나게 빨랐다. 중량 백 킬로그램은 가뿐히 넘어 보이는 거체인데도 일류 육상 선수처럼 달리기 자세가 아름다웠다.

그 믿음직스럽고 유머러스한 모습이 어둠의 저편으로 사라지더니 이윽고 "꺄악!" 하는 비명이 울렸다.

"이거 놔! 난 아무 짓도 안 했어! 뭔가 소란스럽길래 상황을 보러 왔을 뿐이라고!"

빽빽 소리를 질러대는 소녀의 히스테릭한 목소리.

슨 본가의 막내딸 츠바이 슨이었다.

작디작은 그 모습이 단 루티무의 겨드랑이에 끼어 등장했다.

"츠바이 슨! 디가 슨의 집은 어디지?"

츠바이 슨이 언짢다는 듯 나를 노려봤다.

그러더니 꿈쩍도 하지 않는 도드 슨과 무기력하게 주저앉아 있는 테이 슨을 훑어봤다.

"무슨 일인지는 잘 모르지만…… 슨가는 이제 틀린 것 같네."

"이봐, 츠바이 슨──!"

"무서운 눈으로 그만 좀 노려봐. 난 정말 관계없다니까."

츠바이 슨이 아랫입술을 삐죽이 내밀었다.

"디가네 집은 본가를 끼고 반대편의 다음다음이야."

"좋아! 가자, 아스타!"

단 루티무가 츠바이 슨을 낀 채 내달렸다.

나도 발치의 촛대를 주워 들고 뒤를 따랐다.

"신 루! 넌 이 녀석들을 단단히 묶고 있어! 그리고 그 집 여자도 놓치면 안 돼!"

루도 루 역시 나란히 달렸다.

"걱정 마, 아스타. 아이 파는 사냥꾼이야. 사냥꾼의 긍지를 잊은 슨가의 얼간이 따위한테 질 리가 없어."

루도 루가 건넨 말을 전적으로 믿을 수만 있다면 얼마나 좋을까.

'아이 파…… 제발 무사히 있어줘……!'

이토록 절망의 심연을 깊이 들여다본 것은 아마 태어나서 처음일 것이다.

원래 있던 세계에서 화염에 뛰어들었을 때도 이런 기분은 맛보지 못했을 터였다.

심장이 아프다.

무릎이 꺾일 것만 같다.

아이 파——.

신이든 악마든 상관없으니 아이 파를 지켜줘.

평생의 소원이다.

내 목숨은 어떻게 되든 좋다.

아이 파가 없으면 나는 끝이다.

아이 파가 몹쓸 짓을 당하면 나는 견딜 수가 없다.

"……저 집이야."

다른 집과 달리 빛이 새어 나오지 않는 목조 집이 한밤의 어둠 속에 떠올랐다.

선두를 달리던 단 루티무가 멈추지 않고 문을 향해 발길질을 날렸다.

빠각, 둔탁한 소리를 내며 덧문이 찌부러졌다.

"흥! 튼튼한데!"

단 루티무가 츠바이 슨을 내던지고 한 번 더 발을 치켜들었다.

그 일격으로 덧문은 빗장째 날아갔다.

"아이 파!"

단 루티무의 거체를 지나쳐 나는 실내로 들어갔다.

큰 거실이 나왔다.

아무도 없다.

다만—— 안쪽 벽에 설치된 문의 하나가 반쯤 열려 있는데 거기서 빛이 한 줌 새어 나왔다.

"아스타! 무턱대고 뛰어들면 어떡해!"

루도 루의 목소리를 뒤에서 들으면서 나는 거실을 가로질렀다.

덧문을 열어 발을 내디디고——.

그리고 넘어졌다.

"으악!"

방 입구에 뭔가 물컹한 것이 가로누워 있었다.

거기 발이 걸려 바닥에 넘어졌다.

손에 들고 있던 촛대도 바닥에 떨어져 털가죽 깔개를 부지지 태웠다.

"……아이 파!"

아이 파가 있었다.

양손과 양발을 묶인 채.

태아처럼 몸을 둥글게 말고.

방 안쪽에 깔린 이부자리 위에.

아이 파가 힘없이 누워 있었다.

"아이 파……."

그 어깨에 손을 뻗으려 했다.

그 순간 가죽끈으로 묶인 손이 엄청난 기세로 내 멱살을 움켜쥐었다.

파란 눈동자에 격정의 불꽃이 폭발하더니—— 곧바로 가라앉았다.

"아스타…… 무사했구나……."

"으악!"

아이 파가 내 멱살을 잡고 거침없이 끌어당기는 바람에 나는 아이 파의 몸 위로 엎어지고 말았다.

이윽고 아이 파는 자신의 매끄러운 뺨을 내 뺨에 문질렀다.

"걱정했잖아…… 무사해서 다행이다……."

"그건 내가 할 소리라고……."

나는 몸과 마음을 다해 안도의 한숨을 내쉬었다.

나는 구원받은 것이다.

아이 파를 잃지 않아서.

이 세계의 운명을 증오하지 않아도 되어서.

나 자신의 경솔함을 저주하지 않아도 되어서.

사람의 마음을 잃지 않을 수 있었다.

나는 이 세상의 모든 신에게 감사하며 아이 파의 몸을 있는 힘껏 껴안았다.

"거봐, 내가 괜찮다고 했잖아?"

루도 루의 득의양양한 목소리가 다가왔다.

"이 녀석이 슨의 장남이구나? 기분 좋게 기절했네."

나는 아이 파의 몸을 이부자리 위로 안아 일으키며 그쪽을 쳐다봤다.

내 발에 걸린 것이 디가 슨의 몸이었다.

용서할 수 없는 슨가의 장남은 방 입구에서 대자로 뻗어 있었다.

"저건 아이 파가 해치운 거지? 손발이 묶여 있는데도 용케 물리쳤네?"

"······아무리 부자유스러운 몸이라도 슨가 따위에 질 수는 없지······ 얼굴을 팔꿈치로 가격한 다음 발로 차서 쓰러뜨렸다······."

아직 반쯤은 정신이 돌아오지 않은 목소리로 말하면서 이번에는 이마를 내 뺨에 묻었다.

역시 좀 창피하다 싶은 이성이 나한테도 돌아오자── 코에 익숙한 달콤한 냄새가 흘러 들어왔다.

과실주 냄새였다.

그리고 그 향기는 다름 아닌 아이 파한테서 나고 있었다.

"이봐, 아이 파, 움직이면 안 된다?"

루도 루가 허리의 소도를 빼들어 손발이 묶인 아이 파를 풀어 주었다.

자유를 얻자마자 아이 파가 팔로 내 목을 휘감았다.

"다행이다······ 무사해서 정말 다행이다, 아스타······."

"으, 응, 정말 다행이야. ······아이 파, 너 괜찮아? 아직 잠이 덜 깬 것 같은데?"

루도 루와 그리고 입구 부근에 서 있던 단 루티무가 매우 신기하다는 표정으로 우리를 바라보고 있었다. 그런 시선도 알아차리지 못한 채 아이 파는 그제야 내 얼굴에서 머리를 떼고 "뭐

가?" 하고 고개를 갸웃했다.

그 눈이 비나 루처럼 게슴츠레했다.

살짝 삐죽인 분홍빛 입술이 어마어마하게 요염했다.

그리고── 뺨이 조금 붉게 물든 것 같았다.

"……혹시 너한테 술이라도 먹인 거야?"

"음? ……그러고 보니 잠들어 있는 동안 뭔가가 입 속으로 흘러 들어온 것 같은데…… 그래서 눈을 뜨게 되었지……."

"그랬구나. 그래서 깨자마자 디가 슨을 때려눕힌 거구나."

잠든 아이 파를 깨우기 위해 술을 먹인 것이 틀림없다.

그 결과 얻어맞고 뻗다니, 그야말로 저 우둔한 남자에게 어울리는 말로였다── 그렇게 생각하는데 아이 파는 "아니……" 하고 고개를 가로저었다.

"……슨가의 장남은 더 나중에 왔어…… 뭔가를 마시고 눈이 떠져서 내가 왜 이런 곳에서 손발이 묶인 채 있는 걸까, 하고 멀거니 생각에 잠겨 있는데…… 그 얼빠진 놈이 나타난 거다."

그러고 나서 아이 파는 다시 내 목을 꽉 껴안았다.

"아무튼 네가 무사해서 다행이다…… 나한테서 절대로 떨어지지 말라고 말했을 텐데? 아스타……."

"어, 으응, 미안. 아무튼 서로 무사해서 다행이야."

평소답지 않은 아이 파의 스킨십에 가슴을 두근거리며── 나는 재빨리 주위를 훑어봤다.

과실주 호리병은 어디에도 없었다.

디가 슨이 아닌 제삼자가 아이 파를 위기에서 구해준 것이다.

'혹시 카뮤아 요슈인가?'

제일 먼저 그 의뭉스러운 남자의 얼굴이 떠올랐다.

하지만── 아주 살짝 앞뒤가 맞지 않는다.

그 남자 성격에 이렇게 어중간하게 일을 처리했을까?

도울 거면 아예 손발 정도는 풀어주었을 것이다. 다행히 아이 파의 손이 앞으로 묶여 있었기 때문에 디가 슨을 보기 좋게 때려눕힐 수 있었지만. 아이 파가 깨어났는지 확인하지도 않은 것 같고 이렇게 운에 맡기는 식으로 도울 정도라면 어디까지나 방관자라고 할 수 있지 않을까?

'그럼 설마⋯⋯.'

테이 슨──?

아이 파를 묶은 사람은 테이 슨이었다.

아이 파의 손을 일부러 조금이나마 자유롭게 앞쪽으로 묶은 사람은 테이 슨일 터였다.

본가 사람의 명령에는 거역하지 못한다고 말하면서 단 루티무 앞에서는 선뜻 칼을 내린 그 무기력한 눈빛을 한 남자──.

그 녀석이 아이 파에게 희망을 남겨준 걸까?

"⋯⋯자, 그럼 슬슬 출발하자고, 아스타."

단 루티무가 갈색 턱수염을 쓰다듬으면서 말했다.

"출발이라뇨? ⋯⋯어디로요?"

"당연히 돈다 루에게 가야지. ⋯⋯그다음에는 우리 족장에게

가야겠고."

단 루티무가 신난다는 듯 해죽이 웃었다.

"하룻밤 사이에 이 많은 금기를 어기다니. 아무리 족장이 사죄한다 해도 이 얼간이들의 죄를 탕감할 수는 없지. 어쩌면 오늘이 슨가 최후의 날일지도 모르겠군."

"……그럴지도 모르겠네요."

슨가는 더 이상 물러날 곳이 없다는 심정으로 배수진을 치듯 모험에 도전했다. 그 결과 자신들이 패하고 만 것이다.

그런데── 왜 어리석은 도박을 하필이면 이런 날에 감행했을까?

말도 안 되는 짓을 해서까지 나와 아이 파를 집에 끌어들이려 한 이유가 대체 뭘까?

아주 조금만 실수해도 파탄이 날 법한 이런 무모한 계략에 착수한 이유가 뭘까?

애초에 이건 누구의 의지일까?

줄로 슨의 명령인가?

아니면 디가 슨 일행의 폭주?

하나부터 열까지 모르는 것투성이였다.

하지만── 어쨌든 이 일을 결판내야 한다.

"……가죠" 하고 나는 일어서려 했다.

그런데 아이 파가 놔주질 않았다.

"아이 파, 이제 가야 하는데? 네 발로 걸을 수 있지?"

"음? ……안 돼, 내 곁에서 떨어지지 마."

아이 파는 나긋나긋한 팔로 내 몸을 더 꽉 끌어안았다.

"그래, 떨어지지 않을 거야. 일단 슨가 녀석들한테 대갚음해 주러 가야지."

"음……?" 하고 아이 파는 다시 뺨을 내 뺨에 문질러댔다.

루도 루와 단 루티무는 놀라서 눈을 휘둥그렇게 뜨고 있었다.

"아니, 저기, 아니에요. 아마 이상한 향초 연기를 맡은 데다 과실주까지 마셔서 좀 취했을 뿐이에요."

나는 황급히 변명했지만 두 사람의 표정은 달라지지 않았다.

이윽고 단 루티무가 루도 루를 돌아봤다.

"……루도 루, 하나 제안할 게 있는데."

"으응? 갑자기 뭔데?"

"파가는 루의 친족은 아니지만 루티무의 벗이다. 아스타와 아이 파가 혼례를 올릴 때 루의 광장을 빌려 루의 친족이 축하해 주면 어떠냐?"

"아, 괜찮겠는데? 축하하고 싶은 녀석만 참석하게 하면."

"아니, 그러니까, 아니라니까요!"

설득력이라고는 찾아볼 수 없는 모양새라도 나는 그렇게 외칠 수밖에 없었다.

외치면서 나는 멀거니 생각했다.

이로써 정말 모든 일의 결판이 날까, 하고.

모든 것이 너무나 갑작스러웠다.

우리가 준비한 책략이나 제안은 전부 허사가 되고 상호 이해의 길이 끊기며 슨가는 멋대로 멸망해버리는 걸까?

머릿속에서 불길한 울림을 내포한 몇 가지 단어가 빙글빙글 맴돌았다.

"……그게 싫으면 같이 멸망하든가……?" 하고 야밀 슨은 말했다.

"……그럼 죽여라" 하고 테이 슨은 말했다.

혹시──.

슨가의 내부에 있는 일부 사람이야말로 슨가의 멸망을 간절히 바라고 있는 건 아닐까?

2

"자, 일어나라, 우리 동포들이여!"

단 루티무가 호쾌하게 격려하는 동시에 물독의 물을 제사당 내부에 끼얹었다.

그걸로 정신을 차린 몇몇 남자들이 고함을 지르며 벌떡 일어났다.

"뭐 하는 거냐! 네놈, 제정신이냐!"

그중 한 명이 호랑이처럼 버럭 화를 내며 일어섰다.

그러나 이내 비틀거리며 무릎을 꿇고 말았다.

"음? 왜 이러지……? 손발에 힘이 안 들어가는데……?"

"그렇지? 그래서 정신 차리라고 물벼락을 안겨준 거다!"

단 루티무는 유쾌하게 크하하 하고 웃었다.

그러는 동안에도 제사당 곳곳에서 화내거나 놀라는 소리가 들렸다. 사방에 뚫린 제사당 출입구에서 돈다 루와 여자들이 단 루티무처럼 물벼락을 퍼붓고 있었다.

나와 아이 파가 납치된 지 벌써 그럭저럭 시간이 흘렀기 때문에 메레메레잎이라는 향초의 효력도 제법 떨어진 모양이었다. 예상했던 것보다 꽤 일찍 정신을 차린 각 씨족의 남자들은 기어서 제사당 밖으로 나갔다.

"깨어난 사람은 제사당 밖으로 나가라! 이 안에는 이국의 독초의 연기가 가득하다! 힘이 남는 자는 아직 깨어나지 못한 자를 도와주거라!"

신이 난 단 루티무의 모습을 나는 아이 파와 함께 조용히 지켜봤다.

아이 파의 눈동자도 8할 정도는 제정신의 빛이 돌아왔지만, 아직 혼자 서기에는 불안했기에 내가 어깨를 빌려준 상태였다.

"네 이놈, 루티무의 가장이여! 이게 무슨 짓이냐!"

제사당 안에서 구르듯이 나온 한 남자가 단 루티무에게 덤벼들었다.

자자가의 가장이었다.

"짓이라니, 아무 짓도 아니다! 궁금하면 자네가 존경해마지않는 슨가의 인간에게 물어봐!"

단 루티무는 대담하게 웃으면서 자신의 발밑을 가리켰다.

그곳에는 가죽끈으로 손이 뒤로 묶인 디가 슨이 될 대로 되라는 얼굴로 책상다리를 하고 앉아 있었다.

"이 녀석들이 이국의 수상한 독초로 우리를 잠들게 한 뒤 파가 사람들을 해치려 들었단 말이다! 자네도 슨의 친족이니 함께 치욕을 견뎌라!"

"뭐라고? ……그게 사실인가? 슨의 장남이여!"

자자의 가장이 야수처럼 두 눈을 이글거리며 디가 슨을 추궁했다.

디가 슨은 어깨를 움찔대더니 말없이 고개를 푹 숙였다.

"이 악행이 슨가의 총의(總意)인지 아닌지 지금부터 족장인 줄로 슨의 해명을 들으러 가겠다! 모든 가장은 우리와 함께 그 말을 들으러 가자!"

자자의 가장이 어깨를 부르르 떨었다.

그때 금갈색 머리를 흠뻑 적신 라우 레이가 나타났다.

"단 루티무! 이게 대체 무슨 소동인가?! 슨가가 뭘 어쨌다고?"

"오, 레이의 가장이군. 드디어 슨가가 본성을 드러냈다! 사정에 따라서는 칼을 휘두르게 될 테니 정신 똑바로 차리고 있어라!"

단 루티무는 발치에 놔둔 대도를 라우 레이에게 내밀었다.

디가 슨에게 빼앗은 칼이었다.

남자들은 모두 칼을 슨가에 맡긴 상태였다.

"미쳤군! 감히 족장 집안에 칼을 겨눌 셈이냐!"

별안간 자자의 가장이 노여워하며 소리쳤다.

단 루티무는 여유롭게 그쪽을 돌아봤다.

"아무리 족장 집안이라 해도 규율을 어기면 심판을 받아야지. 안 그러면 숲가의 질서는 유지되지 않을 거다. ……자자의 가장, 자네도 이제 그만 정신 차려."

"하지만……하지만 왜 슨가가 파가 사람을 해치는가?! 슨가는 그럴 만한 이유가 없다!"

"그러니까 그 이유를 밝히러 가는 거잖아. 격분하려면 족장의 해명을 듣고 나서 해도 되지 않느냐?"

그러는 동안 제사당 안에서 잠들었던 사람들도 거의 탈출을 끝낸 모양이었다.

그중 절반쯤은 아직 비몽사몽한 상태였지만 나머지 절반은 단 루티무의 말을 듣고── 사냥꾼의 눈빛을 이글이글 태우기 시작했다.

"……이제 모두 다 나온 것 같군."

어둠의 저편에서 돈다 루가 다가왔다.

그의 두 눈도 야수처럼 활활 타올랐다.

"오, 돈다 루. 그 차남 일행은 어떻게 됐나?"

"지금 루도와 몇 명을 그쪽으로 보냈다. 본가 앞에서 합류하기로 했지."

"그렇군. 그럼 우리도 출발하자고."

단 루티무의 두꺼운 손가락이 디가 슨의 목덜미를 움켜잡았다.

"제길! 놔! 족장 집안에 이런 짓을 하고도 무사할 것 같으냐?! 자자여, 진이여, 왜 멍하니 서 있는 거냐! 이 무례한 놈들 좀 말리란 말이야!"

"너무 소란 피우지 말거라, 슨가의 장남. 지금 여기서 가장 열 받은 사람이 누구인 줄 아느냐?"

반은 웃고 반은 어이없어하며 단 루티무가 말했다.

"그걸 모르면 네가 제일 먼저 동포의 손에 목 졸려 죽을 텐데?"

"힉……" 하고 디가 슨이 몸을 움츠렸다.

자자와 진의 가장들의 표정을 그제야 알아차린 것이다.

지금 이 자리에서 가장 열 받은 사람은 그들이 틀림없었다.

돈다 루와 단 루티무 일행은 드디어 찾아온 결판의 시간에 흥분해서 감정이 격앙될 뿐이었다.

족장 집안의 존엄이 더럽혀진 탓에 속이 썩어 문드러질 듯한 분노를 맛보고 있는 것은── 분명히 슨의 친족들이다.

"좋아. ……씨족장들이여, 일어서라! 숲가의 유대와 신뢰를 짓밟은 슨가의 가장에게 루가의 가장 돈다 루가 진의를 추궁하겠다! 슨가에 족장 집안의 자격이 있는지 없는지 스스로의 눈과 귀로 똑똑히 확인하라!"

캄캄한 밤에 돈다 루의 포효가 울려 퍼졌다.

그 소리에 땅바닥에 웅크리고 있던 남자들도 비칠비칠 일어섰다.

여기저기서 사냥꾼의 눈이 반짝였다.

"……아이 파, 걸을 수 있겠어?" 하고 묻자 아이 파는 불만스럽다는 듯 입술을 삐죽였다.

"그럭저럭. ……한데 아스타와 단 루티무는 완전히 회복되었는데 왜 나만 아직도 이 모양이지?"

겨우 제 발로 서 있기는 하지만 아이 파는 여전히 내 어깨에 몸을 한껏 기대고 있었다.

"아마 과실주 같은 걸 마셔서 그럴 거야. 의식을 회복하는 데는 효과적이었을지 몰라도 수면제와 술이라니, 보통 같으면 최악의 조합이거든."

"제길, 꼴사납군" 하고 아이 파가 분풀이를 하듯 머리를 내 어깨에 누르면서 돌렸다.

그때 장신의 그림자가 우리 앞에 나타났다.

다루무 루였다.

그 역시 아직 완전히 회복되지 않았는지 루티무의 차남에게 부축을 받고 있었다.

"뭐지? 또 내 꼴을 비웃으러 온 건가? ……오늘은 그쪽도 별 차이 없어 보이지만."

아마도 기분이 몹시 좋지 않을 아이 파는 웬일로 자신이 먼저 도발적인 말을 내뱉었다.

다루무 루는 그저 번뜩이는 두 눈을 위태롭게 이글거렸다.

다만 기분 탓인지 그의 오른뺨에 새겨진 커다란 흉터가 그의 노여움과 원통함을 나타내듯 여느 때보다 더 붉게 부어오른 것 같았다.

"아무래도 과실주를 많이 마신 사람일수록 회복이 늦어지는 것 같군요. 나는 술 한 방울 못 마시는 체질이라 그런지 물벼락을 맞은 순간 벌떡 일어났습니다."

얼굴은 가즈란 루티무와 닮았지만 체격은 아버지를 닮아 풍채가 좋은 루티무가의 차남이 중재하듯 말했다.

"그럼 가십시다. 어떤 결말이 될지 모르지만 오늘 밤 슨가의 앞날이 크게 바뀔 겁니다."

그리하여 우리는 똘똘 뭉쳐 슨의 본가를 향해 발걸음을 옮겼다.

돈다 루가 앞장서고 이어서 단 루티무가 디가 슨을 끌고 갔다. 그 양옆을 라우 레이 일행과 루의 친족들이 단단히 지키며 걸었다.

한 걸음 뒤에 오는 사람은 돔이나 자자의 가장들. 그 주변을 둘러싼 사람은 아마도 그 밖의 슨의 친족들일 것이다.

사우티를 비롯한 작은 씨족의 가장들도 물론 한 명도 빠짐없이 따라오고 있었다.

그들의 눈동자에는 하나같이 분노와 불신의 불이 타오르고 있었다.

정말 슨가가 자신들의 유대를 짓밟는 짓을 저질렀을까?

어째서 그런 만행에 이르렀을까?

혹 모든 것이 파가와 루가가 꾸며낸 미친 소리가 아닐까?

마음은 아마 제각각일 것이다.

하지만 모두 격노하고 있었다.

이국의 수상한 독초를 이용해 강제로 재운다는 굴욕적인 행위를 사냥꾼들이 용납할 리가 없었다.

더군다나 죄 없는 사람을 납치해 목숨까지 위협하는 행위 또한 절대로 용납할 리가 없었다.

"오, 아버지, 좀 늦었네요?"

본가 앞에는 루도 루 일행이 기다리고 있었다.

루도 루와 신 루. 가죽끈으로 손발이 묶인 도드 슨과 테이 슨.

그리고—— 야밀 슨.

야밀 슨은 낮과 마찬가지로 숲가의 복장을 걸치고 있었지만 머리는 흠뻑 젖어 있었다.

목욕 같은 것을 해서 몸을 깨끗이 했을 테지만 이 거리에서도 비릿한 철 냄새가 느껴졌다.

야밀 슨은 묶여 있지 않았다. 다만 미아 레이 아주머니를 비롯한 루와 루티무의 여자들이 단단히 에워싼 상태였다.

야밀 슨의 얼굴에서는 아무런 표정도 찾아볼 수 없었다.

"……들어라, 씨족장들이여!"

돈다 루가 다시 포효했다.

"이번 가장 회의에서 슨가의 가장 줄로 슨은 파가에 아궁이 당번을 부탁했다! 매우 수상쩍은 요청이었기에 나는 내 아들들에게 슨의 촌락을 감시하라고 명한 것이다! 실제로 슨가는 극악무도한 짓을 하기에 이르렀으니 내가 거짓을 말한다고 나를 비난할 자는 있을 리 만무하다! 있다 하더라도 나는 전혀 개의치 않지만 말이다!"

누구보다 격렬히 타오르는 돈다 루의 두 눈이 캄캄한 밤에 서 있는 동포들의 모습을 둘러보았다.

"나는 오늘 밤 과연 슨가에 일족을 이끌 자격이 있는지 그렇지 않은지 확인할 작정이다! 자네들도 줄로 슨의 말을 똑똑히 들어라! 듣고 자신과 일족의 앞날을 정하라!"

마침내 여기까지 오고야 말았다.

줄로 슨의 답변 하나로 슨과 루는 전면 전쟁에 돌입할지도 모른다.

자자나 진이 슨가를 외면하면 숲가를 양분하는 큰 싸움으로 번지지는 않겠지만── 과연 어떻게 될까.

돈다 루는 루도 루를 곁으로 불러서 그가 쥐고 있던 대도를 건네받았다. 아마도 테이 슨과 도드 슨의 칼일 것이다. 나머지 하나는 단 루티무에게 맡겼다.

순식간에 동요하기 시작한 슨의 친족들을 돈다 루는 힐끗 쏘아보았다.

"슨가 사람이 칼을 뽑지 않는 한 나도 이 칼을 뽑지 않을 것을 맹세한다! 슨가 사람이 피를 원하지 않는 한 오늘 밤 피를 흘리는 일은 없다!"

그리고 돈다 루는 본가의 문을 세차게 두드렸다.

놀라우리만치 빠른 속도로 덧문이 쓱 열렸다.

"……밤늦게 무슨 일이죠……?"

감정이 결여된 여자의 목소리.

아름다운 여성이 그곳에 서 있었다.

아름답지만── 썩은 생선 같은 눈동자를 하고 있었다.

갈색 머리. 파란 눈동자. 진흙 인형처럼 표정 없는 아름다운 얼굴.

나이는 이십 대 후반쯤일까. 기혼의 증거인 한 장짜리 천 옷을 둘렀고 머리도 짧았다.

그리고── 그녀의 다리에는 어느새 모습을 감추었던 츠바이 슨이 매우 언짢은 표정으로 꼭 달라붙어 있었다.

"네놈들은 누구냐?"

돈다 루가 눈을 가늘게 뜨고 두 사람을 번갈아 봤다.

"저는 가장 줄로의 아내 오우라 슨…… 이 아이는 제 딸이자 막내인 츠바이 슨입니다…… 저, 도대체 무슨 일이죠……?"

"나는 루가의 가장 돈다 루다. 슨의 가장에게 돈다 루가 만나기를 청한다고 고하라."

"예에…… 그런데 지금은 잠자는 시간입니다만…….."

"허어?" 하고 돈다 루는 야수처럼 웃었다.

"미안하지만 오늘 밤 줄로 슨에게 안온한 잠은 허락되지 않는다. 본가의 장남과 차남과 장녀, 그리고 분가의 남자까지, 이 집안의 가족이 넷씩이나 숲가의 규율을 어겼기 때문이지. 가장에게는 가족의 죄를 속죄할 책임이 있을 터."

"……예에……."

전혀 동요한 기색도 없이 오우라 슨이라고 밝힌 여성은 생기 없는 눈동자로 우리를 둘러보았다.

마지막에 그 탁한 눈이 땅바닥에 쓰러져 있는 테이 슨의 모습을 확인하고—— 아주 조금 흔들렸다.

회색 머리를 붉게 물들이고 땅바닥에 힘없이 누워 있는 테이 슨도 같은 눈빛으로 오우라 슨의 모습을 쳐다보고 있었다.

"……알겠습니다…… 츠바이, 가장을 이리로……."

"오우라 엄마, 괜찮겠어?"

츠바이 슨은 흰자위가 돋보이는 커다란 눈으로 엄마를 올려다보았다.

"괜찮아…… 이제, 됐어……."

"알겠어."

츠바이 슨은 집 안으로 뛰어 들어갔다.

이윽고 줄로 슨이 나타났다.

그의 뒤를 어청어청 따라온 사람은 막내아들 미다 슨이었다.

"루의 가장이여, 이게 도대체 무슨 일인가? 이런 깊은 밤에 집까지 찾아오다니 너무 무례하지 않은가……?"

줄로 슨은 물에 퉁퉁 부은 두꺼비처럼 엷은 웃음을 띠고 있었다.

이어서 어슬렁 나타난 미다 슨은 "어라……?" 하고 새된 소리를 냈다.

"디가랑 도드잖아…… 저기, 디가랑 도드가 묶여 있는데……?"

"흠…… 더더욱 무례한 짓이로군……."

"무례? 줄로 슨, 네놈은 거기 딸로부터 이야기를 이미 대강은 들었을 텐데?"

그렇게 응수한 사람은 단 루티무였다.

그 딸인 츠바이 슨은 입구에 서 있는 미다 슨의 두꺼운 다리를 거치적거린다는 듯 걷어차고 나서 다시 엄마 다리에 매달렸다.

가장 줄로 슨.

그의 아내 오우라 슨.

막내딸 츠바이 슨.

막내아들 미다 슨.

자포자기한 표정으로 책상다리를 하고 앉은 장남 디가 슨.

여전히 의식을 회복하지 못한 모양인 차남 도드 슨.

그리고—— 떨어진 곳에서 홀로 조용히 서 있는 야밀 슨.

이미 노령일 터인 선대 가장을 제외하고 슨 본가 사람들이 한데 다 모인 셈이다.

아이 파에게 어깨를 빌려준 자세로 나는 마른침을 꿀꺽 삼켰다.

"이야기……이야기라 하면 디가와 야밀이 파의 가장과 아궁이 당번에게 혼담을 제의한 일을 말하는 겐가……?"

사람들의 시선을 받으면서도 주눅 든 기색 하나 없이 줄로 슨은 그렇게 되물었다.

"그 이야기라면 사전에 디가 일행으로부터 들었네…… 설마 가장 회의 날 밤에 실행할 줄은 몰랐네만……."

"호오. 그렇다면 이번 극악무도한 짓도 네놈이 용인했다고 인정하는 건가?"

돈다 루는 한층 용맹하게 웃으면서 물었지만, 줄로 슨은 "……극악무도?" 하고 늘어진 고개를 기울였다.

"극악무도라니 무슨 소린가? ……그런 이야기는 듣지 못했는데……."

"그럼 들려주지. 이 어리석은 놈들이 이국의 독초를 이용해 제사당에 있는 사람들을 재운 뒤 파의 가장과 아궁이 당번을 완력으로 유괴했다. 그리고 혼담을 거절한 아궁이 당번에게는 칼을 겨누고, 파의 가장은 손발을 묶어 노리개 삼으려 했지. ……파의 가장과 아궁이 당번이여, 틀림없느냐?"

아이 파는 말없이 고개를 끄덕였고, 나도 "네" 하고 대답했다.

그런데 줄로 슨의 엷은 웃음은 사라지지 않았다.

대담한 건지 아니면 둔할 뿐인지── 아무래도 후자처럼 느껴졌다.

"칼을 겨누다니 거참 온당하지 않은 처사로군…… 대체 누가 그런 괘씸한 짓을 저질렀는가……?"

"본가의 차남과 그 옆에 쓰러져 있는 분가의 남자다."

"흠…… 도드가 워낙 술에 약한 체질이라……."

줄로 슨이 입꼬리를 씩 올렸다.

"소중한 장녀의 혼담을 거절당해 그만 이성을 잃었을 터…… 참으로 미안한 일이군……."

"줄로 슨, 미안하다는 말로 넘어갈 거라 생각하나? 이국인이긴 하나 이 아궁이 당번은 파가의 가족이다. 게다가 말리러 간 내 아들도 보다시피 부상을 입었지. 네놈의 가족들은 칼을 뽑는 데 그치지 않고 숲가의 동포의 생명까지 위협했단 말이다!"

머리에 붕대 대신 천을 둘둘 감은 루도 루가 약간 불만스럽다는 듯 "쳇" 하고 혀를 찼다.

"거기 차남 놈은 역참 마을과 루티무의 축하연에서도 칼을 뽑았다. 이번에는 그 칼을 동포에게 휘두르기까지 했지. 이것만은 사과로 용서받을 수 있는 행위가 아닐 터."

"흠…… 그럼 규율에 따라 오른팔이라도 내놓으란 말인가……?"

"어디 이게 오른팔만 가지고 해결될 일인가?"

마침내 돈다 루가 두 눈을 열화같이 불태우며 처절한 미소를 띠었다.

그리고 뒤쪽에서 빙 둘러싼 사람들을 비집고 나온 덩치 큰 사내가 "옳소!" 하고 노성을 질렀다.

"슨의 차남 일행은 칼을 뽑았을 뿐만 아니라 우리까지 독초로 해치려 했다! 슨과 루를 제외한 모든 숲가의 가장에게 해를 끼쳤단 말이다! 이렇게 무거운 죄가 오른팔 하나로 해결될 것 같으냐!"

그는 사우티의 가장인 다리 사우티였다.

순박해 보이는 얼굴이 분노와 굴욕감으로 붉게 달아올랐다.

줄로 슨은—— 눈썹꼬리를 조금 내렸을 뿐 표정에는 변화가 없었다.

"그 독초란 뭘 말하는 건가…… 제사당에 있던 사람들을 재웠다고 하던데……?"

"동쪽 나라의 주술사에게 구입한 메레메레라는 향초라고 하던데요. 그만한 양을 사는 데 백동화 다섯 닢이나 들었다고 아드님들이 자랑스럽게 이야기하더군요."

그렇게 대답한 사람은 나였다.

이것만은 직접 들은 내가 말해야 한다고 생각했다.

"흠…… 잠이 오게 하는 향초라고……?"

"네. 그 향초를 태운 연기를 계속 맡게 하면 배를 갈라도 깨어나지 못한다고 했습니다."

"그렇군…… 한데 사람을 잠재우기만 하는 향초를 과연 독초라고 부를 수 있는가……?"

줄로 슨의 눈이 비로소 아들의 모습을 똑바로 쳐다봤다.

디가 슨은 옳거니 하고 입가를 일그러뜨렸다.

"메레메레잎은 고통에 몸부림치는 사람을 편히 재우기 위한 향초! 냄새를 한나절이나 맡으면 사람의 영혼 자체를 잠재우는 지경에 이른다고 하지만, 겨우 그만한 양으로 독이 될 일은 없어! 그랬으면 우리도 숲가의 동포에게 냄새를 맡게 할 생각은 아예 하지도 않았다고오!"

"닥쳐! 지금은 그런 걸 따질 때가 아니다!"

다리 사우티가 격앙된 목소리로 말했다.

"중요한 건 너희가 극악무도한 수법을 동원했다는 사실이 아니더냐?! 우리를 속이고 얕잡아 본 나머지 파가 사람을 완력으로 납치하더니 당치도 않은 혼담까지 제안하고 그걸 거절당했다는 이유로 목숨을 빼앗는 짓이── 그런 무법이 숲가에서 용납될 것 같으냐!"

"그런 짓은 결코 용납될 수 없네…… 디가, 그대는 도대체 무슨 마음으로 그랬느냐……?"

다리 사우티의 험악한 모습에 얼굴이 새파랗게 질리던 디가 슨은 아버지의 말로 인해 다시 추악한 미소를 되찾았다.

"물론 진짜로 목숨을 빼앗을 생각은 없었어요. 나도 도드도 취해서 그만 마음에도 없는 소리를 했을 뿐이라고요."

"흐음? 그런데 차남과 거기 아저씨는 실제로 칼을 뽑았잖아. 그걸로 아스타와 우리를 죽이려 했고 말이지. 그 부분은 어떻게 변명할 셈이야?"

루도 루의 말에 디가 슨은 한층 히죽히죽 웃었다.

"모르겠는데. 난 그 자리에 없었거든. 도드와 테이 슨도 술김에 칼을 뽑은 거 아닌가아?"

"아아, 댁은 손발을 묶은 아이 파를 노리개 삼으려 했는데 실패한 것뿐이구나."

루도 루는 어깨를 으쓱했다. 다시 다리 사우티가 몸을 앞으로 내밀며 말했다.

"그 역시 칼을 뽑은 것 못지않게 금기일 터! 자네는 2년 전에도 똑같은 금기를 어겼다. 그때 두 번 다시 같은 과오를 범하지 않겠다고 맹세했기 때문에 용서받지 않았느냐! 슨의 장남이여!"

"그, 그래서 이번에는 혼인을 청한 거라고 말했잖아? 그렇게 심하게 비난받을 일이 아니라고요."

"멍청하긴⋯⋯ 독초로 잠재우고 손발까지 묶어서 노리개로 삼으려 하다니, 숲가에 그런 청혼 의식은 존재하지 않는다!"

"⋯⋯허. 여자는 아무리 싫어도 일단 몸부터 포개면 말을 잘 듣게 되어 있다고."

물론 나는 반사적으로 발을 내디딜 뻔했지만 아이 파가 내 머리를 쥐어박는 바람에 그럴 수가 없었다.

"열 받게 하지 마라. 어차피 그런 허튼 소리로 빠져나갈 수 있는 사안이 아니다."

조용하고 낮게 경고하는 목소리가 들려왔다.

그런데 정말 그럴까?

그렇다면 왜 줄로 슨도 디가 슨도 이렇게 여유 만만한 걸까.

도리를 모르는 디가 슨은 그렇다 쳐도 제 몸 지키기를 가장 중요시할 것 같은 줄로 슨이 시종일관 웃고 있으니 어쩐지 기분이 나빴다.

"──어이! 네놈들은 뭐냐!"

그때 느닷없이 날카로운 목소리가 들렸다.

소리친 사람은 라우 레이였다.

우리를 둘러싸고 있던 다른 남자들도 술렁이기 시작했다.

그 남자들을 더 바깥쪽에서 다시 둘러싸려 하는 집단이 나타난 것이다.

인원은—— 서른 명은 족히 되어 보였다.

이 어둠 속에서 내 시력으로는 그저 검은 사람 그림자로밖에 인식할 수 없었다. 그런데 이 촌락에서 우리 외에 존재하는 것은 슨의 분가 사람들뿐이다. 따라서 저들은 분가 사람들일 것이다. 인원도 비슷하고 그렇게 생각하는 것이 앞뒤가 맞다.

"호오…… 줄로 슨이여, 네놈은 칼로 결판을 낼 작정이었군?"

돈다 루가 칼자루에 손을 댔다.

그런데 줄로 슨은 그제야 자제심을 잃은 목소리로 응수했다.

"다, 단연코 그렇지 않네…… 밤늦게 소란을 피우니 분가 사람들이 무슨 일인가 싶어 상황을 보러 왔을 뿐일 터…… 서, 성급한 짓은 그만두게, 루의 가장이여……."

"흥, 글쎄."

돈다 루는 흉악한 느낌으로 입가를 일그러뜨렸다.

슨 분가의 서른 명 남짓한 사람 중 남자는 절반쯤일 것이다. 머릿수라면 루의 친족도 뒤지지 않는다. 하지만 우리 쪽에서 칼을 갖고 있는 사람은 돈다 루를 필두로 다섯 명뿐이다.

그리고 막상 전쟁을 시작하면 돔이나 자자 등 슨의 친족들이 어떻게 움직일지 모른다. 게다가 이곳에는 루의 여자들도 모여 있다. 아직 정세도 안정되지 않은 상태에서 험한 일이 벌어지면 좋을 것이 하나 없다.

그런 것은 나보다 훨씬 잘 알고 있을 터인 돈다 루는 루도 루를 불렀다.

"루도, 네놈은 여자들 곁으로 가라. 절대로 먼저 손을 대서는 안 된다."

"알겠어요."

루도 루도 사냥꾼의 눈빛을 띠더니 가족 곁으로 달려서 돌아갔다.

"줄로 슨, 그럼 어떻게 결판을 낼지 들어볼까? 머리를 숙인 것만으로 이만한 죄가 용서될 리 없다는 건 알고 있겠지?"

"음…… 그럼 철저하게 규율에 따라 속죄해야 한다고 말할 셈인가, 루의 가장은……?"

줄로 슨이 엷은 웃음을 다시 되살리며 대꾸했다.

"도드와 테이 슨은 숲가의 동포를 칼로 다치게 했네. 디가는 여자를 희롱하려 했지. 본래 도드와 테이 슨은 제 오른팔을 내놓아야 하고, 디가는…… 그런데 디가는 어찌 되었는가? 결국 파가의 가장은 순결을 잃지 않은 것 같네만?"

"그건 파의 가장이 우연찮게 거기 비열한 놈보다 용맹해서 모면했을 뿐이다. 규율을 중히 여긴다면 남근을 내놓아라."

돈다 루는 짜증스럽게 내뱉었다.

"그리고 이 녀석들의 죄는 그뿐만이 아니다. 숲가의 동포를 속이고 독초로 해친 죗값은 어떻게 치를 셈이지?"

"오히려 내가 묻고 싶은 말이네. 신체에 해가 되지도 않는 향초를 피운 죄란 대체 무게가 얼마나 된단 말인가…… 아니, 애초에 그게 숲가의 규율에 반하는 행위인지……?"

"동포를 속이고 얕잡아 본 게 금기가 아니면 뭐란 말이냐!"

"디가 일행이 언제 동포를 속였다는 건가? ……내 아들들은 남에게 방해받지 않고 혼담을 의논하기 위해 안락한 잠을 선사했을 뿐인데……?"

다리 사우티가 말없이 줄로 슨에게 덤벼들려 했다.

그 커다란 몸을 돈다 루가 한 팔로 제지했다.

"줄로 슨, 네 말은 차남과 분가 남자의 오른팔과, 장남의 남근을 바침으로써 속죄하겠다는 건가? 네놈의 아들들에게 그만한 기개가 있다니 도저히 믿기지가 않는군."

"옛 관습을 중히 여긴다면 그게 옳은 길일 터."

줄로 슨이 히죽 웃었다.

"한데 루의 가장이 옛 관습을 중히 여긴다면…… 내 아들들의 죄를 묻기 전에 먼저 해야 할 일이 있을 텐데……?"

"뭐라고?"

"루와 루티무와 파의 사람들도 규율을 지켜야 한다는 말이네……."

그러고 나서 줄로 슨의 기름진 눈이 나를 쳐다봤다.

"파가의 아궁이 당번이여…… 그대가 내 딸 야밀에게 청혼을 받았다고……?"

나는 말없이 기분 나쁘게 웃는 그의 얼굴을 쏘아봤다.

혹시…… 하는 불길한 생각이 내 가슴을 압박하기 시작했다.

혹시 그게 이 악랄한 남자가 숨긴 비장의 카드였던 걸까?

그런 어이없고 하찮은 수법이?

"그때 혹시 야밀은 옛 의식을 치르던 중이 아니었던가……? 기바의 피를 제 힘으로 하는 옛 의식을 말이네……."

"…………."

"……그렇다면 야밀은 알몸이었을 터……."

"줄로 슨, 네 이놈——."

돈다 루가 땅울림을 연상케 하는 목소리로 말했다.

"그리고 루의 가장이여, 그대의 아들 일행은 그늘에 숨어 파가의 아궁이 당번을 지켜보고 있었다고 하던데…… 그럼 당연히 창문에서라도 야밀의 모습을 훔쳐보지 않았겠나……?"

이에 그치지 않고 줄로 슨은 돈다 루의 옆에 서 있는 단 루티무에게도 시선을 날렸다.

"게다가 루티무의 가장이여…… 그대는 디가의 집 문을 쳐부수고 주인의 안내도 없이 안으로 들어갔다고 하던데……?"

"그게 어쨌다는 거냐?"

단 루티무도 얼굴에 분노가 번지기 시작했다.

이제 모두가 줄로 슨이 하려는 말을 알아차린 모양이었다.

"남의 집에 무단으로 쳐들어가는 것 역시 금기일 터…… 그럼 야밀의 알몸을 본 자는 한쪽 눈알을 내놓고 디가의 집에 쳐들어간 자는 양쪽 발가락을 하나씩 내놓아야 하는 것 아닌가……?"

"헛소리 집어치워! 그렇다면 2년 전 파가에 멋대로 쳐들어 간 거기 비열한 놈의 죄는 어쩔 셈이냐?!"

"그건 나와 디가가 사죄함으로써 용서받지 않았는가…… 물론 나로서는 옛 관습 때문에 동포가 피 흘리는 것은 바라지 않네……."

"그런 거였군."

돈다 루가 중얼거렸다.

험상궂은 도깨비 같은 얼굴로 웃고 있었다.

"차남 일행의 오른팔을 원한다면 이쪽도 눈알과 발가락을 내놓아라, 요컨대 네놈은 그렇게 말하는 거군, 줄로 슨이여."

"……물론 이런 사소한 일로 동포가 피 흘리지 않는 것이야말로 나는 무엇보다 바라고 있네……."

"무슨 헛소리냐, 줄로 슨!"

다리 사우티가 외쳤다.

"극악무도한 짓을 저지르려 한 건 슨의 사람이다! 루와 루티무와 파의 사람은 거기에 저항했을 뿐이다! 그런데 왜 눈알과 발가락을 내놓아야 하는 거냐!"

"숲가의 규정이란 그런 것이지…… 한데 그건 선인들이 정한 옛 관습일 터…… 우직하게 지키는 것만이 유일하게 올바른 길은 아니라고 생각하네……."

"그런 문제가 아니라고 하지 않았느냐! 우리는 슨의 장남 일행의 부끄러운 행위를 용서할 수 없다고 주장하는 거다!"

"부끄러운 행위…… 한데 실제로 도드는 누구의 목숨도 빼앗지 않았고 디가는 누구의 순결도 더럽히지 않지 않았느냐……?"

"그건 돈다 루도 말했다시피 파와 루의 사람들이 용맹했기 때문이다! 만약 그들에게 힘이 없었다면 용서할 수 없는 악행은 완수되었을 터!"

"완수되었다면 디가 일행도 목숨을 걸고 속죄할 수밖에 없었을 테지……."

결말이 나지 않는 싸움이다.

다리 사우티는 화가 나다 못해 어이없어했다.

"족장, 당신은 제정신인가? ……그게 당신의 진의라면 우리는 이제 당신을 족장으로 여길 수가 없다."

"호오? 사우티의 가장이여, 그건 왜지? ……디가와 도드가 아직 감정을 억제하지 못하는 미숙한 자이긴 하지만, 실제로 동포를 죽이거나 여자를 희롱하지는 않았네. 내 아들들이 정말 그런 죄를 범하려 했는지 여부는 아무도 모르지 않느냐……?"

그러더니 줄로 슨은 탁한 눈빛으로 돈다 루를 주시했다.

"봐라. 루의 가장은 증오의 눈으로 나를 보고 있네…… 어쩌면 내 생명을 위협할 생각일지도 모르지…… 한데 그가 칼로 내 몸을 내리치지 않는 한 루의 가장에게 죄를 물을 수는 없을 터…… 즉 그런 것이다……."

"그 말은 발뺌으로밖에 들리지 않는다! 당신은 족장 집안으로서 숲가의 백성에게 모범을 보여야 하지 않느냐!"

"흠…… 그럼 서로 피를 흘리는 수밖에 없겠군? ……참으로 원통한 일이네……."

그렇게 내뱉는 줄로 슨은 조금도 원통해 보이지 않았다.

어쩌면── 그럼에도 이 남자는 본심을 말하고 있는지도 모른다. 세 치 혀로 원만한 수습이 불가능하다면 디가 슨 일행의 신체를 내놓을 수밖에 없다고.

디가 슨과 도드 슨과 테이 슨과 야밀 슨, 그 네 사람의 목숨을 가지고 슨가의 안녕을 지킬 작정일까. 그렇게라도 생각하지 않으면 앞뒤가 맞지 않을 만큼 줄로 슨은 위기감 없는 얼굴로 웃고 있었다.

나는 메슥거리는 속을 꾹 참으면서 그 아들들 쪽을 몰래 살펴봤다.

디가 슨은 아무것도 이해하지 못한 모습으로 실실 웃고 있었다.

도드 슨은 여전히 의식을 찾지 못한 모양이었다.

테이 슨은 탁한 눈동자로 허공을 응시하며 죽은 사람처럼 누워 있었다.

야밀 슨은 변함없는 무표정.

내 입장에서는 용서 못 할 죄인들이었다.

테이 슨과 야밀 슨에 대해서는 안타까운 생각도 들지만──
그래도 죄는 죄다.

그런데 줄로 슨의 입장에서는 피를 나눈 가족이 아닌가.

가령 이번 일이 디가 슨 형제의 폭주였다고 쳐도 아버지라면 더 필사적으로 감싸려고 노력하지 않을까?

가족의 목숨보다 자신의 안녕이 중요하다는 걸까?

도대체 이 남자의 탁한 눈동자에 세상은 어떻게 비치고 있을까?

"……줄로 슨, 그게 네놈의 대답이냐?"

돈다 루가 한 발짝 움직이며 발밑을 다졌다.

그와 동시에 지금껏 멍하니 서 있기만 하던 미다 슨이 "안 되는데……" 하고 중얼거렸다.

"숲가의 백성은 숲가의 백성을 다치게 하면 안 되는데……?"

미다 슨이 그렇게 중얼거리면서 허리에 찬 곤봉에 손을 뻗었다.

돈다 루도 대도의 자루에 손을 댔다.

줄로 슨의 웃는 얼굴이 다소 굳어지더니 서서히 뒷걸음질을 쳤다.

"……절대로 내 곁에서 떨어지지 마, 아스타."

작게 말하면서 아이 파는 내 목에 둘렀던 오른팔을 풀고 허리를 약간 구부렸다.

내 시야에 들어온 모든 남자들이 임전 태세를 갖추었다.

협상은 결렬되고 말았다.

줄로 슨은 무슨 일이 있어도 자신의 잘못을 인정할 생각이 없는 것이다. 가족을 내쳐서라도 자신만은 살겠다는 속셈이다.

그런 근성을 돈다 루가 용서할 리 없다. 설령 반역자의 오명을 뒤집어쓴다 해도 '자신이 먼저 칼을 뽑지 않겠다'는 맹세를 깨서라도 이 자리에서 줄로 슨을 베어버릴 것이다. 돈다 루의 두 눈에는 그만한 각오가 깃들어 있었다.

마침내 한계점까지 와버리고 말았다.

나는 아주 잠깐 고민하고 외쳤다.

"잠깐만요! 옛 규율을 중시한다면 슨가에는 제일 먼저 속죄해야 할 죄가 있지 않나요?!"

당장에라도 칼을 뽑을 것 같던 돈다 루의 어깨가 움찔거렸다.

"아스타……?"

불안해하며 얼굴을 가까이 들이미는 아이 파에게 나는 고개를 끄덕이고 나서 더 강하게 주장했다.

"제가 알기로는 머리 가죽을 벗겨야 할 만큼 큰 죄입니다. 그 속죄를 하지 않은 상태에서 다른 사람의 죄를 물을 자격이 과연 당신들에게 있을까요?"

"무슨……무슨 소리를 하는 건가? 그대는……?"

줄로 슨의 통통한 얼굴에서 두꺼비 같은 웃음이 갈수록 사라졌다. 그 뒤에 떠오른 공포의 표정으로 나는 내가 상상한 것이 실제로 일어난 일이었음을 확신했다.

어쩌면 내 말이야말로 더 많은 피를 흘리는 결과를 가져올지도 모른다── 그런 생각에 등을 오들오들 떨면서 그럼에도 나는 단죄의 말을 내뱉었다.

"제 말을 부정할 셈이라면 여기 슨 본가의 식량 창고를 보여주세요. ……제가 요구하는 건 그뿐입니다."

그 순간 미친 듯이 깔깔대는 웃음소리가 폭발했다.

야밀 슨이었다.

루와 루티무의 여자들에게 둘러싸인 야밀 슨이 목을 뒤로 젖히고 웃고 있었다.

"당신, 지금 무슨 소리를 하는 거지? 어째서 우리 머리 가죽이 벗겨져야 하는 건데? 이건 족장 집안에 대한 비방이야!"

"그, 그렇다, 비방이다! ……자기 몸을 지키려고 엉뚱한 소리나 하다니…….

순식간에 안도의 표정을 되찾게 될 줄로 슨이었으나 이내 더 심한 경악과 절망에 찬 표정으로 바뀌었다.

"용서 못 할 굴욕이야! 우리는 그런 비방을 받을 이유가 없어! 거짓말 같으면 얼마든지 그 눈으로 확인하면 되지 않겠어?"

"무슨 소리를 하는 거냐! 정신이 돌기라도 한 거냐? 야밀?!"

그렇게 절규한 사람은 줄로 슨이 아닌 디가 슨이었다.

그의 얼굴도 아버지와 마찬가지로 창백했다.

"왜 그러지? 다들 뭘 그리 죽을상을 하고 있어? 우리는 청렴 결백한 몸이잖아."

이상하게 번뜩이던 야밀 슨의 눈이 석상처럼 서 있던 오우라 슨 쪽을 향했다.

"자, 오우라! 츠바이라도 상관없어! 식량 창고의 빗장을 열어 주렴! 우리의 무죄를 증명하는 거야!"

츠바이 슨은 혼란스러운 눈길로 어머니의 얼굴을 올려다보았다.

오우라 슨은 걸쭉하고 탁한 눈동자를 눈꺼풀 뒤로 감추고 말았다.

"그래…… 그래야 하는 거지? 야밀……?"

"맞아! 그래야 하는 거라고!"

오우라 슨이 발길을 되돌리려 했다.

그 가녀린 어깨를 줄로 슨이 움켜쥐었다.

"그만둬! 대체 그대들은……그대들은 무슨 생각으로?!"

"……놔주세요……."

"어림없는 소리! 그건…… 가장인 내가 절대로 허락하지 않겠다!"

줄로 슨의 두꺼운 손가락이 아내의 어깨에 파고들었다.

오우라 슨이 "아아……" 하고 비통한 소리를 지르자 츠바이 슨은 "뭐 하는 거야!" 하고 울부짖었다.

돈다 루가 발을 내디뎠다.

그런데 그보다 먼저 미다 슨이 아버지의 팔을 붙잡았다.

"그러면 못써…… 가족을 다치게 하는 것도 나쁜 일이란 말이야……."

끼익끼익 하고 뼈가 삐걱거리는 소리와 함께 줄로 슨이 여자처럼 비명을 질렀다.

그의 손에서 풀려난 오우라 슨이 힘없이 땅바닥에 주저앉아 츠바이 슨의 얼굴을 응시했다. 어렴풋이 빛이 돌아온 눈물에 젖은 눈동자로.

"츠바이…… 식량 창고의 빗장을…….

"……알겠어."

츠바이 슨이 덧문 너머로 사라졌다.

그와 동시에 야밀 슨이 다시 악마처럼 드높게 웃었다.

"자! 그 눈으로 확인해보라고! 만약 당신 말이 당치도 않은 비방이라는 게 밝혀졌을 때는 눈알이나 발가락으로 끝나지 않을 거야, 파가의 아스타!"

"뭐야, 저 여자는? 정말 미쳤나?"

단 루티무가 두꺼운 눈썹을 한껏 불쾌하게 찌푸리면서 나를 돌아봤다.

"그리고 아스타, 네가 무슨 소리를 하는지도 도통 모르겠구나. 혹시 저 여자의 책략에 걸려든 건 아니냐?"

"아뇨, 그렇지 않을 거예요. ……그럼 줄로 슨이 저렇게 이성을 잃을 리도 없죠."

나는 돈다 루 쪽으로 시선을 돌렸다.

"식량 창고로 가죠. 슨의 분가에는 주의하는 게 좋겠어요."

돈다 루는 잠시 말없이 내 얼굴을 바라보고 나서 역시 말없이 발길을 되돌렸다.

라우 레이를 비롯한 루의 친족이 디가 슨과 도드 슨 일행을 일으켰다.

디가 슨은 지쳤는지 느슨한 표정을 짓고 있었다.

도드 슨은 아직 의식을 잃은 상태다.

그리고 테이 슨은── 아까 오우라 슨이 그랬듯이 두 눈을 꾹 감고 있었다.

"미다 슨, 그대로 줄로 슨과 함께 가주겠어요?"

내 말에 미다 슨은 "응……" 하고 볼살을 떨었다.

"식량 창고가 왜……? 이제 아침까지는 아무것도 먹으면 안 되는데……?"

"그렇죠. 창고 안을 확인하기만 할 거예요."

그리하여 우리는 집 뒤쪽으로 이동했다.

가장 회의에 참석한 남자들, 아궁이 당번인 여자들, 슨의 본 가 사람들, 슨의 분가 사람들── 총 백 명 이상에 달하는 대인 원이었다.

그 대부분은 무슨 일이 일어났는지 이해하지 못한 채 말없이 동포들과 얼굴을 마주 봤다.

그런 우리 눈앞에서── 식량 창고의 문이 안에서부터 열렸다.

지옥처럼 불쾌한 표정을 지은 츠바이 슨이 밖으로 나와 다시 어머니 다리에 매달렸다.

라우 레이가 식량 창고 내부를 촛불로 비추었다.

"이것은──!"

누군가가 경악에 찬 소리를 질렀다.

그곳에는 내가 상상한 대로의 광경이 펼쳐져 있었다.

알록달록한 과실과 채소.

전에 본 것도 있는가 하면 처음 보는 것도 있었다.

문짝 없는 선반에 빼곡히 들어찬 그것은——.

서쪽 수도로부터 수확을 금지당한 모르가 숲의 은혜임에 틀림없었다.

"……그런 거였군."

돈다 루가 낮게 읊조렸다.

그리고——.

오오오오오오…… 하는 가곡 같은 소리가 별안간 어두운 밤에 울려 퍼졌다.

"뭐야? 무슨 일이냐?!"

단 루티무가 주위를 두리번거렸다.

소리를 내는 사람은 모두 슨의 분가 사람들인 듯했다.

남자도, 여자도, 어린아이도, 노인도—— 한 명도 빠짐없이 땅에 무릎을 꿇고 비애에 가득 차 울부짖었다.

"용서해주십시오……."

"우리는 금기를 범했습니다……."

"금기를 어기고 숲의 은혜를 도둑질했습니다……."

그리고 오우라 슨이 우리 눈앞에서 힘없이 무릎을 꿇었다.

"이것이 슨의 죄입니다…… 하지만 부디 분가 사람들에게는 자비를…… 그들은 본가에서 결정한 부정한 규율에 어쩔 수 없이 따랐을 뿐입니다……."

오우라 슨의 아름다운 얼굴은 눈물로 젖어 있었다.

분가 사람들도 마찬가지였다.

어떤 사람은 땅바닥에 엎드리고, 어떤 사람은 머리를 쥐어뜯고, 또 어떤 사람은 옆 사람에게 매달려── 그들은 모두 절망에 떨며 쓰러져 울고 있었다.

"자, 잠깐! 얘, 정신 차려!"

당황한 소녀의 목소리가 어두운 밤에 유난히 높게 울렸다.

라라 루였다.

그 홀쭉한 몸에 더 마른 몸의 소녀가 매달려 울부짖고 있었다.

죄송합니다, 잘못했습니다…… 하고.

그 아이는 분가의 투르 슨이라는 소녀인 듯했다.

"말도 안 돼…… 슨가 사람 모두가 이런 엄청난 금기를 범했다는 건가……."

자자의 가장이 마치 여기저기서 들리는 통곡 소리에 겁먹은 듯 거대한 몸을 떨면서 힘없이 중얼거렸다.

숲의 은혜를 먹는다는 것. 그것은 숲가의 백성에게 최대의 금기 중 하나였다.

인간이 숲의 은혜에 손을 대면 굶주린 기바가 마을의 논밭을 더 많이 습격하게 된다. 그런 까닭에 머리 가죽을 벗길 만큼 무거운 형벌이 정해진 죄였다.

따라서 숲가의 백성들은 아무리 배고파도 숲의 은혜에는 손을 대지 않고 자신의 무력함을 한탄하다 죽어간다. 그 정도로 우직하고 청렴한 일족이 존재하다니 믿을 수 없다고 과거 카뮤아 요슈는 말했다.

그것이 숲가의 백성이 자랑하는 사냥꾼으로서의 긍지다.

"우리는 사냥꾼의 긍지를 더럽혔습니다…… 숲가의 긍지를 짓밟았습니다…… 용서받지 못할 죄인입니다……."

오우라 슨과 분가 사람들은 하염없이 눈물을 흘렸다.

그런데 눈물에 젖은 그 눈동자에는 슬픔의 감정이 또렷이 깃들어 있었다.

원통함이 소용돌이치고 있었다.

치욕스러움이 들끓고 있었다.

죄다 부정적인 감정임에 틀림없지만—— 그럼에도 진흙 인형처럼 감정이 결여된 사람은 한 명도 없었다.

용서받지 못할 죄가 드러남과 동시에 그들은 행방된 것이다.

슨가의 비밀을 지켜야 한다는 중압감에서.

한편, 줄로 슨과 디가 슨은 죽은 사람 같은 낯빛을 하고 와들와들 떨고 있었다.

도드 슨은 여전히 깨어나지 못한 채 쓰러져 있었다.

미다 슨은 어리둥절한 눈으로 그런 아버지와 형들을 내려다보고 있었다.

츠바이 슨은 쓰러져 우는 어머니 곁에서 입술을 잘끈 깨물고 있었다.

그리고 야밀 슨은——.

야밀 슨은 양옆에 루도 루와 미아 레이 아주머니의 감시를 받으며 우리 쪽으로 다가오고 있었다.

빈틈없이 자세를 갖추는 아이 파와 내 앞에 멈춰 서더니, "이 제 끝났어……" 하고 낮게 읊조렸다.

방금 전 미치광이처럼 굴었던 태도가 마치 거짓말이라는 듯 야밀 슨의 표정은 고요했다. 눈동자에는 슬픔인지 분노인지 기 쁨인지 모를 감정이 복잡하게 얽혀 있었다.

"아스타…… 당신에게 한 가지 말하고 싶은 게 있어."

"뭐죠?"

야밀 슨은 역시 어떤 감정에 지배되고 있는 듯한 느낌으로 입 가에 씩 미소를 띠더니—— 이렇게 말했다.

"슨가에 멸망을 가져다줘서 고마워."

3

폭풍 같았던 밤이 지나고 날이 밝았다.

나는 제사당에서 기어 나와 눈부신 아침 햇살에 눈을 가늘게 뜨고 "끄응" 하고 기지개를 쭉 폈다.

"……엄청난 하룻밤이었어."

뒤따라 나온 아이 파가 인상을 찡그리며 내 옆에 섰다.

"그러게 말이다. 너무 엄청나서 현실감이 없군. 앞으로 숲가 는 어떻게 되는 거지?"

"글쎄. ……뭐, 더 나빠지진 않겠지. 그리고 더 나빠지지 않도 록 하는 게 우리 역할이고."

메레메레의 효능에서 완전히 해방된 아이 파가 힘찬 표정으로 금갈색 머리를 쓸어 올렸다.

그러는 사이 다른 가장들도 밖으로 나왔기에 우리는 길을 터 줄 겸해서 어슬렁어슬렁 돌아다니기로 했다.

밤새워 치러진 긴급 가장 회의가 일단 마무리되었다.

◇

가장들의 추궁을 통해 슨가의 죄는 더욱 극명하게 폭로되었다.

우선 슨가는 십수 년 전부터 숲의 은혜에 손을 댔다고 한다.

줄로 슨이 족장을 계승한 것이 10년 전이라 했으니 그 일은 선대 족장인 자츠 슨의 대부터 행해진 악행이었던 것이다.

기바는 고기를 얻기 위해서만 사냥하고 채소는 전부 숲에서 얻었다. 포상금과, 엄니와 뿔로 얻은 대가는 생활용품이나 과실주, 돌소금—— 그리고 본가 사람의 유흥에 허비했다고 한다.

분가 사람들은 강제로 비밀을 지켜야 했다. 비밀을 누설하면 자신이나 가족을 포함한 슨가의 전원이 머리 가죽이 벗겨지는 벌에 처해진다. 이른바 억지로 공범자가 되어 십수 년 동안이나 숲가의 백성의 긍지와 존엄을 봉쇄당한 것이다.

그래서인지 슨의 촌락에는 단명한 사람이 많았다. 다른 씨족보다 훨씬 풍요롭고 안온한 생활을 보냈을 터인데 이유 없이 시름시름 앓다가 죽은 사람이 끊이질 않은 것이다.

"너무 안온한 생활 탓에 살아가는 의의를 찾아내지 못해서일지도 모릅니다……."

오우라 슌은 그렇게 말했다.

외부에서 시집온 사람은 특히 그 경향이 강했던 모양이다. 가장 줄로 슌의 전 아내들은 오우라 슌을 제외하고 모두 자자나 진 등의 친족에서 시집온 몸이었다.

그 외에도 이 특이한 환경에 적응하지 못한 사람은 요절했다. 그리고 단명한 사람이 많아서 만성적인 일손 부족을 이유로 슌가는 친족에 시집, 장가보내기를 완강히 거절해왔다고 한다.

하긴, 당연한 일이다. 슌의 촌락 내부에서 생활하고 있으면 동조 압력에 의해 비밀은 지켜질지언정 이 비밀을 알아버린 사람을 촌락 밖으로 내보낼 수는 없을 것이다.

그러나 너무나 부자연스러운 이야기다. 숲가에서는 혈연을 가장 중시하기 때문이다. 십수 년 동안 다른 집에 시집 장가를 보내려 하지 않는 슌가의 태도에 친족들은 적잖이 불만을 느꼈다. 야밀 슌이 '더 이상은 친족들의 눈을 속일 수가 없다'고 말한 큰 이유가 여기에 있다.

그럼 어째서 파가 사람을 슌가로 데려오려 했을까?

우리가 버는 동전으로 아리아와 포이탄을 구입하고, 숲의 은혜를 침범하지 않고 살아가는 환경을 만드는 것이 목적이었다.

그렇게 하면 꺼림칙한 비밀을 영원히 지워 없앨 수 있기 때문이다.

"그게 무슨 짓거리냐?! 어처구니가 없군! 그럼 기바만 제대로 사냥해도 되지 않느냐!"

단 루티무를 필두로 많은 가장들이 그렇게 분개했다.

하지만 타락의 맛을 알아버린 본가 사람── 가장 줄로 슨의 머리에서 그런 발상이 나올 리 만무했다.

게다가 설령 기바를 사냥하고 싶어도 슨의 촌락 주위로는 기바가 거의 접근하지 않았다고 한다.

그도 당연한 이야기다. 기바의 식량인 숲의 은혜를 닥치는 대로 수확했으니 그런 불모의 땅에 기바가 머무를 리도 없다.

요컨대 바로 그것이 최근 몇 년간 기바가 증가한 원인이다.

슨가에서 사냥꾼의 일을 소홀히 한 탓에 기바가 증가하고, 슨가에서 숲을 망치는 바람에 많은 기바가 다른 구역으로 흘러들어가── 결과적으로 다른 씨족들이 더 큰 부담을 지게 되었다.

어쨌든 사태는 갈수록 악화되기만 했다. 가령 분가의 누군가가 본가의 의향을 무시해서라도 사냥꾼의 일을 다하기 위해 분발했다 한들 기바 자체가 없으면 소용이 없다. 슨의 촌락에서는 오히려 채소보다 고기가 부족할 정도로 최소한의 기바밖에 사냥하지 못했다고 한다.

그 반면, 기바가 감소한 탓에 도마뱀이나 뱀 같은 작은 동물이 증식해서 그 고기로 굶주림을 견디기가 일쑤였다.

다만 본가 사람들은 키뮤스나 카론의 고기를 구입해서 굶주림을 견뎠다고 한다.

"그건 그렇고 왜 일부러 가장 회의 날에 파의 사람을 습격한 거지? ······아니, 처음부터 완력으로 납치할 작정이었다면 슨의 촌락에 초대하는 일 없이 파가를 습격하면 될 이야기가 아닌가?"

그렇게 의문을 제기한 사람은 다리 사우티였다.

듣고 보니 메레메레잎이라는 비밀 병기를 가지고 있었으면 그런 만행도 가능했을 터였다. 나와 아이 파를 잠재우고 창문 격자를 톱 같은 것으로 절단해버리면 매우 신속하게 목적을 이룰수 있으니 말이다.

그 의문에 답한 사람은 야밀 슨이었다.

그녀가 말하기를── 제사당처럼 원래 반지하 구조인 데다 출입구가 뚫려 있으면 메레메레잎을 태운 촛대를 가만히 놔두기만 해도 되지만, 보통 가옥의 격자창에서 실내로 연기를 들여보내기는 상당히 어렵다는 것이었다.

하긴, 창밖에서 꽁치를 굽듯이 팔랑팔랑 부채질이라도 했다면 아이 파가 틀림없이 낌새를 눈치챘을 것이다.

"······그래도 역시 어리석은 소행이라고밖에 여겨지지 않는군. 모든 가장들이 모인 가장 회의 자리에서 그런 악행을 저지르고도 성공할 줄 알았다는 건가? 정신없이 곯아떨어진 내가 이런 소리를 하기도 부끄럽지만 제대로 된 사람의 생각은 아닌 것같군."

"그러게. ······다만 파가를 직접 습격하는 것보다는 그나마 낫다고 생각했을 뿐이야. 파의 가장은 무척 용맹하기 때문에 디가

나 도드가 도저히 당해내지 못했을 테니."

담담히 대답하는 야밀 슨의 모습을 다리 사우티가 분노에 찬 눈으로 응시했다.

"한 번 더 확인하겠다. 파가 사람을 슨가로 데려올 생각을 한 것은 줄로 슨이며, 그에 찬성한 자네가 장남과 차남과 함께 이번 계책을 꾸몄다는 말이군?"

"그래, 그 말이 맞아."

"실제로 죄를 범한 것은 장남과 차남과 테이 슨이라는 분가의 남자지만, 자네 역시 그에 못지않은 죄를 지었다."

"새삼스럽게 확인할 필요도 없는 일인걸."

야밀 슨의 표정은 지나치리만치 평온했다.

"잠깐만요."

나는 의견을 말하려 했다.

하지만 아이 파가 내 팔을 붙잡고 말렸다.

"그만둬. 우리가 참견해도 되는 자리가 아니야."

"아니, 그래도……."

슨가의 수법은 너무나 허술했다.

그래서 나는 생각했다. 야밀 슨은 되레 성공보다 실패를——슨가의 번영보다 파멸을 바란 게 아닐까 하고.

우리를 가장 회의에 초대하겠다는 말을 꺼낸 사람은 분명히 야밀 슨이다.

야밀 슨이 생각해내고 나중에 가장 줄로 슨의 허가를 얻은 것이다.

뭘 어떻게 둘러댔는지는 몰라도 가장 회의 자리에서 이런 악행을 저지르기에는 위험성이 너무 높다.

더군다나 최대 금기가 감추어져 있는 식량 창고에 아무리 빗장을 걸었다 해도 다른 집 사람을 접근시키다니 제정신을 갖고 한 짓으로는 생각되지 않는다. 실제로 야밀 슨도 말하지 않았던가. "슨가의 아궁이를 맡으면서도 눈치채지 못한 거야?" 하고.

가족과 함께 오래 살고 싶다는, 어쩌면 그런 마음도 있었을지 모른다.

하지만 그 이상으로 야밀 슨은 슨가의 썩어빠진 역사에 종지부를 찍고 싶었던 게 아닐까?

"네가 무슨 상상하는지는 대강 알겠는데, 그래도 그만둬. ……아마도 네가 무슨 말을 하든 장녀의 죄가 줄어들 일은 없어. 오히려 노여움을 살 가능성이 더 커."

낮게 속삭이는 아이 파에게 나도 똑같이 "왜?" 하고 속삭이며 물었다.

"가령 네 상상이 맞다 하더라도 장녀가 숲가의 백성을 배신했다는 사실에는 변함이 없어. 게다가 피를 나눈 가족까지 배신하고 얕잡아 봤다는 죄만 더 추가될 테니. ……가족을 배신하고 해를 끼치는 건 숲가에서 최대의 금기라고, 아스타."

대답할 말이 궁했다.

그리하여── 야밀 슨은 자신을 포함한 슨가에 단죄의 칼을 휘두르기 위해 우리와 루가라는 외부의 힘을 일부러 끌어들였다는 건가.

내가 생각에 잠긴 동안 가장 회의는 엄숙히 진행되었다.

아무튼 한시바삐 정해야 할 의제가 있었던 것이다.

그것은 물론 슨가 사람들의 처우였다.

"이제 슨가는 일족을 통솔할 자격이 없다!"

다리 사우티의 말에 이의를 제기하는 자는 없었다.

그럼 어떤 식으로 속죄시켜야 할까?

다행히 분가 사람에게 죄를 물으려는 자도 없었다. 규율을 중시하는 자자나 진조차 그것은 마찬가지였다.

그럼 누구의 죄를 물어야 할까.

여기서 회의는 분규가 발생했다.

규율에 따라 본가 사람의 머리 가죽을 모조리 벗겨야 한다——.

아니, 그렇게 하면 분가 사람을 용서하는 것과 도리가 통하지 않는다——.

그럼 가장인 줄로 슨만이라도——.

아니 하지만 이 일은 선대 가장으로부터 이어받은 악행이다——.

그러나 선대 가장 자츠 슨은 노령인 데다 병마에 시달리고 있어 살날이 얼마 남지 않았다——.

아니, 하지만, 그렇지만——.

"에이, 시끄러워! 이래가지고 무슨 결말이 나겠냐!"

폭발한 사람은 단 루티무였다.

그는 부리부리한 눈을 부릅뜨고 나를 쏘아봤다.

"아스타, 넌 어떻게 생각하지?"

"네? 저 말이에요?"

"음. 슨가의 악행을 밝혀낸 장본인이니 이 부분은 아스타, 네가 결정해야 맞을 것 같은데?"

터무니없는 논리다.

하지만 발언할 기회를 얻은 점은 고마웠다. 나한테도 다소 생각하는 바가 있었다.

"저는── 가장 중요한 건 앞으로의 일이라고 생각합니다."

"앞으로의 일?"

"네. 화가 난다고 해서 무조건 본가 사람을 처벌하는 게 아니라, 앞으로 어떻게 하면 숲가의 백성이 올바른 방향으로 나아갈 수 있을지── 거기에 합당하게 처우를 정해야 하지 않을까요?"

"또 가즈란처럼 까다롭게 말하는구먼. 좀 더 알아듣기 쉽게 말할 수는 없나?"

"실례했습니다. 구체적으로 말하자면, 슨가에 대한 벌을 정하기보다 족장 집안을 잃은 숲가의 백성이 향후 어떤 식으로 제노스와 관여해갈지를 정하는 게 먼저가 아닐까 싶어요."

단 루티무를 필두로 가장들은 모두 이해할 수 없다는 표정이었다.

여기서 제노스의 이름이 나왔다는 것 자체가 의외였을 것이다.

"역시 모르겠는데. 돌의 도시 같은 건 아무래도 상관없는 것 아니냐? 우리가 딱히 포상금을 원하는 것도 아니고. 이번 기회에 성과의 인연을 끊어버리는 편이 속이 시원할 정도인데."

"그럴 수는 없지 않나요? '모르가 숲의 은혜를 훼손해서는 안 된다'라는 규율은 제노스에서 정해주었으니까요. 말하자면 이번 일은 제노스와의 유대와 신뢰를 짓밟은 행위이지 않나요? ……다시 말해 숲가의 백성은 숲을 훼손하지 않는다는 약정 하에 숲가에 살도록 허락받은 거잖아요."

가장들이 술렁술렁 동요하기 시작했다.

"물론 제노스의 입장에서도 숲가의 백성은 없어서는 안 될 존재예요. 숲가의 백성이 지난 80년 동안 그만한 지위를 쌓아올린 거죠. 만약 숲가의 백성이 이 땅에서 떠나버리면 제노스의 번영도 적잖이 타격을 받겠지요. 그렇기 때문에 앞으로는 제노스와 더 바람직한 인연을 맺어야 한다고 생각합니다."

"흠…… 뭐…… 듣고 보니 맞는 말인 것 같기는 한데……."

그럼에도 단 루티무는 아직 완전히 이해되지는 않는다는 표정이다. 그만큼 슨가 이외의 사람에게는 제노스의 성의 존재가 인연이 멀다는 뜻이리라.

나는 내 가슴에 품은 우려에 공감을 얻기 위해 비장의 폭탄을 투하하기로 했다.

"지금부터는 제 억측도 섞어서 말하겠습니다. 어쩌면—— 제노스의 성 사람은 슨가가 규율을 어겼다는 사실을 알고 있으며 그걸 묵인했을 가능성도 있다고 생각합니다."

"뭐?! 그게 무슨 소리냐?!"

"저와 아이 파가 아는 사람 중에 제노스의 영주와 인연이 있는 사람이 있어요. 그 사람은 슨가의 타락이 걱정돼서 영주에게 여러 번 진언했다고 하더라고요. 숲의 은혜에 관해서는 차치하더라도 슨가가 사냥꾼의 역할을 다하지 않고 나태한 생활에 빠져 있다는 사실은 이미 제노스의 영주의 귀에 들어갔을 겁니다."

술렁거림이 퍼져나갔다.

이미 죄가 드러난 마당에 다시 슨가를 비난하는 이야기를 하게 되었지만── 그럼에도 나는 이야기할 수밖에 없었다.

"그리고 저는 역참 마을에서 슨가 사람이 죄를 범했는데도 위병들이 눈감아주는 상황을 목격했습니다. 그 탓에 마을에서는 숲가의 백성이 무슨 짓을 해도 죄를 묻지 않는다는 소문이 나돌더군요. 슨가를 타락시킨 원인은 단순히 포상금뿐만 아니라 부당하게 우대해준 제노스의 태도에도 있는 거 아닐까요?"

그러고 나서 나는 말석에 꿇어앉아 있는 슨 본가 사람들 쪽으로 시선을 날렸다.

그곳에는 선대 가장 자츠 슨을 제외한 일곱 명이 모여 있었다.

벌써 송장처럼 축 늘어진 줄로 슨.

공포에 질려 몸을 바들바들 떠는 디가 슨.

이제야 의식을 되찾고 반쯤 죽은 들개처럼 고개를 푹 숙인 도드 슨.

역시 아무것도 이해하지 못한 듯 꾸벅꾸벅 졸고 있는 미다 슨.

모든 표정을 지우고 발밑에 시선을 떨어뜨린 야밀 슨.

등을 곧게 펴고 촉촉한 눈동자로 허공을 보고 있는 오우라 슨.

잔뜩 토라진 표정으로 어머니 팔에 매달려 있는 츠바이 슨.

그리고 분가이긴 하나 죄인 중 한 사람인 테이 슨이 말석에서 눈을 굳게 감고 있었다.

"슨가 사람들을 옹호할 생각은 없습니다. 하지만 그들을 타락시킨 원인의 대부분은 포상금을 포함한 제노스 영주와의 인연이라고 생각해요. 제노스와 잘못된 방식으로 인연을 맺으면 숲가의 백성마저 타락할 가능성이 있다는 셈이죠."

"아스타, 그 말은 숲가의 백성을 모욕하는 뜻으로도 해석되는군."

다리 사우티가 화는 내지 않지만 상당히 긴박한 어조로 말했다.

나는 그쪽으로 방향을 틀어 "그런가요?" 하고 응수했다.

"그런데 슨가도 원래는 일족을 통솔할 만큼 강한 씨족이었잖아요. 80년이라는 세월에 걸쳐 조금씩 독이 쌓이듯이 타락해온 게 아닐까요? 성 사람과의 인연을 도맡아온 까닭에 말이에요. 마을 사람과 인연을 맺고 풍족한 부를 손에 넣고 있는 저한테는 도저히 남의 일 같지가 않습니다."

"흠……."

"풍족한 부는 독이 될 수도, 약이 될 수도 있습니다. 저녁 식사 때 오갔던 이야기처럼 말이에요. 슨가를 대신해서 누가 숲가를 통솔할 건지, 포상금은 어떻게 취급할 건지, 앞으로 제노스와는 어떻게 관여해나갈 건지── 슨가의 처우만큼 그것도 중요한 이야기 아닐까요?"

"물론 자네 말이 맞아. 그런데 슨가와 동등한 힘을 지닌 씨족은 루가 말고는 달리 없지. 그 슨가조차 이렇게 타락해버렸으니 —— 도대체 어떻게 해야 좋을는지."

그렇게 말하고 다리 사우티는 살피듯 돈다 루를 봤다.

돈다 루는 넉살 좋게 씩 웃었다.

"밤이 깊었는데 네놈들은 잠도 안 자고 도대체 언제까지 구시렁댈 셈이지? 더 강한 씨족이 숲가를 통솔한다. 약한 씨족에는 숲가를 통솔할 힘이 없다. 생각할 것도 없이 다 아는 사실이 아닌가?"

"그럼 역시 루가가 새로운 족장 집안으로 입후보한다는 말인가?"

"하! 슨가가 머지않아 멸망할 것이 눈에 훤히 보였지. 늦든 이르든 우리는 이 길을 걸어야 할 운명이었던 거다."

돈다 루는 천천히 일어서더니 그 자리에 있는 모두를 사냥꾼의 눈빛으로 차례차례 쏘아봤다.

"루의 가장으로서 숲가의 모든 가장들에게 고하겠다. 루는 여섯 개의 씨족을 거느렸으며 전체 친족의 인원은 백 명이 넘는다. 이만한 힘을 지닌 씨족은 숲가에 달리 없다. ……이 말에 이의를 제기하는 자가 있는가?"

반론하는 자는 없었다.

돈다 루는 한층 대담하게 입가에 미소를 지었다. "한편 슨가는 일곱 개의 씨족을 거느렸으며 전체 친족의 인원은 마찬가지로 백여 명이다. 하나 대죄를 범한 슨가를 제외하면 그 인원은 70명쯤 될 터. ……향후 그 씨족들을 통솔할 자는 자자인가? 아니면 돔인가?"

"그건 이 자리에서 정할 수 없는 문제다. 당장은 자자와 진과 돔이 힘을 합해서 친족을 이끌어 갈 수밖에 없다."

두 눈에 원통한 불꽃을 이글거리며 자자의 가장이 낮게 대답했다.

"과연."

돈다 루는 다리 사우티 쪽으로 시선을 날렸다.

"그에 버금가는 씨족은 사우티일 터. 네놈들은 혈연관계를 얼마나 맺었느냐?"

"사우티는 다섯 개의 씨족을 거느렸으며 그 인원은 60명 정도다. 루가에는 훨씬 못 미친다."

"흥. 그래도 슨가를 잃은 북쪽 일족에 뒤지지 않는 인원이로군."

돈다 루는 만족스럽게 말하면서 두 눈을 더 힘차게 이글거렸다.

"그럼 여기서 제안하지. 족장 집안을 잃은 숲가의 백성은 루와, 사우티와, 자자를 포함한 북쪽 일족을 족장으로 하는 게 어떻겠는가?"

"뭐라고?!" 하고 소리친 것은 역시 자자의 가장이었다.

"루와, 사우티와, 우리가 족장아 된다? 루의 가장이여, 도대체 무슨 의미인가?!"

"의미고 나발이고 없다. 아무리 루가의 규모가 클지라도 이 광대한 숲가의 양끝까지 다 관여할 재간은 없지. 북단과 남단에는 각각 큰 씨족이 자리 잡고 있으니 그 힘을 활용할 수밖에 없지 않느냐?"

"하지만 그건……."

"세 개의 씨족이 숲가를 통솔한다. 제노스와의 인연도, 그 포상금도 세 명의 족장이 맡아서 독이 아닌 약이 되게 하는 거지. 이보다 훌륭한 대책이 있으면 말해봐라. 자자와 사우티뿐만이 아니다. 나는 모든 씨족의 가장들 전원에게 묻고 있다."

형형히 빛나는 돈다 루의 눈이 다시 가장들의 모습을 훑어봤다.

"언젠가 루나 사우티에 뒤지지 않을 씨족이 나타나면 그 녀석에게도 족장의 자격을 부여하지. 어쨌든 숲가를 통솔할 족장은 한 명으로는 부족할 터. 그 한 명이 부패하기만 해도 숲가의 앞날은 닫힌다. 슨가 녀석들이 몸소 증명해준 사실이 아니더냐."

줄로 슨은 아무런 반응도 없었다.

선대 가장으로부터 부정적인 유산을 물려받아 나태한 삶에 몸을 고스란히 바친 숲가의 전(前) 족장은 벌써 죽은 사람 같은 표정으로 고개를 숙이고 있을 뿐이었다.

"내 말에 찬성하는 자는 일어서라! 이견이 있는 자는 앉아서 자신의 주장을 펼쳐라!"

루의 친족들은 신속히 일어섰다.

작은 씨족의 가장들도 하나둘 일어서고── 나와 아이 파도 일어섰다.

마지막까지 고민하던 사람은 역시 북쪽과 남쪽의 일족들이었다.

갑자기 족장 집안으로서의 책임을 맡으라고 선고받은 그들은 얼마나 놀라고 또 곤혹스러울까.

그럼에도 이윽고 다리 사우티 일행이 일어서고── 마지막으로 자자와 돔의 가장들도 일어섰다.

만장일치로 결정된 것이다.

돈다 루는 엄격한 표정으로 고개를 끄덕였다.

"숲가의 백성으로서 긍지를 잃지 않고 사우티와 자자와 손을 맞잡아 일족에 올바른 길을 제시할 것을 루가의 가장 돈다 루는 이 자리에서 맹세한다."

"……사우티가의 가장 다리 사우티도 숲가에 도움이 될 것을 맹세한다."

한때 슨의 친족이었던 자들은 잠시 망연히 서 있었지만, 이윽고 자자의 가장이 낮게 말했다.

"우리는 앞으로 친족의 씨족장을 정할 것이다. 누가 씨족장이 되든 숲가의 백성으로서 부끄러움 없는 길을 걸어가겠노라 이 자리에서 맹세한다."

"아직 정신을 덜 차렸군. 네놈들이 당장 해야 할 일은 그 친족의 씨족장을 정하는 거다."

돈다 루가 입가를 일그러뜨리며 웃자, 자자의 가장은 "시끄럽다!" 하고 내뱉었다.

"그럼 사우티와, 일단 자자의 가장 이외에는 편하게 있도록. ……우선 오늘 밤에 정해야 할 사항이 있다."

그 말대로 우리는 다시 자리에 앉았다.

완전히 돈다 루의 독무대였다.

"슨 본가의 처우를 어떻게 했으면 좋겠나? 우선 우리가 길을 제시한 다음 다른 가장들에게 물어봐야겠지."

돈다 루의 말에 분위기가 단숨에 긴장되었다.

"나는…… 역시 오늘 밤 죄를 지은 자와, 가장 줄로 슨을 처단해야 한다고 생각한다."

다리 사우티가 바로 대답했다.

"장남 디가 슨, 차남 도드 슨, 장녀 야밀 슨, 그리고 분가의 테이 슨. 가장 줄로 슨을 포함한 이들 다섯 명의 죄는 명백하다."

"흥. 그 말인즉 숲의 은혜를 훼손한 죄는 줄로 슨에게만 적용한다는 게로군. ……그럼 칼을 뽑은 것도 아닌 장녀에게는 어떤 벌을 줄 작정인가?"

"그건…… 좀 어려운 문제로군. 그런데 장남 일행에게 꾀를 가르쳐준 사람이 그 장녀인 만큼 동일한 벌을 줘야겠지."

그 말은 도드 슨이나 테이 슨과 함께 오른팔을 베어내겠다는 뜻일까?

내 입안에 쓰디쓴 맛이 퍼져 나갔다.

그런데 뒤이은 자자의 가장의 발언은 훨씬 가혹했다.

"나는 본가 사람 전원에게 속죄를 시켜야 한다고 생각하네. 숲의 은혜를 훼손하는 대죄를 범하고 그 죄를 분가 사람에게까지 강요한 죄는 무겁다. 전원 머리 가죽을 벗겨야 한다."

"호오. 한데 본가 여자라고 해도 분가 사람한테 그런 일까지 강요할 힘은 없을 텐데? 분가 사람은 용서하고 본가 여자에게는 목숨으로 속죄를 시키다니, 앞뒤가 안 맞지 않은가?"

"음…… 물론 그 생각도 안 한 것은 아니지만…… 원래는 분가 사람들도 똑같이 심판을 받아 마땅하다. 본가 사람에게는 피로써 분가 사람의 몫까지 속죄시킬 수밖에 없을 테지."

그 어린 츠바이 슨에게까지 사형을 선고한다는 걸까.

그것이 청렴하고 가혹한 숲가의 풍습이라 해도 나는 도저히 용인할 수 없다.

"……하나만 말해도 될까?" 하고 그때 야밀 슨이 입을 열었다.

살기를 동반한 수많은 눈빛이 그녀에게 날아들었다.

"아무것도 모르는 것 같으니 가르쳐주지. ……슨가를 부패하게 만든 장본인은 선대 가장인 자츠 슨이야."

가장들 사이로 살기의 내압이 올라갔다.

그럼에도 야밀 슨은 차갑게 얼어붙은 표정으로 담담히 말을 자아냈다.

"자츠 슨은 독의 화신 같은 남자였지. 그 남자와 오랜 시간을 같이한 사람일수록 영혼이 썩어갔어. 약 10년 전 병마로 쓰러질 때까지 그 남자는 가장으로 군림해서 본가 사람의 영혼을 좀먹었다고."

"하! 무슨 소리를 하나 싶었더니, 마음대로 일어서지도 못하는 자츠 슨에게 모든 죄를 덮어씌울 속셈인가! 네놈은 참으로 비열한 인간이군!"

자자의 가장이 분노한 얼굴로 고함을 질렀다.

야밀 슨은 변함없는 표정으로 그쪽을 흘끗 봤다.

"모든 죄가 그 남자에게 있다고는 말하지 않았어. 다만 그 남자의 독에 침식되지 않은 사람도 있다는 말을 하고 싶었을 뿐이야. ……12년 전에 시집온 오우라 슨, 그 무렵에 태어난 츠바이 슨, 그리고 태어났을 때부터 마음의 일부가 결여된 미다 슨…… 이 세 사람은 자츠 슨에게 영혼을 좀먹히지도 않았을 뿐더러 분가 사람과 동일한 죄밖에 저지르지 않았어."

그리고 야밀 슨은── 앉은 채 이마가 바닥에 닿도록 머리를 깊이 숙였다.

"그러니 분가 사람을 용서한다면 이 세 사람도 용서해주길 바라. ……영혼을 좀먹힌 건 우리뿐이니."

"무슨 소리야! 왜 그런 이상한 소리를 하는데!"

어린 까닭에 결박되지 않았던 츠바이 슨이 용수철 인형처럼 불쑥 튀어 올랐다.

감시역으로 지키고 서 있던 루도 루가 당황한 모습으로 츠바이 슨의 목덜미를 잡아 쥐었다.

"바보야, 움직이지 마, 땅꼬마."

"시끄러워! 슨가의 앞날을 제일 많이 걱정한 사람은 야밀이었잖아! 그런 야밀이 왜 죽어야 하는데!"

"그건 이런 방법 말고는 슨가를 구할 길을 찾지 못했기 때문이야."

야밀 슨은 고개를 들어 입꼬리를 살짝 올렸다.

"나는 디가와 도드보다 먼저 태어났지. 그만큼 자츠 슨에게 나쁜 영향을 많이 받았어. 내 영혼은 돌이킬 수 없을 정도로 부패하고 말았지."

"언제 태어나든 무슨 상관이야! 야밀도…… 가족이잖아!"

츠바이 슨의 커다란 눈에서 눈물이 주르륵 넘쳐흘렀다.

그러고는 루도 루에게 목덜미를 붙잡힌 채 아버지와 오빠들 쪽을 노려봤다.

"쓸데없는 짓은 항상 당신들이 했잖아! 얼간이인 당신들 때문에 야밀이 이렇게 된 거라고! 몸져누워 있기만 한 할아버지가 뭐가 그렇게 무서워서?! 모처럼 들어온 돈을 어째서 더 제대로 된 일에 사용하지 못한 거냐고!"

줄로 슨 일행은 대답이 없었다.

아직 이 파멸적 상황을 현실로 인식하지 못했는지 그들은 말없이 고개를 숙이고 있을 뿐이었다.

각 씨족의 가장들은 몹시 동요한 기색으로 서로 얼굴을 마주봤다.

이윽고 입을 연 사람은 자자의 가장이었다.

"역시 죄의 크기에 따라 달리 처벌하기는 어렵지 않은가? 차라리 규율대로 본가 사람과 분가 사람을 모두 처단하는 편이 옳다는 생각마저 드는군."

"너무 성급하지 않은가? 40명이나 되는 사람의 생명을 쉬이 여겨서는 안 되네. ……돈다 루는 어떻게 생각하지?"

다리 사우티의 질문에 돈다 루는 잠시 침묵했다.

그러고 나서 슨가 사람들을 훑어보더니 다소 무겁게 입을 열었다.

"……나는 10년 전부터 슨가의 죄를 물어왔다. 더 거슬러 올라가면 내 아버지는 20년 전부터 슨가의 죄를 물어왔지. 그 말을 외면하고 슨가를 지켜온 것은 슨의 친족인 자자나 진이었다. ……자자나 진이 방해하지 않았더라면 분명히 내 아버지는 20년 전에 자츠 슨의 목을 쳤을 터."

자자의 가장은 분하다는 듯 입술을 깨물었다.

"지금으로서는 할 말이 없다. ……그런데 그게 어쨌다는 건가?"

"슨의 인간은 구제불능이다. 특히 장남과 차남은 비열하기 짝이 없지. 한데 족장 집안을 부패하게 만든 게 누군가? 슨가를 지키려 한 네놈들에게도, 슨가를 심판하지 못한 우리에게도── 그리고 힘이 없다는 이유로 아무것도 하지 못한 작은 씨족 사람들에게도 큰 책임이 있는 것 아닌가?"

돈다 루의 두 눈이 전에 없이 고요히 타오르는 듯 보였다.

"나는 선대 가장 자츠 슨과 현재 가장인 줄로 슨을 제외한 전원에게 단 한 번의 기회를 줘도 좋다고 생각한다."

"단 한 번의 기회?"

"그렇다. 숲가의 백성으로 살다 죽을 마지막 기회 말이다. ……물론 본인들이 그걸 받아들일 각오가 있다면 말이지."

◇

우리는 멀리 제사당이 보이는 위치에 자리를 잡았다. 그러고는 졸음을 견디며 간간이 이야기를 나누었다.

"내가 그동안 돈다 루라는 사람을 잘못 보고 있었나 봐. 자자의 가장처럼 완강한 고집쟁이인 줄 알았거든."

돈다 루가 내린 결론.

그것은 루나 자자처럼 힘 있는 씨족이 슨 본가 사람들을 각각 가족으로 받아들인다는 것이었다.

물론 며느리나 사위로 삼는다는 일반적인 방식은 아니다. 슨의 이름을 버리고 원래 가족과의 인연을 끊게 하고 신분이 가장 낮은 존재로 그 집의 일에 종사시키는 것이다.

그 후 개과천선을 인정받은 자에게는 그 집의 이름을 주어도 좋다.

인정받지 못하면 핏줄을 남길 기회도 주어지지 않은 채 죽는 것이다.

더없이 가혹한—— 그러면서도 숲가에는 전례가 없는 구제의

길이었다.

 자자나 사우티뿐만 아니라 모든 가장들이 당혹감을 감추지 못했지만, 최종적으로는 돈다 루의 의견이 받아들여졌다.

 "돈다 루는 규율이나 관습을 중요시하는 사람이 아니야. 굳이 따지자면 자신의 기분이나 감정을 어떻게 하면 규율이나 관습에 들어맞게 할 수 있는지 애쓰는 사람이지."

 눈이 부신다는 듯 혹은 졸린 듯 눈을 가늘게 뜬 아이 파가 그렇게 대답해주었다.

 "그래도 뭐, 큰 소란이 일어났는데도 한 사람도 피를 흘리지 않고 해결된 건 확실히 놀랄 만한 일일지도."

 "그러게, 정말 안심했지 뭐야."

 아직 모두의 행선지가 정해진 것은 아니지만 위험인물인 디가 슨과 도드 슨만은 돔가로 들어가기로 정해졌다. 북쪽 일족 중에서도 특히 용맹스럽기로 유명한 돔가의 가족이 되어 사냥꾼의 일을 하게 된 모양이다.

 "사냥꾼의 일이라니, 저 얼간이 놈들한테는 사형이나 다름없잖아" 하고 몰래 중얼거리던 루도 루의 말에 뭐라 표현할 수 없는 기분을 맛보았지만, 그럼에도 머리 가죽을 벗기거나 오른팔을 베어내는 것보다는 훨씬 낫다.

 어젯밤에는 죽이고 싶을 만큼 증오했던 상대인데 아이 파가 무사한 이상 죽기를 바라는 마음까지는 들지 않았다.

 다만—— 두 번 다시 만나고 싶지 않다는 마음은 숨길 수 없는 본심이다.

"미다 슨이나 야밀 슨은 어느 집에 들어가려나. 어지간한 씨족이 아니면 감당하기 어려울 텐데."

"글쎄. 그야말로 루가로 들어가는 거 아닌가 모르겠군."

어쩐지 심기가 불편한 듯한 말투에 놀라서 돌아보니 아이 파가 가늘게 뜬 눈으로 나를 싸늘하게 보고 있었다.

"……아스타, 넌 대체 여자의 알몸을 몇 명이나 봐야 직성이 풀리지?"

"뭐? 그거였어?! 알몸이고 나발이고 온몸에 피 칠갑을 해서 얼마나 끔찍했는데!"

"피 칠갑을 하지 않았으면 좋았겠다는 소린가?"

"그런 의도는 없어! 아니, 사람을 나쁘게 말하는 데도 정도가 있지! 내가 지금껏 알몸을 본 사람은 이 세상에 단 한 명, 아이 파 너뿐이라고!"

관자놀이를 팔꿈치로 얻어맞았다.

그 순간 커다란 사람 그림자가 다가왔다.

"뭐 하는 건가? 알몸이 어떻고 하는 말이 들린 것 같은데."

"아야, 아파라…… 아뇨, 아무것도 아니에요. 다리 사우티, 무슨 일이에요?"

"아니, 나도 좀 쉬고 싶었을 뿐이다. 사우티의 촌락으로 가기 전에 해결해야 할 문제가 워낙 많아서 말이지."

본가 사람들의 행선지 선정.

분가 사람들의 처우.

식량 창고에 비축된 숲의 은혜의 처분.

숲의 훼손 상태 조사.

그리고— 자츠 슨과 줄로 슨의 처단이 남았다.

"우선 당장 처단하지는 못하게 되었지. 줄로 슨에게는 제노스와 어떤 식으로 교류해왔는지 알아내야 하고, 자츠 슨은— 어차피 몇 달 남지 않은 몸인 듯하니."

"그렇군요……."

슨가는 족장 집안의 권위를 박탈당하고 세 개의 씨족이 그 자리를 물려받게 되었다.

그 사실에 대해 제노스는 어떤 반응을 보일까.

슨가와는 달리 숲가의 백성의 긍지를 지닌 새로운 족장들과 제노스의 유력자들은 바람직한 인연을 맺을 수 있을까.

그 부분에서도 새로운 시련이 시작될 것이다.

"어제 그 건은 부디 잘 부탁합니다."

"알겠다. 성 사람이 법을 왜곡하면서까지 숲가의 백성을 옹호하고 있었다니 기가 막히는군. 그동안 마을 사람들이 우리를 그런 눈으로 봤다고 생각하니 불쾌하기 짝이 없다."

다리 사우티가 주먹으로 손바닥을 탁 쳤다.

"여행객을 습격하고 여자를 납치하고 농작물을 빼앗다니— 슨가 사람이 정말 그런 죄까지 범했단 말인가?"

"잘 모르겠어요. 그런데 분가 사람에게는 악행을 저지를 만한 기력도 없어 보였으니 본가 사람이 행동의 자유를 잃은 오늘 이후에 그런 이야기가 나오지 않는다면 역시 슨가의 소행이었다는 걸 알게 되겠죠."

"그게 진실이라면 역시 장남과 차남에 대한 처분은 약하다는 생각이 드는군. ……뭐, 돔가로 들여보낸다는 처분이 그리 약하지는 않겠지만."

돔가가 그 정도로 가혹한 일족인가?

하긴, 자자나 진보다 과묵하고 기바의 두개골을 뒤집어쓴 돔의 가장 일행의 분위기는 확실히 단연 무시무시해 보였다.

"테이 슨이라는 분가의 남자도 그렇군. 그자도 돔가로 들여보내자고 건의할 생각이다."

"네? 그래요?"

"그래. 그자는 혈통이 끊긴 까닭에 본가에서 함께 살았다더군. 그럼 본가 사람과 똑같이 다루어 마땅하지. ……그리고 그 남자는 가장의 아내인 오우라 슨의 아버지이기도 하다."

나는 말문이 막히고 말았다.

요컨대 줄로 슨의 장인이자 츠바이 슨의 할아버지라는 소리가 아닌가.

그런 인물이 본가 사람들이 시키는 대로 했단 말인가.

마지막 순간까지 엄청나게 깊은 어둠을 엿본 것 같은 기분이었다.

"……그럼에도 인생의 마지막에 사냥꾼의 삶을 살 수 있다면 그런대로 행복하지 않겠나. 태어났을 때부터 사냥꾼의 긍지를 지니지 못한 본가의 장남과 차남과는 달리 그 테이 슨이라는 남자에게는 사냥꾼으로 살던 시대도 있었으니."

그렇구나. 이미 쉰 살을 넘었다면 젊었을 때는 기바를 열심히 사냥했다는 이야기다.

그런 상태에서 사냥꾼의 긍지를 빼앗겼다면—— 얼마나 비참했을까.

도대체 그는 어떤 마음으로 디가 슨 일행을 따랐을까. 썩은 생선 같은 눈동자가 되기 전에는 어떤 사람이었을까.

그런 생각을 하고 있자니 어쩐지 가슴이 욱신거리며 아파왔다.

"거기까지 생각해서 돈다 루는 그 녀석들에게 마지막 기회를 주자고 했을지도 모르겠군. 분하지만 나와 자자의 가장은 아직 돈다 루만큼 족장의 자질을 갖추지 못한 것 같다."

다리 사우티는 그렇게 말한 뒤 발길을 되돌렸다.

"같은 잘못을 저지르지 않고 같은 비극은 되풀이하지 않도록 우리는 백성에게 바른 길을 제시해야 할 것이다. ……그럼 나중에 또 보도록 하지, 파가의 아스타와 아이 파."

"네, 그럼."

나는 인사를 했지만 아이 파는 여전히 말이 없었다.

그러고 보니 아까부터 계속 조용하다 싶어 그쪽을 돌아본 순간—— 아이 파의 머리가 내 오른쪽 어깨에 톡 부딪어 왔다.

아무래도 나와 다리 사우티가 대화하는 사이 깜빡 잠들어버린 모양이다.

하긴, 어젯밤에는 아마 두세 시간밖에 자지 못했을 테니 무리
도 아니다. 급기야 그런 소동이 벌어졌으니 누구나 다 몹시 지
쳤을 것이다.

'그래도—— 우리 일은 그럭저럭 해낸 거지?'

그리고 내일부터는 역참 마을에서 다시 장사를 해야 한다.

오늘도 재료의 밑 준비 작업이 기다리고 있다.

조금은 쉬어야지 안 그러면 몸이 견디질 못한다. 그런 생각을
하면서 나도 아이 파 쪽으로 체중을 싣고 무거운 눈꺼풀을 감기
로 했다.

입가심 /// ~ 은 항아리 ~

한 집단이 불모의 황야를 동쪽에서 서쪽으로 질주하고 있었다.

두 마리 토토스가 끄는 마차가 다섯 대. 그 마부대(마차에서 마부가 앉는 자리)에서 고삐를 잡은 사람은 하나같이 피부가 검은 동쪽 왕국 시무의 백성이었다.

그들은 상단 《은 항아리》의 단원들이다.

단원들을 이끄는 젊은 단장 슈미랄 디 사둠티노는 선두를 달리는 마차의 짐받이에 앉아 창밖으로 흘러가는 풍경을 조용히 구경하고 있었다.

해는 이미 서쪽 끝으로 기우는 중이었다.

붉게 물든 석양에 비친 것은 아무도 살지 않는 변경 구역의 살풍경이었다.

대지는 마르고 쩍쩍 갈라져 있다. 나무는 선 채로 말라죽어 아무런 은혜도 기대할 수 없어 보였다. 남쪽으로 내려가면 여기보다 더 황량하고 뜨겁게 타오르는 사막지대가 기다리고 있다. 이곳은 탐욕스러운 돌의 도시의 주민들에게도 버려진 불모의 자유 국경 지대다.

그들이 마차를 타고 달리는 곳도 모래가 훤히 드러난 길 아닌 길이었다. 웬만큼 단련된 사람이 아니면 갑자기 나타나는 바윗

덩어리에 토토스의 발이 걸리거나 마차 바퀴를 부딪거나 해서 곧바로 다시 출발하기 힘들 것이다.

그런데 그들은 숙련된 여행객이었다.

《은 항아리》는 해마다 한 번씩 이 거친 길을 돌파해서 서쪽 왕국 셀바까지 원정을 나선다.

시무에서 셀바까지 가려면 크게 두 가지 길밖에 존재하지 않는다. 북쪽 왕국 마휴도라와의 국경을 지나가거나, 혹은 이 불모의 남쪽 자유 국경 지대를 지나가는 것이다.

북쪽 길은 정비되어 있는 대신 도적이 많다. 남쪽 길은 남에게 피해를 입을 확률은 적지만 자연 자체가 적이 된다. 위험한 정도로 따지면 별 차이는 없을 것이다. 그들은 《은 항아리》가 결성된 선대부터 자신들의 선택에 의해 도적이 아닌 자연을 상대로 하는 시련을 겪어왔다.

그러나── 불모의 땅에서도 도적의 존재가 전무한 것은 아니다.

그 사실을 그들은 오랜만에 체감하게 되었다.

"슈미랄."

마부대에서 고삐를 쥔 젊은이가 그를 불렀다.

"네."

슈미랄은 그쪽으로 몸을 내밀었다.

거의 다 저문 불길의 원반을 등지고 몇몇의 검은 그림자가 이쪽을 향해 오고 있었다.

토토스를 탄 도적 떼였다.

인원은 열 명쯤 될까. 그중 몇 명은 번쩍번쩍한 은색의 만도를 치켜들고 있다.

전방에서 이리로 오고 있는 이상 이쪽도 도망갈 수는 없는 노릇이다. 게다가 무거운 짐을 끌고 있는 토토스로 도적을 따돌리기란 불가능하다. 슈미랄은 잠시 고민하고 나서 동포에게 신호를 보내 마차를 정지시키기로 했다.

"허, 뭘 좀 아는 상인 놈들이구먼. 그대로 얌전히 있으면 목숨만은 살려주지."

도적들이 흩어지더니 마차 다섯 대를 에워쌌다.

그중에서 유독 몸집이 큰 남자가 만도를 손에 쥐고 다가왔다.

갈색 곱슬머리를 한 서쪽 백성이었다.

꾀죄죄한 조끼와 허리 가리개를 둘렀으며 가죽끈에는 물통과 헝겊 주머니를 매달고 있었다. 퇴물 용병인지 토토스의 고삐 다루는 솜씨가 제법 능숙해 보였다.

슈미랄은 마부대 옆에 서서 도적 떼의 두목으로 보이는 인물과 상대했다.

"당신들, 북쪽에서, 왔습니까?"

"뭐? 우리가 마휴도라의 백성으로 보이냐? 네놈들은 그 야만족하고도 인연을 맺은 거냐?"

"그런 의미, 아닙니다. 서쪽 백성인 것, 알고 있습니다. 다만, 여기보다 북쪽 구역에서 왔는지, 묻는 겁니다."

"영문을 모르겠는 녀석이군! 뭐, 서쪽 말을 지껄이는 걸 보니 수준이 높은 시무인일지도 모르겠지만!"

남자가 코웃음을 치자 그에 추종하듯 여기저기서 상스러운 웃음소리가 들렸다.

슈미랄은 그들을 무표정하게 쳐다봤다.

"당신들, 살갗, 붉게 그을었습니다. 그러므로, 남쪽으로 온 지 얼마 안 된다, 생각했습니다. 서쪽 백성, 남쪽에서 태어난 사람, 피부, 더 누렇습니다."

"그게 뭐 어떻다는 건데? 시간 벌어봤자 소용없다고. 이런 변경에는 경비대도 얼씬도 하지 않으니."

"이 구역, 시무의 백성을 습격하는 도적, 적습니다. 우리, 열 명 있습니다. 그쪽도 열 명입니다. 보통, 도적, 우리, 피합니다."

"……뭐? 뭐라고 지껄이는 거야?"

"한 명의 시무 백성, 습격한다, 인원 다섯 명, 필요합니다. 당신들, 오십 명, 필요합니다."

슈미랄이 그렇게 단언함과 동시에 두목 남자가 "으악!" 하고 몸을 젖혔다.

남자는 그대로 땅바닥에 떨어지고 주인을 잃은 토토스는 어리둥절해하며 길쭉한 목을 갸웃했다.

"두, 두목? 대체 어찌 된 일이예요?!"

"네놈들, 대체 무슨 짓을 한 거냐!"

나머지 도적들이 무기를 치켜들었다.

그것을 곁눈질하며 슈미랄은 느긋하게 말을 덧붙였다.

"시무 백성, 무력, 없습니다."

세 명의 남자가 앞다투듯 토토스에서 떨어졌다.

슈미랄의 동포들이 바람총으로 공격하고 있었던 것이다.

그 바람총의 화살촉에는 사람을 순식간에 마비시키는 바나기우스라는 독이 발라져 있었다.

"나머지, 여섯 명입니다. 약탈, 포기합니까?"

슈미랄이 조용히 압박했다.

"전원, 의식을 잃는다, 위험합니다. 도움 없이, 변경, 밤을 보낸다. 죽음, 면할 수 없습니다."

남자 한 명이 더 떨어졌다.

이제 절반만 남게 된 남자들은 정신이 나가서 마구 소리를 질러댔다.

"이, 이 녀석들은 시무의 주술사다!"

"가까이 가면 저주를 받을 거야!"

서쪽과 남쪽 백성은 약초와 독초를 다루는 데 능한 동쪽 백성을 주술사, 혹은 마법사로 부르며 두려워했다. 그 풍설을 이제 그들도 알게 되었으리라.

"인간, 죽인다, 본의가 아닙니다. 약탈, 포기했으면, 동포, 함께, 돌아가십시오."

나머지 도적들이 당장에라도 도망치고 싶어 하는 낌새였기에 슈미랄은 그렇게 경고했다.

바나기우스의 독화살에 맞은 사람은 한나절 정도 몸을 움직이지 못한다. 이대로 놔두면 다섯 남자는 무방비한 상태로 밤을 보내게 된다.

"아무쪼록, 바르게 살아가십시오. 당신들의 신, 당신들의 삶, 지켜봅니다."

남자들은 창백한 얼굴로 슈미랄 일행의 동향을 경계하면서 그럼에도 바닥에 떨어진 동료들을 구출하기 시작했다.

그러고는 주인을 잃은 토토스의 고삐를 쥐고 북쪽으로 쏜살같이 도망쳤다.

"그럼, 갑시다."

슈미랄의 신호에 다섯 대의 마차가 다시 전진하기 시작했다.

고삐를 쥐면서 젊은 동포가 슈미랄을 돌아보았다.

"서쪽 백성, 도적, 많습니다. 그들, 왜, 바르게 산다, 하지 않습니까?"

《은 항아리》의 단원은 서쪽 말을 빨리 습득하기 위해 가급적 평소에도 모국어를 쓰지 않도록 주의하고 있다.

"그들, 아마도, 일하는 장소, 없겠지요. 일 없다, 그런 까닭에, 약탈로 살아가려 합니다."

"서쪽 왕국, 동쪽 왕국보다, 넓습니다. 그런데, 일, 없습니까?"

"네. 그런 까닭에, 영토 쟁탈, 끊이지 않을지도 모릅니다."

서쪽 왕국 셀바는 오랜 옛날부터 북쪽 왕국 마휴도라와 영토 쟁탈에 열을 올리고 있었다.

다만 동쪽 왕국 시무도 남쪽 왕국 자갈과는 여전히 평화로운 관계를 구축하지 못하고 있다. 국경에서 멀리 떨어진 초원 지역에서 나고 자란 슈미랄 일행에게는 거의 실감을 할 수 없는 이야기였지만, 지금도 양국은 어디선가 다투고 있을 터였다.

"······시간, 빼앗겼습니다. 길, 서두릅시다."

거의 저물어가는 해를 목표로 그들은 황야를 쉬지 않고 달렸다.

서쪽 왕국 셀바의 입구인 변경 도시 제노스까지 가려면 닷새는 더 가야 할 터였다.

◇

도적 떼를 물리친 뒤 얼마 안 있어 밤의 장막이 드리워졌다. 어스레한 너머로 야영의 불빛을 발견했다.

제법 규모가 큰 화톳불이었다. 불모의 땅에서도 다른 여행객과 마주치는 일은 적지 않지만, 화톳불의 규모가 어쩐지 심상치 않게 느껴졌다.

"뭘까요? 서쪽 백성, 상단일까요?"

슈미랄은 동포의 물음에 대답하지 않은 채 어둠 너머를 가만히 응시했다.

수많은 사람이 저녁 식사 준비를 하고 있는 것처럼 보였다. 그 인원은 일이십 명을 훌쩍 넘어 보였다.

"속도, 늦춰주십시오. 자극, 피합시다."

슈미랄은 어떤 예측을 했다.

그리고 그 예측은 얼마 되지 않아 확증을 얻게 되었다.

화톳불 곁에 서 있던 남자가 슈미랄 일행을 보자마자 노성을 질러댄 것이었다.

"네놈들, 동쪽 백성이 아니더냐! 우리 촌락에는 무슨 용건이냐!"

갈색 머리에 녹색 눈동자, 붉은 기가 도는 흰 피부에 땅딸막한 체구.

그는 남쪽 왕국 자갈의 백성이었다.

그 남자의 목소리에 이끌려 어둠의 저편에서 새로운 사람 그림자가 떼 지어 몰려들었다. 그들은 손에 자신들의 키보다 긴 창을 쥐고 있었다.

"우리, 상단, 《은 항아리》입니다. 서쪽 마을, 제노스, 가고 있습니다."

이곳은 자유 국경 지대다. 왕국에 상관없이 누구든 발을 들여 놓을 수 있으며 어떤 왕국의 법에도 보호되지 않는다. 이런 곳에서 적대국인 시무와 자갈의 백성이 마주치는 것은 위험한 일이었다.

게다가 자갈의 백성들은 다 합해서 백여 명은 되어 보였다. 싸움이 일어나면 아까처럼 독화살로는 감당이 되지 않을 것이다.

"상단이라고? 하! 불길한 변경 구역을 지나가면서까지 장사를 하다니. 네놈들의 끝없는 탐욕에 혀를 내두를 지경이구나!"

처음에 노성을 질러댔던 장년의 남자가 악의를 노골적으로 드러내며 말했다.

"그런데 여기는 우리 촌락이다! 동쪽 백성이 멋대로 굴게 내버려 둘 수는 없지! 썩 물러가든가, 아니면 끝까지 싸우든가, 얼굴이 시커먼 시무 신에게 여쭈어봐라!"

"싸울 마음, 없습니다. 우리, 서쪽으로 가고 싶다, 그뿐입니다."

"그럼 우리 촌락을 피해서 가라! 이 불 안쪽으로 한 발자국이라도 들어오면 침략 행위로 간주하겠다!"

자유 국경 지대에서 협박당할 이유는 없다.

하지만 혈기 왕성한 자갈 백성과 언쟁하는 우를 범하지 않고 슈미랄은 토토스의 머리를 북쪽으로 향하게 했다.

점점이 원을 그리는 형태로 불이 켜진 화톳불을 크게 우회해서 서쪽으로 향했다. 그동안 자갈의 남자들은 나무창을 손에 들고 슈미랄 일행의 동향을 살피고 있었다.

"슈미랄, 원의 중앙, 몇 채의 집, 있는 것 같습니다."

낮게 속삭이는 동포의 목소리가 들렸다.

"어느새, 촌락, 지은 걸까요? 반년 전, 같은 길, 왔을 때, 저런 것, 없었습니다."

"네. 반년 사이, 지은 것 같습니다."

"왜입니까? 자갈의 영토, 사막보다 남쪽, 아주 멉니다. 이 구역, 도적, 독벌레, 식인 왕도마뱀, 위험합니다. ……그리고, 토지, 메말랐습니다."

"그렇습니다만, 이 부근, 샘물, 있을 겁니다. 시간을 들이면,

논밭, 일구는 것, 가능합니다."

그렇기 때문에 슈미랄 일행도 이 부근을 오늘의 야영지로 하기 위해 달려온 것이었다.

"그들, 주거지, 내몰렸을 겁니다. 이 땅, 새로운 고향, 정한 겁니다."

"그럼, 우리의 여행, 앞으로 더, 곤란해지겠군요."

그들이 성채라도 쌓아버리면 확실히 시무의 백성이 이 구역을 지나가는 것도 어려워진다.

하지만 슈미랄은 그 정도로 위기감을 느끼지는 않았다.

"성채, 쌓으면, 위험합니다. 하지만, 그럴 힘, 내는 것, 불가능합니다. 조금 멀리 돌아가고, 그것으로 충분합니다."

백 명 안팎의 인원으로 불모의 황야 한가운데에 촌락을 짓는 일. 그것이 얼마나 어려운 일인지는 불 보듯 훤했다. 그것을 성채로까지 발전시키는 일은 도저히 불가능하다고 생각되었다. 그들에게는 하루하루를 살아가는 일조차 신의 비호가 필요할 터였다.

그러나 그런 삶을 선택할 수밖에 없는 상황이 그들 앞에 닥쳤다는 셈이다. 어쩌면 동쪽 왕국과의 전란으로 살 곳을 빼앗겼을지도 모른다. 그렇게 생각하면 모든 것은 시무 신의 뜻이었다.

"화톳불, 보이지 않을 때까지, 멀리 갑시다. 그렇게 하면, 서로, 안심입니다."

횃불을 밝히고 숙연하게 전진했다. 몸을 숨길 장소도 마땅치 않은 불모의 황야이기 때문에 촌락의 화톳불이 보이지 않게 될 때까지는 토토스를 한 시간이나 달리게 해야 했다.

"이제 괜찮겠지요. 이 땅, 야영지, 정합니다."

짐승의 턱처럼 툭 튀어나온 거대한 바윗덩어리 그늘에서 슈미랄은 마차를 세웠다.

토토스를 마차에서 풀어주고 바닥에 박은 쇠말뚝에 고삐를 달아맸다. 다섯 대의 마차는 토토스를 에워싸듯 배치하고 중앙에 불을 피웠다. 각각의 마차에 탔던 열 명의 단원들이 미리 정해진 대로 움직이자 야영 준비는 곧바로 갖추어졌다.

"물, 보충, 못했습니다. 되도록, 사용, 삼가야 합니다."

슈미랄의 말에 저녁 식사 준비를 시작하려던 동포가 작게 고개를 끄덕였다.

내일 해가 중천에 걸릴 무렵에는 샘터까지 다다를 예정이지만, 거기서도 뭔가 예측 못한 사태가 일어나면 그야말로 생명에 위험이 닥친다. 여유 있을 때 아끼는 것은 당연한 판단이었다.

모닥불의 사방에 쌓인 돌 받침대 위로 커다란 쇠 냄비를 올려두었다.

냄비에 양을 맞춘 물을 부은 다음, 세 종류의 식재를 집어넣었다.

갸마의 육포와 말린 아리아, 그리고 민스콩이었다.

갸마는 시무 전역에 서식하는 짐승이다.

아리아는 시무뿐만 아니라 셀바와 자갈에서도 먹는 영양이 풍부한 채소다.

그리고 민스는 시무의 초원에서 나는 콩이다.

셀바나 자갈의 백성은 후와노나 포이탄 같은 곡물을 주식으로 하지만, 시무의 중앙부에서는 이 민스콩이 주식이다. 민스 역시 상하지 않도록 볶은 상태지만 물을 넣고 끓이면 말랑하게 돌아온다. 이 재료들을 치트 열매로 맵게 조린 것이 시무인 여행객이 야영할 때 주로 먹는 음식이다.

"슈미랄, 드세요."

완성된 요리를 나무 접시에 담아 제일 먼저 단장인 슈미랄에게 건넸다.

깔개 위에 앉은 슈미랄은 감사의 말을 하고 접시를 받아 들고 우선 나무 숟가락으로 국물을 떠먹었다.

치트 열매를 으깨서 빨갛게 끓인 매운 국물이었다.

갸마 육포에서 배어 나온 소금기가 매운 국물에 감칠맛을 더했다. 물의 양을 적게 끓여서 평소보다 간이 세다.

육포를 씹었더니 소금의 짠맛이 더 강하게 입 안에 퍼졌다.

혀가 얼얼해지면 물이 아닌 갸마의 시큼한 젖술로 입 안을 헹구었다.

하루 종일 마차 안에서 흔들리던 몸에 다양한 영양분이 스며드는 것이 느껴졌다.

다만 어디까지나 보존성을 중시한 휴대식량뿐이기에 빈말이라도 맛있다고 하기는 어려웠다. 고기는 나무껍질처럼 질기고 아리아와 민스콩도 당연히 신선해야 맛있는 법이다. 몸이 영양분을 원하지 않았더라면 그리 기쁜 마음으로 먹을 수 있는 음식이 아닌 것이다.

『제노스에 도착할 날이 몹시 기다려지는군요.』

느닷없이 옆에서 모국어로 말을 걸어왔다.

아직 《은 항아리》에 입단한 지 얼마 되지 않아 서쪽 말을 구사하지 못하는 최연소 동포였다.

『한 달이나 이런 음식만 먹었더니 물리는 건 어쩔 수 없네요. 저는 동쪽 백성인데도 키뮤스 고기나 마마리아 과실주가 그리울 지경입니다.』

『그러게. 나도 동감하네.』

슈미랄도 모국어로 대답하자 젊은이는 옳거니 하고 몸을 내밀어왔다.

『하지만 제노스도 풍요로운 마을인 것치고는 변변찮은 음식을 파는 가게가 많더군요. 성 밑 마을의 가게라면 더 훌륭한 음식을 먹을 수도 있지 않을까요?』

『글쎄. 성 밑 마을에서는 식사를 해본 적이 없어서 잘 모르겠군.』

『제노스도 성 밑 마을과 역참 마을은 완전히 다른 나라인 것 같더군요. 숙박은 어쩔 수 없이 역참 마을에서 하더라도 가벼운 식사라면 성 밑 마을에서도──.』

『어이』하고 그때 다른 동포가 말했다.

부단장 라다지드 기 나파시알이었다.

『아무래도 좋지만 감정이 너무 많이 드러났다. 조금은 주의하는 게 좋겠군.』

『그런가요? 제 딴에는 충분히 주의하고 있었습니다만.』

젊은이는 얼굴을 손바닥으로 찰싹대며 만지작거렸다.

라다지드는 조용히 고개를 가로저었다.

『표정은 움직이지 않았지만 동작이나 말투에서 감정이 드러났다. 시무 신은 모든 것을 지켜보고 계신다고.』

동쪽 백성은 감정을 표출하는 것을 수치로 여긴다.

젊은이는 등을 곧게 펴고 자세를 고쳐 앉았다.

『게다가 우리는 부를 얻기 위해 셀바로 향하는 중이지. 벌어들인 동전은 시무로 가지고 돌아가야 하며 헛되이 써서는 안 되네. 성 밑 마을에서 식사를 하다니 당치도 않아.』

『네, 그건 잘 알고 있습니다. ……하지만 역참 마을의 음식은 대부분 싱겁지 않던가요? 고기나 채소는 풍부한데 뭔가 허전한 느낌입니다.』

『서쪽 백성은 동쪽 백성만큼 향초를 많이 쓰지 않지. 간을 할 때 소금밖에 넣지 않으니 약간 싱겁게 느끼는 것도 당연하네.』

라다지드는 그렇게 말하더니 손에 든 나무 접시를 높이 올렸다.

『그래도 시든 아리아와 민스콩 국물을 먹는 것보다는 낫지. 맛이 부족하면 직접 치트 열매를 묻혀 먹게.』

『지당하신 말씀입니다』하고 젊은이도 동의를 표했다.

여기까지 오면서 과연 그들도 피로가 쌓였을 것이다. 시무의 영토에서 제노스까지는 매일 토토스를 달리게 해도 대략 두 달은 걸린다.

처음 한 달이 지나면 이제 인적이 드문 불모의 황야를 한없이 달려야 한다. 그때부터는 새로운 식재를 조달하지 못하기 때문에 휴대식량을 먹을 수밖에 없다.

하지만 그런 고생스러운 여행도 이제 닷새쯤이면 드디어 끝난다.

첫 목적지인 제노스에만 도착하면 그 후에는 마을에서 마을로 건너다니는 여정이기에 야외에서 밤을 지새울 일도 거의 없다. 그렇게 몇 달에 걸쳐서 서쪽 왕국의 영토를 돌아다니며 조국에서 가져온 상품을 판매한다. 그것이 슈미랄 일행《은 항아리》의 삶이었다.

조국 시무로 돌아갈 날은 아직 1년 가까이 남았다.

그들은 조국에서 보내는 시간보다 여행하는 시간이 몇 배는 더 길다.

동쪽 왕국 시무에서도 특히 평화로운 초원 지대에서 태어난 사람은 이렇듯 방랑한 삶에 몸을 던지는 자가 많다. 슈미랄 일행처럼 상단을 결성하는 대신 단독이나 소인원으로 셀바나 마휴도라를 여행하는 사람도 적지 않다. 한곳에 머물지 않고 발길 닿는 대로 흘러가는 것이 초원의 백성의 기질에 맞아서일 것이다.

'이번 여행에서는 어떤 만남이 기다리고 있을까.'

그런 생각을 하면서 슈미랄은 빈 나무 접시를 깔개 위에 두었다.

동포들도 거의 다 청빈한 식사를 마친 듯했다.

『그럼 쉬도록 합시다. 불침번은 동쪽 방향을 특히 경계하도록. 아까 그 자갈 백성들이 습격해 오지 않는다는 보장도 없으니 말이네.』

그리하여 이날 밤도 어제까지처럼 고요하게 깊어졌다.

◇

그로부터 나흘 뒤.

제노스까지 이제 하루 남짓한 지점에서 황량한 풍경에도 점차 변화가 찾아왔다.

"모르가 산, 보입니다."

고삐를 쥔 동포가 설핏 감정이 깃든 목소리로 말했다.

서쪽 끝에 암녹색의 거대한 숲 그림자가 보였다.

다양한 전승에 휩싸인 인적이 없는 비경의 산, 모르가였다.

명목상 모르가 산은 서쪽 왕국 셀바의 영토로 되어 있다. 하지만 그 산속에는 사람의 발걸음이 허락되지 않는다. 모르가 산에는 발브의 늑대, 마다라마의 구렁이, 그리고 야인이라는 흉악한 짐승이 서식하고 있고 산을 훼손하면 도시가 멸망한다는 이야기까지 전해 내려온다.

다만 예외적으로 그 산기슭의 숲에는 사람의 촌락이 지어져 있었다.

그것이 이른바 숲가의 백성—— 자갈을 버리고 셀바로 신을
갈아탄 『순종하지 않는 백성』인 숲가의 사냥꾼들이다.

숲가의 백성 역시 수수께끼에 휩싸인 일족이다.

그 정체는 옛 시대에 시무와 자갈의 피가 섞여 태어난 혼혈 일
족으로 알려졌지만, 그것도 풍설의 하나에 불과하다. 그들은 자
갈의 허락도 없이 『검은 숲』에 숨어 외부와의 교류를 피해 긴 세
월을 살아왔다. 인간을 잡아먹는 흉악한 검은 원숭이를 사냥하
고 그 털가죽을 몸에 걸치고 숲속을 달리는, 정체불명의 야만족
이었던 것이다.

80년 전 전쟁으로 인한 산불로 『검은 숲』이 불에 타는 바람에
그들은 살 곳을 잃었다.

그들은 자갈에서 개척민이나 병사가 되기를 거부하고 일족이
총출동하여 모르가 산기슭으로 이주했다. 마땅히 섬겨야 할 신
을 쉽게 버리고 서쪽 영토로 이주한 것이다.

아무래도 숲가의 백성에게는 사대왕국의 백성이라는 의식이
갖추어져 있지 않은 모양이었다. 그들의 신은 숲인 것이다. 그
런 까닭에 그들은 남쪽 신을 버리고 서쪽 신의 아이가 되기를
주저 없이 선택했다.

그런 그들을 사람들은 두려워했다.

또한 그들은 두려움의 대상으로 충분한 일족이었다.

모르가 산기슭에 정착한 그들은 당시 제노스에서 재앙의 상징
으로 여기던 흉악한 짐승 기바를 사냥하여 무시무시한 사냥꾼

의 힘을 도시 주민들에게 드러내 보였다.

그들은 기바 고기를 먹고 엄니와 털가죽을 팔아 양식을 얻었다. 흉악한 기바의 힘을 거두어들여 더더욱 흉악한 힘을 손에 넣었노라고 시정 사람들은 서로 수군거렸다.

그런 갖가지 전승에 휩싸인 모르가 산이 서쪽에 보이기 시작했다.

제노스의 마을은 저 모르가 산보다 더 서쪽에 위치한다.

하루하고도 한나절에 걸쳐 산의 남쪽을 돌진하면 한 달 만에 문명국의 모습을 볼 수 있을 터였다.

"긴장을 늦추지 않고, 주의, 부탁합니다."

"네."

길 없는 길을 달릴수록 사방은 점점 누르스름한 바위 밭으로 바뀌었다. 기분 탓인지 공기도 습기를 머금은 것처럼 느껴졌다.

그렇게 한나절이나 토토스를 달리게 하여 드디어 모르가의 위용이 가까이 다가왔을 무렵에 해가 뉘엿뉘엿 기울기 시작했다.

이제 몸을 푹 쉬게 하고 내일 아침부터 토토스를 달리게 하면 다음 날 일몰이 오기 전에는 제노스에 도착할 수 있을 것이다. 그렇게 생각하며 슈미랄은 다른 마차에 정지 신호를 보냈다.

그러자 그중 한 대에서 뛰어내린 동포 한 명이 슈미랄 쪽으로 다가왔다.

"슈미랄, 별, 움직였습니다."

그는 슈미랄의 아버지 대부터 《은 항아리》에 적을 두고 있는 최고령 동포였다.

그는 뛰어난 점성술사였다.

"별, 어떻게 움직였습니까?"

"네. 재액의 붉은 별, 우리 앞, 가로막아 섭니다. 오늘 밤, 위험한 일이 생길 겁니다."

점성술사 동포는 나직하게 말하면서 오른팔을 들어 올렸다.

그러고는 앙상한 손끝으로 시커먼 숲 그림자를 가리켰다.

"재액, 북쪽 산에서, 찾아옵니다. 기아의 엄니, 붉은 분노, 위험합니다."

"기아의 엄니…… 기바, 우리를 습격하는 겁니까?"

굶주린 기바가 숲을 뛰쳐나와 제노스의 밭을 습격하는 일도 간혹 있다고 한다. 용맹스러운 숲가의 사냥꾼들도 이 광대한 산기슭에 숨은 기바를 모조리 몰아내는 것은 불가능하다.

하지만 또 기바가 길거리로 나와 여행객을 습격한다는 이야기는 거의 듣지 못했다. 기바는 고기보다 채소나 과실을 선호하며 또 사람을 기피하는 습성도 있기 때문이다.

"모릅니다. 다만, 모르가 산, 북쪽에 둔다, 위험합니다."

슈미랄 일행은 모르가의 남쪽을 통과할 예정이었기에 당연히 숲을 북쪽에 둘 수밖에 없었다. 이 위치가 위험하다면 길을 되돌아가든가 전진하는 수밖에 없었다.

"그렇습니까. 남쪽으로 내려간다, 농촌, 있을 겁니다. 그것도 위험합니까?"

"위험합니다. 남쪽, 살아 있는 길, 없습니다."

하지만 세상에는 이미 땅거미가 내리고 있었다.

전진하든 후퇴하든 길의 중간에서 밤을 맞게 된다. 아무리 토토스를 잘 다루는 그들이라도 야간의 강행군은 너무 위험했다.

"알겠습니다. 그럼——."

슈미랄이 말하려던 참에 북쪽에서 무시무시한 포효가 울려 퍼졌다.

마치 대지를 뒤흔드는 듯한 짐승의 굵직한 울음소리였다.

그에 호응하여 다른 방향에서도 같은 울음소리가 들렸다.

마치 긴 봉인에서 풀려난 재앙신이 환희의 외침을 지르는 듯 무시무시한 소리였다.

"기바의 울음소리입니다. 20년쯤 전, 같은 소리, 들은 적이 있습니다."

그렇게 내뱉고 나서 동포는 자신의 마차로 돌아갔다.

이제 잠시도 지체해서는 안 된다. 슈미랄은 동포들에게 전진의 신호를 보내려 했다.

그 순간 북쪽의 바위 밭 그늘에서 일그러진 모습을 한 짐승이 튀어나왔다.

동포가 즉시 독화살을 쏘았는지 커헉 하고 탁한 신음소리를 내더니 그 짐승은 바위 밭에 고꾸라지고 말았다.

둥글고 불룩한 몸통에 앙상한 사지. 마름모꼴의 커다란 귀에 납작 눌린 콧등—— 엷은 모래색의 짧은 털이 그 흉한 몸뚱이를 빈틈없이 감싸고 있다. 몸길이는 어린아이만 하다.

그 짐승은 기바가 아니었다. 썩은 고기를 먹는 문토였다.

숲속에서 썩은 고기를 찾아다니는, 이 역시 모르가 산기슭에 서식하는 위험한 짐승이다.

'문토가 기바의 울음소리를 피해 숲에서 튀어나오다니.'

그 순간 바위 밭에서 더 많은 그림자가 뛰쳐나왔다.

땅거미 너머로 붉은 눈빛이 번쩍번쩍 빛나고 있었다. 여섯 마리의 문토 떼였다.

『전진하라!』

슈미랄은 동포의 손에서 가죽 채찍을 낚아채 토토스의 허리에 채찍질을 했다.

평소에는 썩은 고기만 찾아다니는 문토도 굶주리면 살아 있는 사냥감을 덮친다. 어떤 의미에서는 기바와 위험도 면에서 별 차이가 없었다.

다만 사지가 빈약한 문토는 기바만큼 재빨리 움직이지는 못한다. 설령 마차를 끌고 있어도 토토스의 다릿심이라면 도망갈 수 있을 터였다.

"마부, 바꿉니다. 불의 준비, 부탁합니다."

슈미랄은 그렇게 말하면서 동포로부터 고삐를 넘겨받았다.

동포는 마부대에서 물러가면서 "불의 준비 말입니까?" 하고 물었다.

"네, 불의 준비입니다. 횃불, 두 개, 설치해주십시오. 위험, 없어질 때까지, 토토스, 달립니다."

『그런데 이제 곧 해가 질 텐데요?』

서쪽 말을 사용할 여유를 잃은 것이리라. 동포는 모국어로 말
하면서 짐받이로 들어갔다.

"그래서, 횃불, 필요합니다. 동포들, 전해주십시오."

동포가 읽은 별의 움직임이 옳다면 모르가의 서쪽으로 나갈
때까지 이 위협에서 벗어날 수 없다. 기바나 문토의 습격을 경
계하면서 야영을 하기보다는 밤을 새워서라도 토토스를 달리게
하는 편이 그나마 안전해 보였다.

'여행을 하다 보면 이런 일도 생기지.'

슈미랄 일행은 훨씬 비참한 상황을 빠져나온 적도 여러 번 있
었다.

따라서 슈미랄은 절망이 아닌 희망을 가지고 토토스에게 채찍
질을 할 수 있었다.

◇

다음 날 아침.

결국 슈미랄 일행은 자지도 쉬지도 않고 모르가의 남쪽을 달
려서 그대로 제노스의 땅을 밟게 되었다.

모르가 산기슭을 지나 드디어 돌의 가도에 다다랐다. 세상을
남북으로 가로지르는 널찍한 돌의 가도였다. 풍요로운 전원 지

대를 왼편에 두고 모르가 산줄기를 오른편에 바라보면서 그 가도를 북상하자 이윽고 가도의 양옆에 늘어선 목조 가옥이 나타나기 시작했다.

제노스의 역참 마을이다.

서서히 높이 뜨는 태양 아래 역참 마을은 변함없는 모습으로 슈미랄 일행을 맞아주었다.

"다들, 무사합니까?"

마을 입구에서 마부대를 내려온 슈미랄은 동포들을 돌아봤다.

나머지 네 대의 마차의 마부대에서 동포들이 각각 한 명 씩 가도로 내려섰다.

과연 피로한 기색을 감추지는 못하지만 감정이 흔들리는 자는 없었다. 그중에서 유난히 키가 큰 부단장 라다지드가 말했다.

"예정보다, 한나절 일찍, 도착했군요. 이제, 어떻게 할까요?"

"여관, 향합니다. 장사, 준비 끝내면, 오늘, 쉽시다."

역참 마을 내에서는 토토스를 타고 달리는 것이 금지되어 있다. 슈미랄 일행은 고삐를 끌고 제노스의 판도로 발을 내디뎠다.

해가 중천에 걸리려면 시간이 남아서인지 인적이 드물었다. 그럼에도 몇 군데 여관은 문을 열었고 더러워진 옷가지를 바구니에 담는 여자와, 단골집에 주문을 받으러 다니는 남자 등 사람들이 하나둘씩 모습을 보이기 시작했다.

어젯밤의 광란이 거짓말처럼 평화로운 정경이었다.

적대국 마휴도라로부터 멀리 떨어진 이곳 제노스는 풍요롭고 큰 다툼도 없다. 또한 막강한 위병들이 수호하고 있다. 이 부근에서는 손꼽히는 풍요로운 마을인 까닭에 도적의 습격을 무엇보다 경계하고 있는 것이다.

특히 역참 마을이나 근처 농촌에는 외적을 막는 담 같은 것도 없기 때문에 위병들이 밤낮으로 순찰을 돌았다. 이 땅은 서쪽 왕도(王都)에서 가장 먼 변경 도시이며 교역의 중심지이기도 하다.

'이 땅 역시 원래는 방치된 곳이었거늘.'

2백 년이 되기 조금 전까지 이 구역도 자유 국경 지대였다. 그 무렵에는 불과 수백 명밖에 되지 않는 서쪽 백성이 아리아나 포이탄 등을 수확해서 근근이 생활했다고 한다.

그런데 이 땅에는 모르가에서 흘러오는 큰 강이 숨겨져 있었다. 그 강이 발견되자마자 다른 구역에서 파견된 개척민들이 대거 이주해 왔고 순식간에 제노스 성을 건조시킨 것이었다.

그 후에는 가도도 정비되고 성의 남북에는 광대한 농지가 개척되더니 온갖 구역에서 사람들이 흘러 들어왔다. 그리하여 백년이 지났을 무렵에는 변경에는 어울리지 않는 거대 도시가 완성되었다고 한다.

그로부터 백 년의 세월이 더 지나고 제노스는 교역의 중심지가 되었다.

현재는 시무나 자갈로부터 수많은 상인이 찾아와서 마을에 더 많은 부와 활력을 주고 있다. 서쪽 영토에서는 시무와 자갈도 다툼이 금지되어 있기 때문에 이 제노스는 양국 백성이 공존하는 매우 드문 장소가 되었다.

그런 까닭에 슈미랄은 이 제노스를 좋아했다.

타인과의 다툼을 선호하지 않는 초원 태생의 백성인 슈미랄 일행에게 이 제노스는 그 어느 곳보다 편안한 공간이었던 것이다.

동쪽 백성인 슈미랄 일행이 이처럼 마을을 활보해도 기이한 눈초리를 받는 일도 없다. 자갈 백성과 맞닥뜨리면 비우호적이고 따가운 눈총을 받지만 단지 그뿐이다.

"슈미랄."

문득 대각선 뒤쪽에서 부르는 소리가 들렸다.

뒤돌아보니 라다지드가 엉뚱한 방향으로 시선을 날리고 있었다.

그 시선을 좇아보니 동쪽 골목길에서 세 명의 사람 그림자가 나오던 참이었다.

갈색 머리에 거무스름한 피부, 나긋나긋해 보이는 몸매에 소용돌이무늬 옷과 반투명한 숄을 걸친 여자들── 숲가의 여자였다.

한 사람은 중년이고 두 사람은 젊은 아가씨다.

하나같이 조용한 데다 의연한 표정을 짓고 있었다. 겉보기에는 이상한 구석이 없는데도 어쩐지 야생 짐승을 연상케 하는 신기한 분위기를 풍기는, 모르가 산기슭의 주민들이었다.

슈미랄 일행에게는 무관심했던 마을 사람들이 순식간에 긴장하는 것이 피부로 느껴졌다. 서쪽 판도에서는 이국의 백성인 슈미랄 일행보다 이 숲가의 백성들이야말로 이방인인 것이다. 사냥꾼이 아닌 여자라도 그 점에서는 다를 것이 없었다. 숲가의 여자들은 북쪽을 향해 서둘러 가버렸다.

분명히 노점 구역에서 식량을 구입하려는 것이다. 숲의 은혜를 수확하는 것이 금지되어 있는 숲가의 백성은 이렇게 종종 역참 마을을 찾아와 엄나나 털가죽을 식량으로 교환해서 가지고 간다.

하지만 슈미랄 일행의 입장에서는 숲가의 백성이 기피할 대상은 아니었다.

숲가의 백성은 서쪽 백성에게는 이해하기 힘든 이방인이며 남쪽 백성에게는 남쪽 신을 버린 배신자이지만, 동쪽 백성에게는 딱히 그들을 기피할 까닭이 없다. 숲을 신처럼 숭배하는 성향도 초원이나 산이나 하늘 등을 신에 비유하는 동쪽 백성에게는 그리 기이한 행위로는 여겨지지 않았다.

'그런데 제노스에서 장사를 계속하려면 함부로 가까이 해서는 안 되겠군.'

그런 생각을 하면서 슈미랄은 서쪽 골목으로 발걸음을 옮겼다.

기억나는 대로 길을 걸어가자 이윽고 눈에 익은 간판이 보였다.

슈미랄 일행의 단골 여관인 《현옹정》이라는 이름의 작은 여관이었다.

"주인장, 오랜만입니다."

"아, 《은 항아리》 여러분, 어서 오십시오…… 벌써 당신들이 올 계절이 되었나 보군요."

여관 주인이 손가락을 끼워서 시무식으로 인사해주었다. 네일이라는 이름의 이 주인은 서쪽 백성인데도 동쪽 왕국의 문화에 심취한 별난 사람이었다.

"이번에도 열 명이죠? 기간은 얼마나 됩니까?"

"파란 달, 끝날 때까지로 생각합니다. 방, 비어 있습니까?"

"다행히 오늘 아침에 단체 손님이 떠났답니다. 큰 방을 두 개 내어드리죠."

"고맙습니다. 짐, 괜찮습니까?"

"그럼요, 이리로 가져오시죠."

네일의 안내를 받아 일단 여관을 나가 건물 뒤편으로 이동했다. 여관 건물은 작지만 여기에는 자물쇠가 달린 큰 창고가 따로 마련되어 있기 때문에 큰 짐을 가진 《은 항아리》는 대단히 편리하게 이용했다.

그 창고에 토토스와 함께 다섯 대의 마차를 집어넣으면서 슈미랄은 동포들을 돌아봤다.

『휴식을 취하기 전에 내일 장사의 밑 준비만 해놓기로 하지. 라다지드, 노점 구역의 장사 허가와, 성 밑 마을로 가는 통행증이 아직 유효한지 확인해주게.』

슈미랄은 서쪽 말이 미숙한 동포를 위해 모국어로 지시를 내렸다.

『가는 길에 토토스도 토토스 우리에 맡기도록 하지. 다섯 명이 라다지드와 동행하게. 나머지 세 명은 나와 함께 상품 분별 작업을 한다.』

『알겠습니다.』

총 열 마리의 토토스를 데리고 라다지드를 포함한 여섯 명이 창고를 나섰다.

슈미랄은 남은 세 명과 함께 성 밑 마을과 역참 마을에서 판매할 상품을 각각 분별해나갔다.

마차 다섯 대에 실었던 막대한 분량이다. 미리 대강 분류하긴 했으나 그리 간단히 정리할 수 있는 것이 아니었다. 그리고 체력도 슬슬 한계에 다다르고 있었다.

"슈미랄, 조리칼, 성 밑 마을입니까?"

"그렇습니다. 시무의 칼, 역참 마을, 팔리지 않습니다."

시무에서는 철이 귀하기 때문에 칼도 값이 뛰어올랐다. 아무리 풍요로운 제노스라 해도 역참 마을과 성 밑 마을의 소비에는 확연한 격차가 존재한다. 마찬가지로 은세공 장식품 등은 성 밑 마을용으로, 갸마의 뿔이나 돌 장식품은 역참 마을용으로 나누었다.

'이만하면 됐나…….'

한 시간쯤 들여서 상품 정리를 마친 슈미랄은 동포들과 함께 창고를 나왔다. 두툼한 덧문을 닫고 쇠 자물쇠에 열쇠를 꽂아 잠갔다.

설마 역참 마을의 창고에 성 밑 마을에서 팔기 위한 상품이 보관되어 있으리라고는 아무도 상상하지 못할 것이다. 그럼에도 도둑을 경계하여 마차에는 독초로 덫을 놓았다. 소유자의 허가 없이 짐에 손대려는 사람이 나타나면 바나기우스 독으로 한나절이나 잠에 빠지게 된다.

슈미랄은 흡족하게 일을 마치고 《현옹정》으로 돌아왔다.

접수대에 와 있던 주인장 네일은 시무인 같은 무표정으로 고개를 끄덕여 보였다.

"수고가 많으시네요. 이제 방에서 쉬시는 건가요?"

"네. 그 전에, 첫 장사, 시작합니다."

슈미랄의 신호로 동포 중 한 명이 큼직한 보따리를 접수대에 올려놓았다.

그 순간 네일이 미소를 지었다가 황급히 무표정으로 돌아왔다. 그는 감정을 드러내지 않는 시무의 풍습까지 생활에 도입하고 있었다.

"식재, 대부분은, 성 밑 마을의 귀족, 팔기로 약속했습니다. 따라서, 양이 적습니다. 미안합니다."

"아뇨, 이것만 해도 저한테는 충분한 질과 양입니다."

보따리에는 치트 열매를 비롯한 시무의 식재료가 가득 담겨 있었다.

이것으로 슈미랄 일행도 이 여관에서는 시무식 저녁 식사를 맛볼 수 있게 되었다.

그러나 결코 만족스러운 질과 양은 아니다. 네일은 기뻐하고 있지만, 어차피 고가의 향초나 식재료는 역참 마을에서는 잘 팔리지 않는 상품이다.

아무래도 역참 마을에서는 고기와 채소를 실컷 먹을 수 있으면 다른 미식을 찾지 않는 풍조가 있는 모양이다. 다른 마을과 비교해도 충분히 풍요로운 식생활이라고 할 만하지만, 간이 센 음식을 선호하는 동쪽 백성에게는 약간 허전한 것도 틀림없는 사실이었다.

그렇다고 먼 시무에서 운반해온 상품을 싼값에 팔 수도 없는 노릇이다. 자갈의 상인들도 마찬가지일 것이다. 값나가는 식재료는 죄다 성 밑 마을에서 사들인다.

'역참 마을 사람들은 매우 풍요로운 생활을 하고 있어. 특히 변경 구역에서 카론이나 키뮤스 고기를 이 정도로 실컷 먹을 수 있는 마을도 없을 테지. ……그런데 저 돌벽 안쪽에서는 귀족들이 이와는 비교도 안 될 만큼 풍요로운 생활을 하고 있어.'

역참 마을 사람들은 성 밑 마을의 출입이 허락되지 않는다. 그런 까닭에 자신들이 창출한 부로 귀족들이 얼마나 방종한 생활을 하는지도 알 길이 없다.

한편 슈미랄은 뜻밖에 제노스의 귀족과 인연을 맺을 기회가 있었기에 통행증을 손에 넣었다. 성 밑 마을 안에서 밤을 보내는 것은 허락되지 않고 낮에만 머물 수 있는 가장 낮은 등급의 통행증이지만, 그럼에도 돌벽 안쪽의 생활을 알기에는 충분했다.

'시무에서는 한 마을에서 이만한 격차는 발생하지 않아. 그리고 제노스에는 야만족이라 불리며 두려움의 대상이 되는 숲가

의 백성까지 존재하지. 서쪽 영토에도 이렇게 특이한 마을은 좀처럼 없을 텐데.'

슈미랄은 제노스가 좋았다. 그런 까닭에 이 마을에 만연한 기묘한 분위기나 풍습이 자주 마음에 걸리곤 했다.

이 마을은 어딘가 좀 뒤틀려 있다.

이 뒤틀림이 바로잡히는 날이 언젠가 찾아올까── 좀 더 평등하고 행복이 골고루 미치는 마을로 변할 수 있을까 하는 근심을 가슴 한구석에 품고 있는 슈미랄이었다.

'하긴, 이방인인 내가 걱정해도 아무 소용없겠지만……'

슈미랄이 그런 생각을 하는데 여관 문이 느닷없이 활짝 열렸다.

뒤돌아보니 마을로 나갔던 여섯 명의 동포들이 그곳에 서 있었다.

『무슨 일이지? 그런 거친 태도는 좋지 않다.』

맨 앞에 서 있던 사람이 최연소 동포였기 때문에 슈미랄은 모국어로 훈계했다.

젊은이는 『죄송합니다』하고 대답하면서 슈미랄 쪽으로 다가왔다.

표정은 고요했지만, 검은 눈동자에 흥분의 빛이 서려 있었다.

라다지드 일행도 아주 조금 감정이 흔들리는 듯 보였다.

『무슨 문제라도 있었나? 혹시…… 통행증이 무효가 되었는가?』

《은 항아리》에 발급된 통행증은 어떤 귀족의 이름으로 발행된 것이라 그 인물이 실각하면 즉시 효력을 잃고 만다.

그런데 젊은이는『문제없었습니다』하고 고개를 저었다.

『그럼 왜 그리 이성을 잃은 거지? 라다지드까지, 자네답지 않지 않군.』

『내가 이성을 잃었다고? 수치스럽군.』

물론 서쪽 백성인 네일에게는 감지되지 않을 만큼 미세한 변화지만, 동포인 슈미랄에게는 숨길 수가 없다. 고요한 표정으로 나란히 서 있으면서 그들은 명백히 흐트러져 있었다.

『실은 놀랄 만한 음식을 먹었습니다.』

젊은이는 그렇게 말했다.

『설마 제노스의 역참 마을에서 그런 음식을 먹을 줄은 상상도 못했습니다.』

『포장마차 음식이라도 먹었나 보군? 그거 잘됐군. 나는 어젯밤 피로 때문에 아무것도 먹고 싶지 않지만.』

슈미랄이 어이없어하며 대꾸하자 젊은이는 다시 고개를 가로 저었다.

『그럼 내일이라도 드셔보십시오. 정말 놀라운 요리입니다. 게다가 그 요리는 기바 고기로 만들었다고 하더군요.』

『기바 고기? 그건 숲가의 백성밖에 먹지 않을 텐데?』

『네. 숲가의 백성이 팔고 있더군요. ……그런데 절반은 숲가의 복장을 걸친 서쪽 백성으로 보였지만요.』

슈미랄은 그만 할 말을 잃고 말았다.

숲가의 복장을 걸친 서쪽 백성이 기바 고기를 사용한 요리를 제노스의 포장마차에서 판다—— 그런 일이 가능하단 말인가?

『……그게 진실이라면 반드시 먹어보고 싶군.』

『네, 꼭 드셔보십시오. 그럼 슈미랄도 우리의 놀라움을 공감할 수 있을 겁니다.』

동표들의 모습을 말없이 바라보면서 슈미랄은 괜스레 가슴이 설레었다.

어쩌면 그것은 동쪽이나 서쪽의 어떤 신이 앞으로 찾아올 제노스의 변혁의 예고로 슈미랄을 전율케 한 것일지도 몰랐다.

후기

《이세계 요리의 길》6권을 읽어주셔서 정말 감사합니다.

어느덧 이 작품의 1권이 간행된 지 벌써 1년이 넘었습니다.
이 후기를 쓰는 지금은 2월도 거의 끝나갈 무렵입니다만, 올해도 모쪼록 《이세계 요리의 길》과 함께해주시면 감사하겠습니다.

자, 그리하여 6권이 나왔습니다.
이번 6권에서는 일단 역참 마을의 장사에서 벗어나 다시 숲가의 촌락이 무대가 되었습니다.
숲가의 백성이 마음속 깊이 품고 있던 부정적인 존재, 슨가와 직접 대결을 벌인 겁니다.

본편보다 후기를 먼저 읽으시는 분들도 계실지 모르니 스포일러는 피하려고 합니다만, 역시 역참 마을에서의 고군분투가 계속된 5권까지와는 분위기가 사뭇 달라진 것 같습니다.
그렇지만 아스타와 아이 파 일행이 목표하는 바에는 변함이 없으니 그들이 다양한 역경을 이겨내면서 밝은 미래로 돌진해나가는 모습을 흐뭇하게 지켜봐주셨으면 좋겠습니다.

이번 6권 표지에는 오랜만에 아이 파가 등장했습니다.

그러고 보니 4권과 5권에는 표지에 여주인공이 연속으로 빠졌었죠.

이제 드디어 아이 파도 생긋 웃을 겁니다.

그리고 일러스트레이터 코치모 님이 매 권을 거듭할 때마다 새로운 캐릭터를 디자인해주시고 있습니다. 이번에는 모두 남성 캐릭터만 그려주셨습니다.

게다가 인원도 여섯 명에 달합니다. 1권 이래의 진수성찬을 차리듯 화려한 붓놀림을 선보여주셨는데요, 그중 세 명은 작가인 제가 강력히 요청해서 그려주신 캐릭터들입니다. 정말 감사할 따름입니다.

스포일러가 되니 그 캐릭터가 어느 세 명인지는 밝힐 수 없지만, 세 명이 한 장면에 그려진 캐릭터들이 바로 그것입니다.

6권에서는 아직 이름도 밝혀지지 않은 캐릭터들이지만, 이번 6권을 상징하는 존재로서 꼭 비주얼화하고 싶었거든요.

어떤 의미에서는 돈다 아저씨를 초월하는 무시무시한 풍모를 지녔답니다.

처음에 가볍게 초안을 받아 든 순간, 상상을 뛰어넘는 그 박력에 어찌나 가슴이 두근거리던지요.

다시 한 번 코치모 님이 일러스트를 맡아주신 행복감을 음미하게 되었습니다.

그리고 새로 쓴 단편인 입가심에서는 이번에는 나오지 않은 동쪽 백성 슈미랄을 주인공으로 선정했습니다.

본편 내용이 꽤 진지한 편이었기 때문에 입가심에서는 귀여운 소녀들의 화사한 나날을 그려보고 싶었지만, 써놓고 보니 본편 못지않게 딱딱한 내용이 되고 말았습니다.

하지만 슈미랄은 제가 편애하는 캐릭터라 입가심 이야기도 재미있게 읽어주셨으면 감사하겠습니다.

자, 그럼.

다음 권에서는 새로운 파란이 아스타 일행을 덮칩니다.

역참 마을에서의 장사도 재개합니다.

당분간 조용히 지내던 카뮤아 요슈도 다시 등장하고요.

이어서 즐겁게 읽으실 수 있도록 저도 매진하겠습니다.

그럼, 그럼. 매번 똑같은 마무리를 하자면, 하비재팬 편집부 담당자님, 일러스트레이터 코치모 님, 이 작품의 출판에 힘써주신 모든 분들과 그리고 이 책을 읽어주신 분들께 다시 한 번 감사의 말씀을 드립니다.

그럼 다음 권에서 또 만나요!

2016년 2월 EDA

ISEKAI RYOURIDOU 6
©2016 EDA
Originally published in Japan in 2016 by HOBBY JAPAN CO., Ltd.

이세계 요리의 길 6

2017년 11월 24일 1판 1쇄 인쇄
2017년 12월 1일 1판 1쇄 발행

저   자 EDA
일 러 스 트 코치모
옮 긴 이 이정민
발 행 인 유재옥
본 부 장 조병권
담당편집자 김민지
편   집 권오범 김다솜 김민지 김혜주 이문영 박은정 박찬솔 정영길 조찬희
라이츠담당 오유진
디 지 털 홍승범 박지혜
발 행 처 ㈜소미미디어
인쇄제작처 코리아피앤피
등   록 제2015-000008호
주   소 서울 마포구 토정로 222, 403호(신수동, 한국출판콘텐츠센터)
판   매 ㈜소미미디어
마 케 팅 한민지
전   화 편집부 (070)4164-3962, 3963 기획실 (02)567-3388
             판매 및 마케팅 (070)4165-6688, Fax (02)322-7665

ISBN 979-11-6190-202-9 04830
ISBN 979-11-5710-233-4 (세트)

마녀의 여행
2

시라이시 죠우기   지음
아즈루   일러스트
이신   옮김

STORY The journey of Elaina 2

◆ 초판한정 ◆
책갈피
어나더 커버
증정

"당신을 도울 수 있게 해주세요."

어느 곳에 마녀가 있었습니다. 그녀의 이름은 일레이나.

여행자로서, 길고 긴 여행을 계속하고 있습니다.

최강의 무기를 찾는 마을 사람들, 결혼식에서 도망친 왕녀,

이상한 차림의 남자, 고민하는 의상 디자이너, 설국의 가련한 소녀,

부친의 유산을 찾는 도박꾼, 거짓말을 하지 못하는 나라의 왕.

위험한 폭탄을 만든 기술자, 유랑하는 사냥꾼들, 인간을 매혹시키는 고양이 신…….

다양한 나라를 방문하며, 많은 사람들과 이별을 거듭해갑니다.

그리고 예상치 못한 이와의 재회도.

"……다음은 어떤 나라일까요."

마녀의 여행은 아직 계속됩니다. 새로운 이별과 만나기 위해.

벨 크라넬의 모험담, 그 새로운 페이지!!

던전에서 만남을 추구하면 안 되는 걸까

12

오모리 후지노　지음
야스다 스즈히토　일러스트
김민재　옮김

『그』에게 『재도전』하기 위해──
벨 크라넬의 새로운 페이지가 시작된다!!!

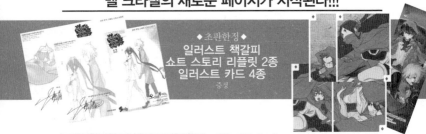

◆ 초판한정 ◆
일러스트 책갈피
쇼트 스토리 리플릿 2종
일러스트 카드 4종
증정

"축하한다, 벨…… 【랭크 업】이구나."

그리고 소년은 다시 달린다.
호적수와의 사투를 거쳐 성장을 이룬 벨.
랭크 업, 신회, 칭호, 사람들과 신들, 온 오라리오의 주목을 모으는 가운데
그의 곁에 도착한 한 통의 편지.
"미션…… 『원정』?"
벨 크라넬은 『자격』을 얻었다. 더욱 큰 모험에 임하라──.
길드로부터 내려온 지령이 벨을 새로운 무대로 이끈다.
미궁공략을 위해 발족된 『파벌연맹』.
이제까지 싸웠던 동료들과 함께 새로운 계층, 새로운 몬스터.
그리고 새로운 『미지』에 도전한다.
새 에피소드 개막, 하층영역 『신세계』로 돌입하는 미궁담 12탄!
이것은 소년이 걷고 여신이 기록한
──【파밀리아 미스】──